# 劍鬼姜小牙

郭箏

# 目次

孤魂野鬼在人間的遭遇是很悲慘的，
偏偏人類還不諒解，想盡了辦法迫害！
你行走江湖，一定要替鬼兒們主持公道。

## 見了鬼的「劍鬼」

在厚厚十五鉅冊的《武林全史》之中，並不難找到某顆明日之星急速竄起的例子，但從來沒有人能像「劍鬼」姜小牙這麼惹人爭議、揣測紛紜。

沒人知道他師承何處、哪裡人氏，說得難聽一點——他到底是從哪條縫裡冒出來的？

「這個『劍鬼』，眞是見了鬼！」大家都搖著頭，這麼嘀咕。

「劍鬼」的劍一出手，就像上面眞的附了一隻鬼，形蹤飄忽、全無痕跡，對手根本無法察覺有一個尖尖的東西，正在刺入自己的心臟。

## 劍鬼的怪癖

還好，「劍鬼」不愛殺人，只愛跟人打屁，而且是來者不拒，老少皆宜。

就像此刻，他又坐在北京十里長街旁的一個茶棚裡，翹著他那雙臭得不得了的爛皮腳，高談闊論：「眞是世風日下，人心愈來愈壞了！」

暮春三月，大地本該洋溢著充滿生機的氣息，但這座危城卻陷在一片愁雲慘霧當中，整條大街上只有五隻貓、兩條狗在遛達。

閒著也是閒著的茶博士並非很有興趣的接腔：「是啊，世世代代的人都這麼說，不過，通常只有老年人才愛說這種話，你這大後生竟也老氣橫秋，可眞是少見。」茶博士顯然不知道面前的這個邋遢鬼，就是名震江湖的「劍鬼」姜小牙，便懷了顆抬槓的心，繼續說道：「你倒說說看，人心怎麼樣愈來愈壞？」

姜小牙長嘆了口氣：「我一路從桂林來到這裡，居然沒碰到半個人相信世上有鬼，您說說看，這世道人心是不是無可救藥了？」

茶博士目瞪口呆的瞅著他，唯恐自己聽錯了的追問：「你說沒人相信世上有什麼？」

「有鬼！」姜小牙斬釘截鐵的補充。

茶博士已確定他非傻即瘋，搖了搖頭，敷衍道：「是啊，有鬼有鬼，當然有鬼，我還見過好多次哩！」

「眞的啊？」姜小牙高興的笑著。「那你爹站在你背後，你怎麼還不趕快招呼他？」

## 家家都有一本祕密的經

茶博士已四十多歲，賣茶也賣了十年，什麼古裡怪氣的客人沒見過？像眼前這滿口瞎扯蛋以打發無聊時光的傢伙，可是最最常見的一種。

茶博士一邊在心裡暗叫「倒楣」，一邊漫應：「我爹已經死了十五年，還須我招呼嗎？」

姜小牙又嘆了口氣：「說得也是，你爹在世的時候，你都沒好好照顧他，更何況現在呢？」

茶博士的臉色可難看了，就像那條正蹲在茶棚前叉開後腿的狗，所拉出來的東西一樣臭：「你這小王八蛋再胡說八道，我就……」

「你就要跟十五年前那樣，趁你爹熟睡的時候，把鐵釘敲入他的腦袋？」姜小牙雖然邋遢骯髒，笑起來卻十分可愛，宛若一個全然未經世事的嬰兒。

但茶博士此刻面對這黃金般純眞的笑容，心底活像直直插入了一支冰錐：「你……你這瘋子，亂講什麼鬼話？」

姜小牙笑得更可愛了，一嘴小小的白牙，在陽光下閃出玉雕也似的光澤：「沒錯，可就是你爹的鬼話。你爹的鬼魂，剛剛把什麼事情都告訴我了。」

茶博士沒等他把話說完，身形有若閃電，向後疾退出兩丈開外，右手倏揚，射出一道黑中帶紅的微光。

## 來自地獄的火燄

遼東武林道上有一種最爲歹毒的暗器，近百年來，從沒人能躲得過。

僅看外貌，它只是一支極不起眼的小鏢，粗糙可笑，鈍黑的鏢尖上甚至還有一些紅紅的鐵鏽，射出手的速度又極慢，慢得能讓一個正值青春期的十八歲大後生不耐煩的打起呵欠。

所以當對手看見那生鏽的鏢尖，像在虛空中漂浮的蝸牛一般爬行過來的時候，多半會輕蔑的一聳肩膀：「啥麻玩意兒？」而往往忽略了它潛在的能量。

一定要等到它慢慢飛至敵人身前五尺之際，對方才會猛然發覺自己犯了致命的錯誤——這支小鏢會爆炸，一爆就爆出了二十支更尖更小的小小鏢，若僅只如此也就罷了，更要命的是，小小鏢也會爆炸，各又爆出二十支小小小鏢，換句明確一點的話來說，就是四百支小小小尖鏢，在頃刻之間、在極短的距離之內，一起射向敵人。

這就是自有《武林全史》以來，從未留下活口的「地獄火燄」！

親眼目睹過這火燄燃燒的人，早都已經變成了刺蝟！

## 鬼擋鏢

姜小牙面對這種萬劫不復的情況，彷彿根本已忘記了躲避，只呆呆的坐在原處，臉上仍然保持著那既可愛又可惡的笑容。

茶博士得意的狂笑出聲：「我還以爲你生著三頭六臂，原來不過如此而已。你去死吧！」

緊接著的下一刻，他結結實實的楞住了。

姜小牙仍然坐在那兒，一動也沒動，老天爺可以做證，他眞的是連一根汗毛都沒動，四百支小小小鏢統統從他全身的皮膚邊緣上擦過，連一絲血痕也沒能帶出來，統統射到了他身後的牆上，恰恰描繪出一個人形。

姜小牙點點頭，笑道：「『六親不認』司馬紅綠，你這手『地獄火燚』果然已盡得你爹『四大皆空』司馬灰灰的眞傳。將門虎子，可喜可賀！」

茶博士——已隱姓埋名了十年之久的司馬紅綠，無法置信的楞張著大嘴：「你……你怎麼躲得過我的暗器？這根本不可能！」

姜小牙安慰著說：「其實我完全沒有動，都是你爹司馬灰灰的鬼魂幫我擋掉的。」

## 關於鬼的誤解

任憑「六親不認」司馬紅綠再怎麼驃悍，也止不住開始發抖。

「你……你這小子胡說什麼？大白天的，鬼怎麼會跑出來？」

「這是世人的誤解，鬼才不怕白天呢。」姜小牙耐心解釋。「十五年來，你爹天天都在這茶棚裡，跟著你轉來轉去，想要報你這乖兒子殺他之仇，但因爲你陽氣還很旺，使他下不了手。你爹還跟我說，你在他腦袋裡釘了根鐵釘，讓他很難受，一到下雨天，腦袋裡就好像有十幾種樂器在吹奏。你爹還要我轉告你，下次如果你還想謀殺人，最好不要用這種缺德的手法。」

司馬紅綠暴躁大吼：「我暗殺我爹的事情，不可能有人知道，你……你又怎麼會……」

「我說過了啊，是你爹告訴我的啊。」姜小牙笑得很無辜。「我本來也不認識他，剛剛走進這裡來喝茶，才聽他說起這件令人髮指的人倫慘劇。」

姜小牙至此方才收斂起一貫的嘻皮笑臉，鄭重的望著對方，鄭重的說道：「司馬紅綠，你眞是個世上罕見的惡賊！」

司馬紅綠嚷嚷：「你……你見鬼！」

「沒錯，我就是『劍鬼』。」姜小牙有點訝異居然有人曉得自己的名號，不太好意思的抓耳撓腮。「江湖人稱『劍鬼』姜小牙的就是我囉。」

## 幫鬼解決問題的人

司馬紅綠一聽這話，臉上再也不紅綠了，而代之以一片死黑，他再怎麼樣也看不出眼前這個老是摳著那雙臭腳的鄉巴佬，竟會是近年來黑白兩道聞風喪膽的「劍鬼」。

「姜小牙……你我往日無冤，近日無仇，你何必要來蹚這十五年前的渾水？」

姜小牙慨嘆一笑：「說句老實話，我最不喜歡和『人』結怨，但我和『鬼』有緣。如果你曾經聽說過江湖傳言，就應該知道我的師父是個鬼。所以我感懷師恩，行走江湖之時，碰到任何一個鬼有問題，我都要幫他們解決。」

司馬紅綠耳聞這連番鬼話，忍耐已達到崩潰邊緣，不管三七二十一，從腰間拔出比「地獄火燄」更爲歹毒的兵刃——也是司馬氏賴以成名的「七拐八彎九轉十字刀」，一刀劈向姜小牙頭頂。

此刀共有十支刀刃，個個指著不同的方向，而且有的是硬刃、有的是軟刃——軟刃一經展動，就如同風中擺柳，令人捉摸不定，其中還有三刃能夠伸縮自如，取人性命在瞬眼之間，當眞是防不勝防。

姜小牙目睹這十支詭異的刀刃，從十個詭異的角度砍向自己的時候，只發出一聲嘆息：「老哥，我勸你，最好不要跟我動手。」

司馬紅綠刀既出手，就有必勝的信心，他這輩子一共面對過二十七個絕頂高手，可還從未栽過跟頭。而此刻，名滿江湖的「劍鬼」姜小牙，似乎是個浪得虛名的傢伙，仍像剛才那樣，只會呆呆的坐在原處，根本不懂如何閃避。

**我砍、我砍、我砍砍砍！**

司馬紅綠一直要等到自己一刀砍中了姜小牙頭頂，才發現不對。

這一刀明明砍中了對方，怎麼連一點得手的感覺都沒有？難道對方竟是一團空氣？或者，難道對方竟是一個鬼？

司馬紅綠嚇得渾身毛髮倒豎，然而又要等到下一刻，他才發現眞正的原因——姜小牙並不是鬼，而是他的身法實在太快，以至於刀砍下時，仍呆呆坐在那兒的身影，只是司馬紅綠自己眼裡的「殘留印象」。

眞正的姜小牙此刻正站在司馬紅綠的背後，慢吞吞的抽出「皤虹寶劍」，恍似還不忍下手，轉過頭，對著虛空裡一個不存在的東西，謹慎問道：「老爹，你真的要我殺他？你不後悔？」

司馬紅綠反手出刀，姜小牙也在同時，隨意移動了一下寶劍，就這麼巧，正好擋住了對方的出招。

司馬紅綠鷂子大翻身，連劈十三刀，每一刀都劈向對方的死角，姜小牙就隨便移動了十三次寶劍，恰恰把每一刀都給擋住，他仍有閒暇對著虛空說話：「您真的不考慮了？好，那我只有謹遵吩咐。」

自雙方動手以來，姜小牙首次真正面對面的直視司馬紅綠：「你爹一定要我殺你，你就納命來吧。」

司馬紅綠已無鬥志，但還有逃跑的意志，正想騰身而起，姜小牙卻莫名其妙的說了聲：「小心，下雨囉。」

茶棚裡怎會下雨？但確實，馬上就下起雨來——雨一般的劍光！

正是姜小牙的師父「雨劍」蕭湘嵐當年獨步天下的「雨劍三十八式」中的一招——「清明微雨行人斷魂」。

瀰漫棚頂的毛毛細雨悠悠灑下，司馬紅綠的身體就像是一個被戳了好幾百個小洞的葡萄酒桶，噴出了好幾百道比雨還細的紅色汁液。

姜小牙看著司馬紅綠倒下去，無奈的聳聳肩：「沒關係，你死了之後還會變成鬼，變成鬼之後再來找我理論吧。」隨後他又找補了句：「不過，我想你爹不會同意你這麼做的。」

## 首都之光

城市仍然死氣沉沉的，街上的五隻貓、兩條狗都躲到陰影裡去了。

姜小牙站在茶棚對面的那座豪宅前，向著虛空發問：「這家是誰住的？」

司馬灰灰的鬼魂即使暴露在陽光曝曬之下，也沒有半點不舒服的樣子，他反而非常心滿意足：「你眞是我們鬼的好朋友，眞要多謝你了。」

「小事一樁，何必言謝？」姜小牙一口的小白牙閃閃發亮。「您說，這棟巨宅裡也有一條冤魂？」

司馬灰灰笑道：「恐怕不只一條。這是『陽武侯』薛濂的府邸。這侯爺做惡多端、草菅人命，冤死在他手裡的人可多了。」

姜小牙可不管什麼勳戚權臣、公侯將相。他從桂林出發之時，就受到師父「雨劍」蕭湘嵐的千叮嚀萬囑咐：「我們孤魂野鬼在人間的遭遇是很悲慘的，偏偏人類還對我們不諒解，想盡了辦法迫害我們！你行走江湖，一定要替『鬼兒們』主持公道。」

「風劍」燕雲煙、「雨劍」蕭湘嵐，本是當世劍術最高的兩大高手，後來因爲某種誤會，竟至勢不兩立，於兩年多前拚殺了個同歸於盡。

「風狂雨驟，天地世仇，風雨雙劍，不死不休」，這段故事流傳至今，仍令所有的江湖人驚心動魄。

姜小牙是在「雨劍」蕭湘嵐死了之後，才被蕭湘嵐的鬼魂調教出來的。他對於這個女鬼師父，除了尊敬、同情、憐惜之外，還有一份特殊而隱祕的感情。

也因此，「鬼兒們」在姜小牙的心目中，就跟狗兒們一樣可親可愛。

現在聽得司馬灰灰說起，面前的這座巨宅裡有著不少悲慘的鬼兒，姜小牙自然義不容辭，輕輕一聳肩，已飄過高牆，落入院中，隱身角落。

司馬灰灰緊跟著溜入，立刻就尖著嗓門嚷嚷：「來了來了，就是那個鬼！」

## 水桶裡的倒楣鬼

內門一開，薛府家丁提著一個水桶，走到院中的一口井前，把水桶丟下去取水。

既是侯府，氣派自然不凡，連打水用的水桶都是陶製的，但就在這陶製的水桶裡，竟坐著一個愁眉苦臉的鬼，他還來不及向司馬灰灰拋出求援的眼光，水桶就被家丁丟入井裡，他老兄自然也就跟著下去了。

家丁打上一桶水，那鬼仍然坐在桶裡，只是變成了一個溼鬼。

姜小牙悄聲怪問司馬灰灰：「他怎麼盡坐在桶裡不起身呢？」

姜小牙隱在角落裡，家丁當然看不見他，但鬼的眼、耳都比人類來得精明，姜小牙聲音雖小，仍被那鬼聽見了，頓時吃了一驚，沒想到姜小牙活生生的一個人，也能看見自己。

家丁把桶裡的水倒入大甕，又把桶丟下，於是那鬼還來不及發問，就又下去了。

司馬灰灰嘆道：「那個桶就是他的家。」

姜小牙有點懂了：「是不是跟《烏盆記》那樣？」

## 侯爺喝屍水

姜小牙沒讀過多少書，但戲總是看過的，人被謀殺之後，屍體磨成粉末，混入泥土，做成了一個盆子，結果盆子向包青天申冤成功，終於得以洗雪冤情。

看來，這個陶桶裡面也混雜著某具屍體的粉末。

那鬼又跟著桶子上來了。

姜小牙悄聲向他問道：「老哥，怎麼回事啊？」

那鬼恨恨道：「薛寶那殺千刀的混蛋！我要剝他的皮、抽他的筋、喝他的血……咚！」

最後那一聲「咚」，並不是那鬼說的話，而是他又下井去了。

姜小牙只好問司馬灰灰：「薛寶是誰？」

「他是『陽武侯』薛濂的大兒子，聽說是北京城內的頭號大色狼。」

姜小牙冷笑著點點頭，不再發問，蹲在牆腳根下，脫掉鞋子，又開始拚命搓揉他那雙臭得不得了的爛皮腳。

坐在陶桶裡的鬼，又上上下下了七、八次，每一次上來，就語不成文的把薛寶罵上兩句。

終於，水打完了，家丁把陶桶往門邊一放，進屋裡去了。

姜小牙和司馬灰灰這才踱到那鬼身邊，他正趴在水桶邊緣不停的嘔水——連吃十幾桶水的滋味，想必不太好受。

「桶子是用我的屍體做的，換句話說，桶子裡每一滴水都經過我的屍體。」那鬼恨恨道。「再換句話說，薛家上上下下每個人喝的水，都是我屍體的水！」

姜小牙打了個寒顫：「這事兒……眞是挺噁心的。」

貴爲侯爺，天天喝的卻是屍水，大概也可算是報應的一種吧？

那鬼冷笑：「喝死那群王八蛋！」

**幸運的同義詞——悲慘！**

司馬灰灰道：「你老兄也別再氣悶了，這位是『劍鬼』姜小牙，專門替鬼打抱不平，你有什麼冤情，只管告訴他，他一定會幫你做主。」

那鬼淚眼潸潸，一瞬間流出來的眼淚，簡直比身上的井水還要多。「姜大爺，眞是有幸遇到您！小人名叫巴八，世代務農，與世無爭，但三個月前，也不知是幸還是不幸，居然被我娶到了個大美人，叫做溫寧兒。您想想看，我是哪世修來的福啊，竟有這等好運！不料，好運和惡運竟是相伴著來的！我剛把溫寧兒娶過門，都還沒圓房呢，就被薛寶這個大色鬼知道了，當晚就派人把我老婆給搶了去。您想，我會甘願嗎？我會就此罷休嗎？」

姜小牙同情的搖了搖頭：「自然不會，除非你那時就已經是行屍走肉。」

「姜大爺，您這話說得好！」巴八感激的說。「薛家的人把我老婆塞進一頂大轎，扛著就走，我就攀在轎子上，死也不放鬆，任憑薛府家丁打我踢我，我硬是不肯下來，就這樣跟著大轎一直進了薛府……」

司馬灰灰搖頭道：「你老兄的腦袋可不靈光，這豈不是送上門找死嗎？」

「誰曉得侯爺家裡，竟會這麼無法無天？」巴八哭嚷著說。「我一進薛府就被薛寶指揮家丁把我從轎子上拖下來，十幾根大棒子輪番落到我的背脊上，不消一盞茶的時間，就把我打成了一具殭屍，然後把我從頭到腳剁得粉碎、磨成粉末，和在泥巴裡，做成了一個陶桶……」

姜小牙氣憤追問：「你老婆溫寧兒呢？」

「當然被薛寶那廝霸占了。」巴八說著，十分自豪的一笑。「不過嘛，聽說我老婆直到今天都還守住了貞潔，沒被薛寶占到半點便宜！」

「嗯？」姜小牙、司馬灰灰同時一楞，互望一眼。「身入虎口，還能臨危不亂……

你老婆真是個鄉下婦人嗎？」

「我……唉，說老實話，活著的時候，我一直都沒搞清楚她的底細，等我變成了鬼——」巴八止不住發出一聲崇拜的嘆息。「等我變成了鬼，才發現她的本領比鬼還大！」

## 新娘與新郎的戰爭

溫寧兒的本領，也許只有薛寶最清楚。

他第一天把溫寧兒搶回府裡，拉進洞房，推到床上，溫寧兒不但沒有抗拒，反而媚笑著說：「唉喲，急什麼？洞房花燭夜怎麼能沒有酒？」

薛寶吩咐僕人上酒上菜，溫寧兒不但沒有灌醉他的意思，反而勸他：「你少喝點酒，多留些精神，等下還有活兒要幹呢。」

薛寶簡直樂昏了，連聲答：「是，娘子。」

溫寧兒喝三杯，他只喝一杯，還沒喝到兩更鼓響，他就趴下了，而且整整醉了三天，起不了床。

第四天晚上，薛寶又捲土重來，這回他滴酒不沾，溫寧兒也沒想要喝酒，她體貼的說：「這幾天可把你醉壞了，我幫你按摩按摩。」

溫寧兒的雙手又軟又香，在薛寶全身上下遊走的時候，尤其溫柔得像兩隻馴順可愛的小白兔。

薛寶渾身都軟了，連不該軟的地方都軟了，只得在自己房間的床上整整躺了十天，疲軟的回味那美妙的按摩滋味。

薛寶夜夜進攻這座「洞房」，總是在緊要關頭，莫名其妙的敗下陣來，最接近攻陷的一次是他已經登上了床，壓到了溫寧兒的身上，一根屋樑竟毫無理由的塌了下來，正好砸在他頭上，使他又獨自與枕頭、棉被和塗滿雲南白藥的綳帶，纏綿了二十一個晝夜。

「這個新姨太太，可眞有點邪門！」薛府上上下下的人，都這麼竊竊議論。

## 天下最難上的床

薛寶心中的一把火實在燒得太久，燒得他連最基本的判斷力都沒了，趁著今晚月色如夢，抱著破釜沉舟的決心，第五十九次來到溫寧兒的臥房。

「唉喲，郎君，人家想死你了！」溫寧兒媚眼如絲，盈盈款擺，兩條玉藕似的手臂攬住了薛寶的脖子。

薛寶笑得眼睛只剩下一條線：「美人兒，今晚就算豁去性命，我也非要和妳共度春宵。」

薛寶的兩隻手剛剛想要滑向溫寧兒豐滿圓翹的臀部，卻聽窗外一個聲音說：「巴八，你的仇人薛寶，就是這個混蛋嗎？」

薛寶先是一楞，侯爺府裡有誰敢這樣罵自己？繼而狂怒衝頂，對著窗戶大吼：「哪個吃了熊心豹子膽，在那兒亂放屁？」

那聲音輕笑道：「薛大色狼，你的報應就快到了。」

薛寶只覺一陣微風拂面，房內已多了一個人，滿口閃亮的小白牙，笑得整個房間都亮了起來，背上的那柄皤虹寶劍，卻似帶進了整個冬季的寒意。

「你……你是幹什麼的？」薛寶再笨，也知大事不妙，機伶伶的打了個寒顫，連忙向屋外退去。

「想往哪兒走？」姜小牙一閃身，早把薛寶凌空提在手裡。

薛寶仍強搭著架式，色厲內荏的喝斥：「你……好大的膽子！你可知我是什麼人？」

姜小牙笑道：「你是侯爺的兒子，就是個猴兒子！人家吃你這一套，我可沒看在眼裡。」

薛寶的架子搭不起來，只得軟聲相求：「這位英雄，咱們往日無冤、近日無仇，你爲何要這樣對待我？」

姜小牙拎著薛寶走到窗邊，伸手從外面提進了一個陶製水桶，在薛寶面前晃了晃：「薛公子，你還記得巴八這個人吧？」

薛寶嚇得汗毛倒豎，打定主意裝傻到底：「什……什麼八……八？我還七七呢！」

「唉，你的記性實在太差。司馬灰灰、巴八，你們進來吧。」

不但薛寶，連溫寧兒都楞住了，這人莫非是個瘋子？巴八早就已經變成了一個水桶，他在叫誰啊？

凡人當然看不見緊接著飄入房中的兩條鬼魂，一左一右的貼在薛寶身邊，巴八更痛恨得用兩隻鬼爪猛掐薛寶的脖子，怎奈薛寶的陽氣還很旺，根本感覺不到。

姜小牙笑說：「巴八，你掐他沒用，還不如蚊子咬哩。」

巴八恨恨道：「老天爺太不公平！我不但無法報仇，連嚇他一下都不行，我這個鬼未免當得太無趣！」

「巴八，你也別抱怨，老天爺若真的不公平，怎會差遣我來替你主持公道？」

巴八長嘆一聲，搖頭不語。

姜小牙道：「凡人的感官都很遲鈍，最多也只能聽得見鬼哭而已，所以你要嚇他很簡單，在他耳邊大哭幾聲就可以啦。」

以巴八的遭遇而言，要他哭實在很容易，當即扯開喉嚨，鬼嚷開來。

**叫春研究學**

其實，很多人都聽過鬼哭，只是不知道罷了。

譬如說，三更半夜有個聲音在窗外「咪嗚」叫，大家都會聳聳肩膀：「那隻野貓又發春了。」

但您怎麼知道那是野貓呢？

根據在下無庸置疑的研究，貓兒從來不在晚上叫春的。

什麼？您不服氣？請仔細閱讀以下權威的論述：俗話有云「夜貓子」，那就是說，貓是晝夜顛倒的動物，人類的晚上正是貓類的白天，也因此，人類喜歡在晚上做的事，貓兒們都在白天做，人類若不會在白天叫春，貓類就不會在晚上叫春，對不對？

什麼？您還不服氣？您說，偏有人喜歡在白天進行交配？

唉，這話倒也不錯。

這種人，我們通常稱之為「花癲狂」，這種貓呢，就叫做「花腳貓」，所幸，花癲狂或花腳貓的數量並不多，否則可就天下大亂囉！

且讓我們言歸正傳，我真正的意思是：下回您若在半夜裡聽見野貓叫春的聲音，千萬不要莽莽撞撞的把窗子一開，拿起拖鞋就往外丟，萬一那不是貓，而是鬼，您把鬼搞火了，跑進來抓人，那可就太悽慘啦！

## 新娘露了餡兒

「鬼……鬼啊……」薛寶果然聽見了巴八的哭聲，嚇得屁滾尿流。「鬼……見鬼了啊！」

姜小牙嘻嘻一笑：「沒想到薛大公子還頗明瞭一些武林掌故，也知道在下的名號。」

薛寶還沒搞懂他這話什麼意思，又被姜小牙夾脖子一把提起：「薛大公子，咱們去個僻靜的地方，你的老朋友巴八要跟你好好的算一下帳。」

姜小牙拎著薛寶正想穿窗而出，忽覺一股森寒銳氣從腦後襲來。

姜小牙這輩子碰過不少高手，連司馬紅綠那等縱橫遼東的狠角色，在他面前也只像個小孩子，但此刻這一劍的劍氣，著實令他嗅到了死亡的滋味。

姜小牙想要拔劍封擋，已絕對來不及，只好順勢將薛寶的身體一甩，迎向對方劍鋒。

對方果然有所忌憚，立時收劍後躍。

姜小牙轉過身來：「溫寧兒，我就知道妳不是個尋常村婦。」

此時的溫寧兒已不再是那個嬌媚欲滴、迷死人不償命的新嫁娘了，但見她白若羊脂的玉臉上，泛起了一片墓碑似的澀灰，怪的是，她手裡並未拿著劍，而只握著一顆大鋼珠。

巴八的鬼魂看呆了，喃喃道：「我的娘子……是怎麼回事？」

司馬灰灰冷笑道：「大笨蛋！你還看不出來？她是一個武林高手！我活著的時候，闖蕩江湖三十年，頂多只碰過三個這麼厲害的角色！」

巴八愈發摸不著頭腦：「武林高手？那……她為什麼要嫁給我？」

司馬灰灰冷哼一聲：「很顯然，她只是想利用你罷了。」

巴八更楞了：「利用我？我只是一個莊稼漢，有什麼好利用的？」

這問題，誰都解答不出，屋內眾人只好一起呆呆的望向溫寧兒。

目含殺氣的新娘子「咯咯」一笑，恢復了顛倒眾生的魅力：「對不起我那死去的老公，我只是因為薛寶有搶別人新娘的習慣，所以才故意嫁給巴八，好讓薛寶把我搶到侯府裡來。」

姜小牙仍然不懂：「妳究竟有何目的？」

溫寧兒美目轉動，盯到他身上的時候，又變得比冰塊還冰冷：「別問這麼多。『劍鬼』姜小牙，我早就想領教一下你的本領。而且，嫁進薛府這麼久，都沒活動筋骨，悶得慌呢！」

話沒說完，劍已出手。

劍從哪裡來？

原來那顆大鋼珠就是劍——僅有一根指頭粗細的軟劍，不用時就捲成一顆球，揣在懷裡，當眞方便得很；而它一旦展開，卻是世上最可怕的殺人利器。

銀色軟劍忽纏忽繞、忽吞忽吐，宛若一道有靈性的閃電。

姜小牙就像被這道靈光閃電擊中頂門，失聲叫出：「原來妳是『劍仙』白笑貓！」

## 「劍鬼」與「劍仙」

一個是鬼，一個是仙，可不正好是冤家對頭？

司馬灰灰和巴八兩條鬼魂都替姜小牙捏了把冷汗。

「這個『劍仙』是什麼人啊？」

「當今之世，劍術最高的四個人，就是劍魔、劍聖、劍仙和劍鬼。」司馬灰灰耐心解釋。「『劍鬼』姜小牙出道最晚，『劍仙』也還年輕，那時我已經死了，所以沒機會領教他倆的高招；至於『劍聖』陶醉，十五年前，我曾與他交過手，唉，想我司馬灰灰在武林中也算是拔尖高手，但在他手下，卻走不滿十招！聽說那『劍魔』鐵鑄更是厲害……現在，你可知道這些人的斤兩了吧？」

巴八仍一臉莫名其妙的樣子：「對不起，您說的這些，對我來講都是鴨子聽雷。」

兩個鬼說沒幾句話，姜小牙和白笑貓已過了一百三十二招，妙的是，兩柄劍上下翻飛，劍氣逼人，卻沒將房中物品弄壞半件。

姜小牙見白笑貓的劍招時而輕盈靈動，時而刁鑽辛辣，不禁暗暗佩服；白笑貓則被姜小牙一抖劍就是一片雨的詭異詩意，感動得油然而興吟詩作畫的雅興。

那薛寶可受不了了，乘隙奔出門外，拉直嗓門亂嚷：「有鬼啊！我的新娘會耍劍啊！兇手要殺人啊……」

不管他夾著舌頭的顫抖叫嚷有沒有人聽得懂，整座侯府瞬間沸騰開來，「劍鬼」與「劍仙」的架當然也打不下去了。

「改天再跟你這個鬼見個輸贏。」

白笑貓就像隻貓兒，靈巧的穿窗而出，再一個縱躍就消失在夜空當中。

## 明朝這個爛攤子

「白笑貓做這事兒的目的何在？」

「難道侯府裡藏著什麼寶藏或武功祕笈？」

折騰了大半夜，東方已現曙光，姜小牙和司馬灰灰又回到茶棚，不解的討論了半天，當然毫無結果。

「不管她了，你呢？」司馬灰灰看著姜小牙。「你說你剛從桂林過來，這個兵荒馬亂的時節，大家都想逃出北京，只有你往裡頭擠，想來送死不成？」

時當明朝末年，天下糜爛已久，東北關外的「大清」國勢逐漸富強，雄騎驍卒日日進逼；起自西北的各股流寇從十幾年前開始就如鑽子似的把關內各省鑽得支離破碎。

「今天是崇禎十七年三月十五日，聽說闖王李自成的數十萬大軍已攻破居庸關，距離北京不到一百里，皇帝老子束手無策，文武百官更是人人自危，拿不出個鳥主意。」司馬灰灰搖頭喟嘆。「還好我已經死了，要不然眞會被這幫昏君庸臣氣得再死一次！」

對於時局朝政並不十分了解的姜小牙，又摳起了他那雙爛皮腳：「有人說，崇禎萬歲爺可以算得上是個明君，都是庸臣誤國。」

「哼，既是明君，豈會滿朝庸臣？」司馬灰灰說起話來頗有一針見血的味道，而且愈說愈上火。「崇禎剛愎自用，愛聽讒言，又生性多疑，反覆無常，今天捧你上天，明天可又一刀宰了你，十七年來，單說內閣首輔就換了五十個，攪得大家無所適從。當然，平心而論，如今鬧得土崩瓦解，並不全都是他的責任，前一任的天啓皇帝是個大笨蛋，再前一任的泰昌是個大色鬼，再前一任的萬曆尤其糟糕，除了又笨又色之外，還是個大懶鬼，三十多年不上朝，任憑各地行政亂成一團，關外的滿族雄主努爾哈赤就是趁著那時候起家的；再說到前一任的嘉靖與再前一任的正德……」

「大叔，您先歇歇。」姜小牙含笑制止。「您已經死了好久，怎麼還這麼容易生氣？」

人才有氣，鬼應該是沒氣的呀。」

司馬灰灰不由笑出聲來：「說得也是，我還氣些什麼？我應該慶幸自己已經死了才對！」

「就算死了，也要注意保重靈體。」

「姜小俠，你眞是個好人，我的兒子怎麼就不像你？」司馬灰灰感慨萬千。

司馬紅綠的屍身仍躺在茶棚裡，司馬灰灰叫姜小牙把他懷中的「地獄火餤」全都拿了。「這玩意兒雖沒什麼大用處，但緊要關頭也許還能唬唬人。」

「多謝大叔。」

司馬灰灰再次追問：「還沒說你來北京幹啥？」

苦命兒

「我是高郵人氏，十四年前，爹娘死於饑荒，我只好賣身葬父母……」姜小牙說起童年時代痛苦的往事，淚水漲滿了眼眶。「那時節，有誰肯伸援手？我在驛道旁跪了二十幾天，沒人搭理，幸虧有個同鄉吳老爺把我買下，替我埋葬了雙親，然後帶我到北京，在他家裡當小廝，吳家上上下下對我都很好……」

司馬灰灰嘆道：「這個吳老爺可眞難得。」

「但我的運氣可眞背，好日子沒能過上一年。」姜小牙苦笑了一下，卻比哭還難看。「有一天，奶媽吩咐我上街去買東西，我是個土包子，才剛轉出胡同口，就被人口販子擄走，輾轉被賣了好幾次，最後才被賣到陝北……」

司馬灰灰一驚：「那時節的陝北，已不是人住的地方了！」

「沒錯。過沒兩年，買我的那家人都被流寇殺光了！有個頭目見我還有幾斤力氣，把我收編到了他的隊裡……」

「原來你還做過流賊？」

「時勢所逼，還能怎麼辦呢？」姜小牙自有難言之隱。「後來我一逮著機會就離開了。」

司馬灰灰怪問：「你的劍術總不會是跟流賊學的吧？」

「這是另外一個故事了。」姜小牙嘆了口氣。「這些年來，我最不能忘懷的就是吳老爺一家的恩情。這回進北京，就是來找他們的。」

司馬灰灰懂了：「你眼見北京情勢危急，所以想保護他們離開？」

「沒錯。」

「好小子，感恩圖報，應該！」司馬灰灰大力拍著巴掌，只是發不出一點聲音。「你找到他們了嗎？」

「我……唉，當年來到北京的時候，我才只有七歲，所有的印象都很模糊，我只記得住在西邊的一條胡同裡……」

「廢話！北京到處都是胡同，少說也有三千條。他們家是做什麼的？」

「好像是個武官之家，家裡總放著許多刀槍棍棒……」

「吳老爺的名字，你總知道吧？」

姜小牙苦笑搖頭：「全家上下都叫他老爺，所以我只知道他叫『老爺』。不過，我記得有一天聽到吳老爺叫他的兒子做『長伯』，這吳長伯少爺長得挺帥氣，那時才只十六歲……」

「吳長伯？」司馬灰灰想了想。「不是個有名的人物。這可難找了。」

「我已經來了三天，還沒一點頭緒。」姜小牙苦惱的摳著腳巴丫子。「簡直如同大海撈針。」

「你一片好心，必定有回報的。」司馬灰灰安慰著說。「我也不耽誤你時間了，你快四處打聽去吧。」

## 危城三月

輝煌燦爛的大明首都是全世界的中心，大明皇帝在紫禁城內打個噴嚏，都能讓大半個地球顫動不已。

北京的繁華熱鬧就更不用說了，商賈日進斗金，文士夜夜笙歌，這是一座沒有憂愁煩惱的城市，住在這裡的人都有一種與生俱來、睥睨眾生的自豪，即便販夫走卒，都自認為是個「爺」，有骨氣、有品味的爺，從外地來的人都比他們低一級、矮一截、土一些。兩百多年來，他們從不知危險是什麼意思，因為他們住在一個永遠不可能陷落、不可能破滅的光環之中。

然而現在，全城的店鋪幾乎都已經關上了，大宅大院的房門也閉得嚴嚴實實。冷風不懷好意的繞著姜小牙的脖子打轉，他的腳步聲單調的迴響在十里長街上，宛若行走於一片廢墟當中。寬闊的大街變成了荒原，沒有任何生物在上面移動，但也沒有驚慌失措、鼓噪騷亂，有的只是死一般的沉寂，被水洗過一般的乾淨。

姜小牙回憶起十六年前的北京街頭景象，心中不勝唏噓。

忽聽得街邊一片議論之聲：「你們看那個不要命的人，還有心情在街上閒逛達？」

「趕明兒個嘗嘗闖軍的刀尖！」「這小子還有幾斤肉，闖軍會把他抓去當『菜人』吧！」

姜小牙轉頭望去，說話的並不是人，而是一群窩在街角閒磕牙的鬼。

姜小牙高興的走了過去：「各位大伯、大娘好啊！」

那群鬼見他竟然會和他們打招呼，嚇得「吱吱吱」的亂叫一陣，拔腿就想跑。

「別怕！我只是想問個消息。」

姜小牙攔下那群嘰嘰喳喳的鬼，說明自己的目的。

「你只曉得吳老爺的兒子叫吳長伯？那種無名小輩，咱們怎麼會知道呢？」

「拜託各位大伯大娘，盡量幫我探聽一下。」

能夠和鬼打交道的好處還真不少，鬼兒們鬼多勢眾，穿房越戶又無阻礙，請他們打聽消息確實理想不過。

其中有個疙瘩臉往旁邊一指：「你去問問你那個朋友，說不定他知道，他已經在那裡等你好久了。」

**決鬥的節奏**

長街盡頭擺著一張精巧的酒案，一名中年文士正坐在案旁悠哉的自斟自酌。

即使還離得老遠，姜小牙就已感受到他的劍氣，這是告訴對方「不用多作解釋」的表示。

姜小牙笑了笑，又著雙手悠哉的朝他走了過去。

雙方比氣勢的時候，逞兇鬥狠只是三流人所為；高手比的是悠哉，好整以暇樣貌的背後，往往隱藏著最致命的一擊。

中年文士悠哉的倒酒、喝酒。

姜小牙悠哉的走向對手。

中年文士提壺就杯、倒酒，姜小牙正好走了五步；中年文士放下酒壺，姜小牙又走出兩步；中年文士舉杯、一飲而盡、落杯，姜小牙又走出四步。

中年文士連喝三杯酒，姜小牙走出三十三步。

兩人相隔還有十五步。

當中年文士倒第四杯酒的時候，姜小牙發現他動作的節奏不一樣了。這一杯倒完，姜小牙只走了四步，換句話說，中年文士的動作變快了。

是緊張？還是故意擾亂對方？

就像棒球比賽的投手，常以變換節奏的方式擾亂打擊者出棒的時機；從另一個角度來講，模仿是生物的天性，養狗的人像狗、養貓的人像貓，被養的貓狗則像人，所以當雙方對壘時，人們經常會在不知不覺中模仿對手，一旦如此，便落入了對方的節奏，被對方牽著鼻子走。

但姜小牙的步伐沒有絲毫改變。

中年文士放壺、喝酒、落杯的節奏又突然變慢了，讓姜小牙走出了八步。

雙方只差三步。

如果中年文士按照原先的節奏，雙方這時應該距離四步，並不是拔劍的最佳時機，但三步就不一樣了！

中年文士剛放下酒杯的手，不知怎地一閃，掌中就多出了一柄劍，一劍直刺姜小牙胸膛。

同一時間，姜小牙的左手也電光石火般的一閃，抄起了案上酒壺，恰恰擋住這一劍。酒壺破了一個洞，酒汁瞬間流出，卻沒滴落地面，而是滴入了姜小牙的嘴。

姜小牙高舉酒壺，一口氣喝完了壺中酒。

中年文士輸了，但輸得倒挺灑脫，一回手，將七彩斑斕的寶劍入了鞘：「千算萬算，就沒算到你是左撇子。」

「我不是，但我兩隻手一樣快。」姜小牙咂著舌頭，放下酒壺。「這酒太烈了，你不怕喝醉嗎？」

中年文士一笑：「我不喝也醉。」

## 陶醉不醉

「劍聖」陶醉乃是東宮侍衛總管並兼任太子的劍術師傅，他可決非司馬灰灰所說的

「滿朝庸臣」之一。

「從你背上的皤虹寶劍，可知你就是『劍鬼』姜小牙，聽說你曾是闖軍的一員，雖然後來反出了流寇陣營，但你在這個節骨眼兒來到北京，仍然啓人疑竇。」陶醉又從案下取出另一壺酒，悠哉的喝了一口，然後笑著遞給姜小牙。「若非你剛才和『劍仙』白笑貓打了一架，我早就率領大隊人馬圍剿你了！」

「爲什麼我跟白笑貓打架，你就不懷疑我？」

「因爲白笑貓是闖王身邊的首席悍將！」

「是嗎？」姜小牙一驚。

「她是一年前才加入闖軍的。」

「我已經離開兩年了。」姜小牙緊蹙眉頭。「怎麼會有那麼多武林高手願意效力於闖王？」

「當初你爲何會跟闖王翻臉？」陶醉頗有密探的熱情，追問著。

「闖王外表誠懇待人，其實根本不是那麼回事。」姜小牙嘆口氣。「他手下又有許多奸佞之人，更是搞得烏煙瘴氣。」話鋒一轉：「白笑貓故意嫁到『陽武侯』家裡是爲了什麼？」

「闖王一貫的伎倆是：進軍之前，先派出大批細作，到處散播謠言，製造事端，擾亂對方的民心士氣。」陶醉一指大街上一整排關得牢牢的店鋪、家門。「你看他們的門上都貼出了什麼？」

姜小牙仔細一望，幾乎每扇門上都貼了張白紙條，上寫一個「順」字。

「這是啥意思？」

「你怎麼都不曉得？今年年初，那李自成已經正式建國爲『大順』！」

「我這兩年都待在桂林，外面的事兒一概不知。」

陶醉眼中爆出憤怒的寒芒：「李自成的國號是『大順』，『順』字貼門，表示他們已是大順朝的順民！」

「這麼說來，北京的老百姓已經明目張膽的歡迎闖軍進城了？」

「啪」地一聲，陶醉手中的酒壺被他捏得粉碎，他若非朝廷命官，可能早就衝進屋內，把那些居民統統都殺了。

「你的消息很靈通。」姜小牙想起了吳老爺。「我想跟你打聽一家人……」

陶醉揮手截斷他的話：「個人的私事先放一邊，你可知道天下就快亡了？」

「天下不會亡，是大明要亡了。」

陶醉怒拍桌：「大明就是天下！」

姜小牙默然，他早已受夠了這個腐敗的大明王朝。七歲時父母雙雙餓死，家鄉屍橫遍野，而他來到京城觸目所及盡是豪門富戶紙醉金迷的景象。

「這是什麼世界？」童稚的心靈從此充滿陰霾，寧願親近鬼而不願相信人。

陶醉長身而起，握住姜小牙胳膊：「走。」

「走去哪兒？」

「天下興亡，匹夫有責，有你這一身本領，該當為朝廷盡份心力！」

## 龍椅就是火山口

崇禎皇帝朱由儉一直認為自己是個英明有為的帝王，他始終不明白，大好的江山社稷為何會變成如今這副模樣。

關外滿族的崛起，在萬曆十五年就見端倪，那是在他出生前二十五年的事；關內流寇的形成，則是他即位前一年的事。

十六年來，他日日夜夜操煩國事，國事卻日益敗壞；他時時刻刻督促百官，百官卻更加無能。他就宛若一個不會游泳的人，愈是使勁就愈往下沉，卻還不知道自己是陷在什麼樣的海水之中。

瀕臨崩潰邊緣的青年皇帝體內，深種著朱氏家族一脈相傳的神經質，當他覺得掌握不住任何事務的時候，便不自禁的興起毀滅一切的欲望。

現在，他端坐於南薰殿上，面對著又一個無法掌控的人，心裡直想一劍將他刺死。

這條黑衣大漢魁梧得像頭熊、像座山，眼中射出的兇燄像兩團火、兩柄刀，虯髯戟張，猶如一隻刺蝟盤蜷在臉上。

「陛下到底作何答覆？」語氣咄咄逼人，驃悍一如相貌。

「咳……嗨……」崇禎陰沉的緊盯對方，心中仍縈迴著將他一劍刺死的幻覺，那幻覺如此強烈，引發了顫慄似的快感，使得他咳嗽連連。

就在這時，陶醉帶著姜小牙來了。

「陶愛卿，這位是從關外來的信使。」崇禎當然不屑說出「大清」國名，只用「關外」代替，他甚至故意在南薰便殿召見使者，以示貶抑，又故意忘了來使姓名。「他姓……姓什麼來著？」撇頭詢問身邊太監。

一旁的司禮監秉筆太監王承恩正想回話，黑衣壯漢已冷笑一聲，道：「在下姓鐵，名鑄，官拜大清國二等固山章京。」

「二等什麼？」崇禎的嗓門陡然變得尖銳，充滿了惱怒之意。「怎麼派個什麼二等的來拜見朕？」

大清的固山章京相當於明制總兵，是最高階的武將，崇禎卻不知情，以為清國蔑視自己。

陶醉冷哼：「『劍魔』在武林道上地位尊崇，大家都尊你為『萬劍之王』，不料如今成了清國的鷹犬，可笑啊可笑！」

鐵鑄哂道：「你號稱『劍聖』，還不是大明的鷹犬？」

「大明乃是天朝，豈可相提並論？」

「天朝？」鐵鑄仰天大笑。「大家心知肚明，你們這『天朝』可還有十日國祚可享？」

崇禎氣得簌簌發抖。

陶醉似有顧忌，暫且隱忍不言。

一旁的姜小牙則僅冷眼旁觀。他這次入京，只是為了報恩，本無心捲入紛亂的時局，雖然陰錯陽差的被陶醉硬拉進宮來，也只是抱著看戲的心情，從一走進午門開始，他就忙著觀賞紫禁城內的每一個角落，但那滿眼的金碧輝煌、滿院的太監宮女，讓他愈看愈覺得煩悶。

「帝王如此生活，一天不知要耗去多少用度，若拿來賑濟饑民，天下怎會鬧成今天這種局面？」

待得登上南薰殿，見著了當朝天子，他也沒有特別興奮、受到尊寵的感覺。

「這皇帝也不過是個普通人嘛。」

但當他看到崇禎被鐵鑄威逼的時候，也許出於同情弱者的心理，不禁開始同情起他來。

「鐵鑄目中無人，好生無理！吾輩武林中人學武練功，本該濟弱扶傾、救助貧困，怎能貪戀榮華富貴，仗勢欺人？」

又見鐵鑄斜睨著眼珠，大剌剌的道：「咱大清看你們可憐，只要你們每年進貢黃金百萬、白銀千萬，大清就出兵相助……」

崇禎霍地站起，仍氣得渾身顫抖，說不出一個字。

鐵鑄冷笑道：「你們若是不識相，就讓李自成那幫子農夫遊民打進北京，把你們殺得精光！」

「放肆！」縱然是個太監，王承恩還算有點膽氣，踏前三步，大聲喝斥：「把他拿下，明日祭旗！」

鐵鑄愈發放聲大笑，笑聲起初尚爲平常，但音波逐漸加高、加廣、加深，到了後來直如驚濤拍岸、浪湧千疊，澎湃豐沛的氣流迴盪在整座南薰殿內，撞擊著牆壁樑柱，震得屋頂上的灰屑下雪般飄落。

崇禎、王承恩都被這貫腦的魔音震得頭痛欲裂，忙用雙手摀住耳朵，但強烈的震波仍不停的穿透進來，王承恩禁受不住，雙膝一軟，跪倒在地。

姜小牙心下駭異。「沒想到『劍魔』除了劍法之外，內力也如此深厚！」

陶醉搶前幾步，橫身擋在崇禎身前，雙手平胸，向外一推，一股眞氣頓時把鐵鑄洶湧的內力逼開。

陶醉沉聲道：「王公公，請護送聖駕回宮，這裡就交給我了。」

## 決戰紫禁城

鐵鑄是敵國使者，當然不能帶劍入宮，陶醉與姜小牙的劍也留在午門外。

當世用劍的三大高手首次齊聚一堂，但三人都沒帶劍，可眞殺風景。

鐵鑄冷然一笑：「陶醉，你是個什麼東西，敢跟我齊名，今天倒要看看你有何能耐？」

鐵鑄取下衣帶一抖，挺得筆直，直取陶醉面門；陶醉將身一閃，衣帶刺在身後一個來不及迴避的小太監頭上，瞬即血光四濺，腦殼被削掉了半邊。

「狂徒敢爾！」

陶醉動了眞怒，同樣取下衣帶，橫掃回去；鐵鑄運帶直刺，兩條衣帶撞在一起，竟然發出「噹」地金鐵交鳴之聲，陶醉的衣帶偏向左邊，刺在一根楠木大柱上，刺出了一個兩寸深的小洞；鐵鑄的衣帶則掃向右邊，把一座金漆雲龍屏風橫斬成兩爿。

姜小牙一旁看得眞切，兩人的眞氣都貫注在衣帶之上，性質卻不甚相同，陶醉的眞氣雖然鋒銳，其中卻蘊含著一種和煦之氣，屬於防衛的性質；鐵鑄的眞氣可就不同了，那不僅是內力的發射，而是仇恨眾生、滅絕一切的黑暗淵藪！

姜小牙怵然心驚。「他果然稱得上是劍魔！」

一日之內，姜小牙不但遇上了其他三劍，而且還見識到他們的武功，不知是幸，還是不幸？

殿外響起一片亂鬨鬨的聲音，許多手持刀棍的太監趕了過來。「抓住那個僞清國的使者！」

姜小牙尋思道：「紫禁城內鬧成這樣，竟不見半個侍衛親軍，這些太監管啥用？」

他卻不知，在這生死存亡的關頭，京師三大營——五軍、神機、神樞，以及侍衛上直軍都已被調到北京城外部署，準備抵禦即將來犯的闖軍，所以紫禁城內外全都改由「內操」太監把守——「內操」是熹宗時的奸宦魏忠賢創建的，他命令宮中太監習武，編成軍隊，做為他的私人部曲，平日舞槍弄棒、打磨氣力，煞有介事，最盛時曾達到三萬多名；崇禎繼位後，誅殺魏忠賢，逐漸將「內操」裁撤，如今只剩下三千多人。

太監們衝到殿門前，就被兩條衣帶激起的氣流颳得顏面生疼。

「你攔在門口幹啥？快衝進去啊！」

「你別擠我嘛，風好利，怪嚇人的！」

「什麼風好利，不過是兩條衣帶而已，這麼怕死？」

推擠中，一個倒楣的太監被身後的同伴硬擠入殿內，但聞一連串「噗噗滋滋」的聲音過後，那具人體已變成了千百塊散在地上的碎肉。

「媽呀！」

太監們又爭相往後退，踩扁了另外兩個倒楣鬼的腦袋。

就在這時，殿內的爭鬥起了變化。

鐵鑄忽然原地打起轉來，出劍的速度更加迅猛，角度也更加詭異。

陶醉封架漸感吃力，不得不隨著他打起轉來，兩個人於是變成了兩個不斷旋轉的球體，兩條衣帶渾若啖火相對爆射，大殿內所有的東西都被削成碎片，逼得在旁觀戰的姜小牙閃來躲去，好不忙碌。

霍地，一個想法閃過姜小牙的腦海。「陶醉要糟了！」

$$F=G\frac{m_1m_2}{r^2}$$

我們現在都已經知道萬有引力定律，但也許有些人還不太清楚，宇宙中的每一個物體都會把其他的物體拉向自己。譬如說吧，如果你的重力場夠強，站在一堵磚牆前面十五分鐘，那堵牆就會倒下來把你壓在下頭；你坐在餐廳裡，所有的刀叉碗盤也都會飛過來向你的腦袋打招呼。至於女人會倒入男人懷裡，倒不是因爲萬有引力，而是費洛蒙的作用力，暫且按下不表。

不過一般物體的重力場是非常非常微弱的，微弱到連一根羽毛都拉不過來，然而像鐵鑄、陶醉這等內功高手，體內眞氣早就契合了天地玄機，其重力場之強大，遠超過普通物體萬倍不止。

生長在那個時代的姜小牙雖然不知道萬有引力是啥玩意兒，但他的師父「雨劍」蕭湘嵐是個武學奇才，她的劍法除了基礎的點、崩、截、挑、刺、扎之外，還多了個引字訣。「引」和後世太極拳「一引一進，奇正相生」的原理相同，也正默合了萬有引力定律，所以姜小牙一看見陶醉也跟著鐵鑄打轉，就知陶醉墮入了對方的圈套——旋轉的球體更容易互相影響，而在這過程中，質量愈大的愈占便宜。

鐵鑄又高又重，陶醉稍顯文弱的軀體逐漸被他牽引住了，不僅愈轉愈慢，而且還逐漸被他拉了過去。

本來只想看戲的姜小牙，現在面臨抉擇，是要出手幫忙呢？還是眼睜睜的看著陶醉被對方殺死？

如果姜小牙是個擅於盤算、深思熟慮的人，他多半會置身事外，畢竟這些人都跟他無關，他犯不著爲誰拚命；但姜小牙的骨子裡是個鄉下人，雖然與陶醉只是泛泛之交，卻覺得不能拋開他不管，於是他也像被萬有引力給拉了過去，毫不考慮的縱身而起，落入兩人的劍圈之中。

他完全沒想到自己的這一跳，不僅僅介入了兩個絕世武林高手的爭鬥，還讓自己捲入了廟堂軍國大事，與兩百七十六年來最關鍵的社會巨變之中。

## 歷史洪流中的鄉巴佬

姜小牙並不會束衣成劍，他也不打算和鐵鑄硬拚，所以當他往劍圈中落下的時候，並沒有落在兩人中間，而是落上了陶醉的頭頂——他用左掌按住陶醉頂門，整個人就像雜耍戲子，倒立在陶醉頭上。

陶醉這邊的重量立刻增加不少，使得他不但沒被鐵鑄繼續拉過去，反將對手扯了過來。

鐵鑄心中暗驚。他剛才看見姜小牙在兩人的衣帶縱橫之下，狼狽的東躲西藏，認定他不過是個草包；不料他現在一出手，雖沒攻向自己要害，卻就似一記直搗黃龍的重拳，打得自己難以招架。

剎那間由優勢轉爲劣勢，縱然是頂尖高手，鐵鑄的心情也難免浮躁，做出了速戰速決的判斷，他放棄用衣帶決勝的念頭，猛然一掌擊向姜小牙。

忽見姜小牙手掌一翻，亮出了一支「地獄火燄」。

「大塊頭，你可曉得這東西的厲害？」

姜小牙當然知道「地獄火燄」在鐵鑄這等絕世高手面前就像小孩子的玩具全然無用，使出這一著只不過想嚇唬他一下而已。

不料鐵鑄臉色驟變，往後退出幾步，劍勢也變弱了。

姜小牙心念電轉：「司馬紅綠久在遼東道上行走，和這鐵鑄說不定是舊識，或甚至是大清國派駐北京的奸細？」心裡想著，便朝鐵鑄遞了個曖昧的眼神。

可能是被他猜中了，鐵鑄點了點頭，冷笑一下，一個翻身縱出殿外，踩著那些太監的腦袋，飛騰入夜色裡。

陶醉如釋重負的吁出一口大氣，不料一標鮮血也跟著噴了出來。

姜小牙忙扶住他：「你受內傷了。」封住他胸口穴道。

「好厲害的劍魔！」說完這句話，陶醉就暈了過去。

## 劍客之家

陶醉的家，不像是個劍客的家。

精緻小巧的四合院內，飄著酒香、花香、松香與一股淡淡的狗騷味。

姜小牙揹著昏迷不醒的陶醉剛一進門，就被落下的梅花花瓣灑了滿臉，然後又被那渾身都是皺摺的大狗咬了一口。

「喂，狗咬呂洞賓，看看我揹的是誰？」

大狗彷彿明白了事態的眞相，哀鳴兩聲，拉下滿是皺紋的臉，憂愁的繞著姜小牙打轉。

姜小牙走入廂房，把陶醉放在床上：「大狗，你放心，你主人死不了的。」

皺大狗感激的用那黏答答的大舌頭盡舔姜小牙，弄得他滿臉泡沫。

「好啦好啦，你還是別太親熱了吧。」

姜小牙不懂得如何替人療傷，但他知道陶醉的傷勢並不太嚴重，只需一兩個月的將息就能痊癒，問題是，闖王李自成就快殺到北京城下了，到時候可怎麼辦？揹著他逃難嗎？那自己的恩人「吳老爺」又怎麼辦？

一想起吳老爺，更讓姜小牙焦急萬分。

就在這時，大門外傳來一聲嬌脆的呼喊：「陶大哥，我們來了！」皺大狗興奮大叫著衝出廂房，一虎子跳到剛剛踏入小院的紅衣少女身上，差點沒把她撲翻在地。

「臭沙袋！壞沙袋！」紅衣少女高興的扭扯著皺大狗的耳朵。「你有沒有想我嘛？壞東西，我好想你喔！走，帶我去找陶大哥。」

姜小牙還沒來得及起身，少女就衝了進來，只見她圓圓的臉蛋、大大的眼睛，鼻尖與上嘴唇微翹，是那種生來就不讓「理」字壓在頭上的姑娘；她的衣著服飾俱爲當時最流行的款式，背上斜揹著一柄顯然出自名家之手的寶劍。

「陶大哥，我們都來了……」一眼看見陶醉臉色慘白的躺在床上，紅衣少女嚇了一跳，朝向姜小牙急如連珠的質問著：「是你害的嗎？你害死了人還不跑，還想賴在這裡偷東西？你好大的膽子，好惡毒的心腸，好卑鄙的手段……」

姜小牙暗笑：「這姑娘好生莽撞。」

**好辣！**

少年與少女的血管裡都流動著一種瞬間燃燒的物質，就像一組排列完美的音符，讓人沒來由的手舞足蹈；又像一根小紅辣椒，辣得人面紅耳赤，汗流浹背，心神俱失。

姜小牙不是好色之徒，但亮眼動人的紅衣少女一踏進他的視線，他整顆心即被毫無理由的攫奪過去。

姜小牙正楞在那裡無法動彈，又見一名粗壯大漢衝進來：「是誰害了陶大哥？」不由分說，一拳就朝姜小牙的面門打來。

姜小牙立時回神，暗道：「怎麼都是這種人？」只一偏臉，就讓對方的拳頭落了個空。

那大漢只當這鄉巴佬是運氣好，不知輕重的又是一拳。

姜小牙心知再不還手，莽漢勢必糾纏不休，便將右手一伸，刁住他的手腕往懷裡一帶；那漢子忙向後抽，姜小牙順勢一推，就把那漢子推得倒飛出去，撞在牆壁上，屋頂瓦屑直落，皺大狗汪汪亂叫。

姜小牙這一招看似平淡無奇，其實是最難練的「綿拳」，他順手使來，就如舉筷子吃飯，再也輕鬆不過，這份火候當眞世所罕見。

美少女的寶劍已先出鞘：「鄉巴佬，你究是何人？」她氣呼呼的微噘小嘴，雙頰泛起兩朵酡紅，更顯嬌豔。姜小牙又看呆了。

美少女因他不答話，以為他意存輕蔑，很想一劍刺過去，但又覺得師出無名，尷尬的楞在那兒：「你是要怎麼樣嘛？你不怕被我刺一劍嗎？」

那大漢爬起，攔在少女面前：「是我魯莽，活該被打。」轉向姜小牙行了一禮。「小哥兒好功夫，在下失禮了。」

姜小牙見他雖然粗魯，但錯了就馬上認錯，倒也率直得可愛，便笑了笑道：「好說好說。」

又聽一個聲音在門外道：「龍師姪，快收起妳的寶劍。妳的劍雖然也是精品，但比起姜先生的皤虹，可就像一根草桿了。」人隨聲入，但見他五十開外，身著道袍，長髯美鬚，面容清癯，頗有點仙味，而且還是個識貨行家，不消幾眼就看出了姜小牙的來歷。

那少女兀自懵懂：「什麼姜先生？什麼皤虹？」

那大漢猛然一拍自己額頭：「師叔，你說他是『劍鬼』姜小牙？」

至此，姜小牙不得不起身抱拳行禮：「道長可是『通天宮』的掌宮主教？」

通天宮如今雖已漸漸被武當派超越，但仍是道教重鎮，實力不容小覷，掌宮神虛子更早已名重江湖。

神虛子還了一禮，指著大漢道：「這位是『紅夷大砲』焦轟，他什麼都好，就是個性衝動了一點，還望姜先生海涵。」

焦轟是通天宮的俗家子弟，五行拳中「炮拳」的高手。五行的金、木、水、火、土，對應在拳法上則爲劈、崩、鑽、炮、橫。炮拳爲火，剛猛侵掠，當者無不摧折。

一百二十年前，也就是嘉靖二年，中國首次擄獲「佛郎機大砲」，民間俗稱爲「紅夷大砲」，其威力讓老百姓印象深刻，焦轟能夠得此諢號，可見他拳上功夫在武林中享有之盛名，不料今日一見，不過稀鬆平常。

焦轟吐了吐舌頭：「大家都說碰上『劍鬼』就像碰見了鬼，哪知姜大俠竟這麼……這麼……樸拙。」差點讓「土包子」脫口而出。

神虛子又一指美少女：「這位是……」

少女很跩的一挺胸脯：「我乃武林名俠『火俠』龍薰衣！」

焦轟覺得好笑的截斷她話頭：「喂，龍師妹，哪有人自稱為『名』俠的？害不害臊哇？」

龍薰衣一張粉臉漲得通紅，正想跟焦轟反目，神虛子哈哈一笑道：「這年頭，誰不愛當名人？會偷的叫名賊，會說的叫名嘴，龍師姪嬌豔如花，是多少少年的夢中情人，自封為名俠，倒也不過分。」

姜小牙傻笑道：「對對對，不過分！不過分！」

焦轟更是捧腹。

新近崛起江湖的少年「名」俠當中，雪火雙俠——「雪俠」沈茉、「火俠」龍薰衣，可能是最響亮的兩個，他倆同為通天宮年輕一代的俗家弟子，經常走在一起，惹出不少粉紅色的傳言。

焦轟是他倆的師兄，現在則是陶醉的副手——大內侍衛副總管，陶醉和通天宮相熟，都是因為他的緣故。

神虛子四下看了一眼，怪問：「嗯？沈師姪為什麼還不進來？」

龍薰衣望著猛搖尾巴的皺大狗，撇嘴道：「沙袋沒綁好，他當然不肯進來了。」

## 有潔癖的男人

牆頭探出幾枝梅花，那一身雪白的少年就站在梅花下，冬天還未過盡，冬意全殘留在他身上，他的臉也如落花蒼白。

「師兄，狗綁好了。」龍薰衣出來叫喚她的搭檔，態度就明顯不同，少女的矜持掛在臉上、傾慕埋在心裡。

「味道難聞，我不想進去。」沈茉的話聲跟他的人一樣蒼白斯文。

「唉喲，陶大哥的家你又不是沒來過，沙袋也沒那麼臭嘛。」

沈茉不屑的朝屋內瞟了一眼：「是因爲那個……」

原來他不想跟一個鄉下土包子同處一室。

龍薰衣悄聲在他耳邊道：「喂，那鄉巴佬是『劍鬼』姜小牙咧！大家把他傳得那麼神，沒想到他那麼土。」

沈茉撇了撇嘴角：「眞是低俗得很。」

「看他的年紀，不比我們大幾歲，劍法能有多高強？」

「所謂的四大名劍，鐵鑄四十多歲、陶大哥四十出頭、白笑貓該有三十了，只有他，二十郎當就得享大名，我看根本是浪得虛名。」

龍薰衣道：「我想也是。師兄，我們出道以來，未嘗吃過敗仗，會比他差到哪裡去？」

沈茉冷笑連聲：「找個機會，將他敗於我劍下，在天下英雄面前露臉！」

龍薰衣拍手道：「四大名劍早就該換人做了。」

沈茉隨手摘了朵梅花，插在龍薰衣的鬢邊：「小師妹，爲什麼花戴在妳的身上，就沒了顏色？」

龍薰衣不勝嬌羞的低下頭，抿嘴淺笑。

姜小牙從窗中望見他倆依偎著站在一起，簡直就像是用瑤池宮中的白玉雕出來的一對璧人，他頓有自慚形穢之感。「我剛才胡思亂想些什麼？我連人家鞋子上的泥巴都比不上。」

床上的陶醉微微醒轉：「神虛牛鼻子，多謝你趕來……」

神虛子剛才已聽姜小牙說起陶醉受傷的經過，忿忿道：「鐵鑄那廝好沒道理！」

「先不管鐵鑄了。」陶醉憂心的說。「京城危在旦夕，我已號召天下英雄進京勤王，但我現在傷成這樣，恐怕無法統率群雄，明日大會天壇，只好拜託你牛鼻子……」

神虛子大搖其頭：「我方外之人，不會發號施令，還是另覓人選吧。」

陶醉還想再說，卻已乏力，指了指姜小牙，便又昏睡過去。

姜小牙被他指得一愣，神虛子則連連頷首微笑。

## 勤他娘的王！

天壇是歷代皇帝祭天的地方，平常都有衛兵把守，閒雜人等休想踏入一步，但是現在，守衛全都被調去守城，這裡竟成了王法不至的化外之地，來自五湖四海的武林群雄擠滿了皇帝舉行祭天大禮的圜丘壇和周圍的空地，竊竊私語著：

「上個月還聽說局勢已經好轉，爲什麼一下子就變成了這樣？」

「闖軍今天上午已攻占昌平，北京已成了流賊的囊中之物。」

「皇上今天召見考選官三十二人，親自磨墨，希望他們能夠寫出一些對策，唉呀，那些考選官懂個屁？皇上怎麼會去問他們的意見呢？」

「難道大明眞的完蛋了嗎？已經兩百多年了，我還以爲大明是根基穩固、萬世不滅的呀！」

每個人的臉上都露出死了爹娘的神情。即將面臨國破家亡的命運，縱使過慣了大風大浪、刀頭舔血的日子，這些江湖豪傑也頗覺得茫然無所適從。

「陶總管呢？」大伙兒雜聲嚷嚷。「咱們千里迢迢的趕來，怎麼不見他人影？」

這些人都是響應陶醉「勤王」的號召才趕來北京，當然都想請他拿個主意。

神虛子一扯姜小牙的衣袖，站上圜丘壇，高聲道：「各位，請聽我一言！陶總管身染重病，無法前來……」

「什麼，病了？」群豪譁然。「別是逃了吧？」

神虛子笑著說：「各位也太以小人之心度君子之腹了，陶醉身爲『四大名劍』之一，怎會臨陣脫逃？」

「他不來，我們要聽誰的啊？」

神虛子把身邊的姜小牙推到前面：「陶總管推薦我身邊的這位姜先生做爲他的代表……」

群豪眼見姜小牙一身破爛模樣，立時喧嘩開了：「搞什麼？這個鄉巴佬能幹啥？叫他滾下去！」

姜小牙幾乎從未在江湖上行走，認得他的人實在不多。

神虛子聲嘶力竭的想要介紹姜小牙的來歷，可敵不過這股震耳欲聾的聲浪，只能乾瞪眼。

龍薰衣向沈茱耳語：「眞是秀才碰到兵，有理講不清。不過，陶大哥也怪，怎麼會派那樣一個土包子代表他？難怪人家不服氣。如果是你站出去，我看有誰敢不服？」

沈茱心中也對陶醉的安排頗爲嫉恨，只是嘴上不說，裝做全不在意場中狀況，伸手將龍薰衣鬢邊的梅花扶正，輕聲道：「怎麼花又歪了？」

天下都快亡了，他卻什麼都不管，全心只關注小師妹的儀容。

姜小牙遠遠看見，但覺一陣噁心，可女孩子就吃這一套，龍薰衣臉上泛起一片嬌羞紅潤，剎那間，美得不像是眞的。

姜小牙暗忖：「如果這樣才能討得姑娘的歡心，我還眞學不會呢。」

場中群豪仍在絮聒不休。龍薰衣個性衝動率眞，忍不住衝到神虛子身邊，從他袖子裡搶出皇帝詔書，清了清嗓門，高聲道：「知名女俠龍薰衣恭讀皇上二月十二日之詔書……」

群豪又噓聲四起：「這個節骨眼兒上還稱自己是知名女俠？死不要臉！」「簡直對皇上大不敬，理當處斬！」

龍薰衣嬌嗔大發：「你們吵什麼嘛？到底要不要聽嘛？我唸是因爲我可憐你們這些不識字的土包子嘛！你們會唸，自己來唸嘛！」

幾個「嘛」，把大家的骨頭都「嘛」酥了，紛紛傻笑閉嘴。

龍薰衣紅著臉、生著悶氣，朗讀詔書內容：「朕嗣守鴻緒，十有七年，深念上帝陟降之威，祖宗付託之重，宵旦競惕，罔敢怠荒……」

群豪又起鬨了：「都是廢話，唸重點！」「表示妳有學問嗎？」

龍薰衣只得尋找眾人關心之處，繼續唸下去：「……草澤豪傑之士，有恢復一郡一邑者，分官世襲，功等開疆；即陷沒脅從之流，能捨逆反正，率眾來歸，許赦罪立功；能擒斬闖、獻，仍予通侯之賞。於戲！……」

群豪俱皆大呼：「有聽沒有懂！」

神虛子趕忙解釋：「簡單點說就是，能夠幫助朝廷收復一寸失土，那寸土地不但是你的，還可以傳給子孫；能夠擒殺闖王李自成或張獻忠的人，可就不得了啦，封侯呢！」

群豪激動嚷嚷：「封侯！封侯！」「殺李闖！殺李闖！」「勤王！勤王！勤他娘的王！」

神虛子揮手止住眾人喧囂：「各位請聽我一言！大家各處一方，今日聚集在此，總得有個人負起統籌全局的責任……」

話沒說完，就聽一人冷笑道：「我一直以爲通天宮的道長都是方外之人，沒想到今天狐狸尾巴可露出來了吧！」隨著話聲，人叢中走出一群身著黑衣、腰間都跨著厚背長刀的精壯漢子，當先一人大約三十左右，臉頰削瘦，眼中蒸騰著煮熟人肉的殺氣。

群豪發出竊竊私語：「殺刀堂的人都來了！」

殺刀堂久踞豫西，橫行霸道、聲名狼藉，堂主駱力更是個殺人不眨眼的煞星。

神虛子眉頭緊皺：「駱堂主此言何意？」

「一聽說勤王成功後可以割據一方，你就跑得比兔子還快，這等心思還怕別人不知道嗎？」

神虛子氣得說不出話。

雖有很多人對駱力這說法頗不以爲然，但人群中也響起不少乾咳之聲，因爲這正是他們所打的算盤，被駱力一語道破，心中不免尷尬。

龍薰衣怒道：「天下興亡，匹夫有責嘛，濟危扶傾、救亡圖存本是我輩武人的天職嘛，有這種想法的人不覺得自己太卑鄙了嗎？」

這番話說得大義凜然，但「嘛」來「嘛」去的又讓人啼笑皆非。

場中群豪還在吵鬧，忽見一名胖大的披髮頭陀走到人群中央，把手中禪杖往地下一拄，只聽爆響如雷，竟將圜丘壇地面上堅硬無比的艾葉青石磚砸碎了三塊。

大家見他勁道如此雄霸，無不駭然。

神虛子暗叫一聲「晦氣」，臉上裝出笑容：「頭痛頭陀，難得你也會來勤王。」

這頭陀膂力驚人，手中禪杖有百斤重，原先掛單在萬佛院，後因行事瘋癲，方丈住持淨空上人將他逐出門牆，他四處雲遊，仍舊顛三倒四、攪七捻八，是江湖上最令人頭痛的人物之一，所以大家才都喚他「頭痛頭陀」。

頭痛頭陀圓睜怪眼：「你們要爭地，全爭不過我，我要最大的那一塊！」

龍薰衣笑道：「你是個出家人嘛，爭地做什？」

「我要蓋廟！」

群豪譁然。「中原的名山勝水，何處沒有廟？你還要蓋廟？」

「不夠不夠！我要把所有的空地全蓋上廟！」

神虛子笑道：「這可不成，都蓋了和尚廟，那咱們的道觀要蓋在哪裡？」

大伙兒也跟著噴笑出聲。

頭痛頭陀怒道：「你們道士統統去死！」

他說打就打，一杖就朝神虛子頭頂蓋下。

「胡鬧！」神虛子單掌一推，竟把這足可開碑裂石的沉猛一擊推了開去。

姜小牙心道：「通天宮的『通天神掌』果然名不虛傳。」

頭痛頭陀還想再打，八極劍派的掌門人「一劍震八荒」葛無能走出人群，喝了聲：「還不給我住手！」

頭痛頭陀天不怕地不怕，不知怎地，就怕這葛無能，當即收杖後退。

八極劍派從八極門中分出，至今已有兩百四十多年歷史，其間能人輩出，統領過不知多少代武林的風騷。這葛無能年約四十，身材、臉型都極其普通，怎麼看都像是個鄉下私塾的教書先生，只有內行人才能從他那兩爿鼓突的天靈蓋看出他的內力修爲有多深。

葛無能道：「大家且聽聽道長的高見。」

他一發話，大家就都不敢胡鬧了。

神虛子感謝的朝他點點頭：「我剛才已經說了，陶總管推派這位姜先生出任勤王大會的盟主……」

群豪實在看不起姜小牙的模樣，又待嚷嚷，「銀槍會」會頭楊宗業站了出來：「各位可知這位姜小哥是誰？」

銀槍會傳自北宋初年的楊家將，在江湖道上的地位也甚崇高。

頭痛頭陀哼說：「我管他是誰，不過是個比我還土的土包子。」

楊宗業笑了笑道：「如果我沒看錯，這位小哥就是『劍鬼』姜小牙。」在場眾人都嚇了一大跳。劍鬼？這個傳奇人物會是這副模樣？眞是人不可貌相的最佳註腳！

姜小牙見他們一個個瞠目結舌，不由得「喳喳喳」的直搔頭，想爲自己的外貌說幾句抱歉的話，但想來想去，找不出什麼適當的詞語。

驟見司馬灰灰的鬼魂奔了過來，老遠就嚷著：「小哥兒，別跟這些人攪和，我打聽到吳老爺的下落了！」

「眞的啊？」姜小牙匆匆忙忙轉身就走，把那群仍在發呆的傢伙統統拋在背後。

「這……喂……」輪到不知如何收場的神虛子猛搔頭了。

**恩公原來是……？**

一走進胡同口，姜小牙就認出了童年時曾經待過將近一年的地方。

「就是那家！」姜小牙三步併作兩步的衝到一間四合院前。「我還記得這棵歪脖子大樹！」

姜小牙興奮的正要上前敲門。

「等等！」司馬灰灰出聲攔阻。「你已經搞清楚了你的恩公吳老爺是誰？他還認不認得你、記不記得你？你這麼莽莽撞撞的就往裡衝，他不把你當成強盜才怪。」

姜小牙啞然失笑。自己連恩人的姓名都不知道，如何相認？又如何說明來意？

「大叔，還是你想得仔細。」

司馬灰灰得意的賣弄自己打聽到的消息：「吳老爺名叫吳襄，曾經當過遼東總兵，算是個有名的人物。他的兒子，就是你所謂的吳少爺吳長伯就更厲害了，他是當今大明首屈一指的戰將，麾下統領著全天下最精銳的部隊……」

姜小牙怪道：「我到處探問，為什麼沒人聽說過他？」

司馬灰灰笑道：「長伯是他的字，沒幾個人曉得；大家都只知道寧遠總兵吳三桂！」

## 要錢的方法

吳襄端坐在一張黃花梨四出頭官帽椅上，啜飲著兒媳婦剛剛沏好的濃茶。

「怎麼會沒有錢？」他喝一口茶，就不滿的嘀咕一聲。「胡說！騙人！」

就在這時，姜小牙進來了，「噗通」一聲跪倒在地，磕頭如搗蒜。「恩公，我總算找到您了！」

吳襄丈二金剛摸不著頭腦的望著這個衣衫襤褸的鄉巴佬，心上浮起的第一個念頭就是：「又是來要錢的！」日漸老邁昏瞶的腦袋已失去了往日犀利敏銳的判斷力，否則他心中的第一個疑問應該是：「他如何進來的？」

吳家父子兩代都是總兵，宅中自然豢養著許多武藝高強的家將，未經通報的閒雜人等，休想踏入一步。然而現在的吳襄，腦中除了錢還數得清楚之外，其他事情都像漿糊般黏成一團。

姜小牙連聲感謝他往日的恩德，他卻聽得如墮五里霧中：「賣身葬父母？賣了多少錢啊？錢這種東西，永遠都不夠用，最好能賣多一點。」

「當初是您買的呀！」

「啊？」吳襄吃一驚。「那……最好少一點！少一點！」

姜小牙暗自好笑，便不再提往事：「吳老爺，北京快要陷落了，我帶您老人家出城避難去吧。」

「嘖！怎麼會守不住？有我兒子在，那李闖算是個什麼東西？」吳襄說著，激動莫名。「上個月我就是對皇上這麼說的，但皇上仍然不信任我！事隔這麼多年了，他還是不信任我！」

十三年前，清太宗皇太極率軍攻打大凌河，吳襄奉命馳援，卻在途中逃亡，導致全軍覆滅；崇禎大怒，逮捕他下獄問罪，僥倖沒死。如今事態危急，多半因爲想要借重吳三桂這員勇將與手下精兵之故，崇禎不得不再度啓用吳襄，將他調爲中軍府提督，並親自召見他商議大計。

吳襄回憶道：「皇上問我：『卿父子共有兵多少？』，我回答：『按冊有八萬，其實只有三萬』……」

姜小牙曾經當過流寇，早知道官兵「吃空缺」的陋習——濫用人頭充數、遇缺不補，但兵餉照領，這些錢統統進了指揮官的口袋，所以兵籍冊上有八萬個人頭，眞要打仗時卻只有三萬，難怪臨陣不堪一擊。

吳襄一點都不覺得慚愧，繼續聒道：「皇上又問：『這三萬人是否皆驍勇敢戰？』我回答：『其實不過三千人可用。』……」

姜小牙心忖：「這一問一答之間，兵員又少掉了十分之九，倒楣的皇帝心中不知做何想法？」

吳襄還在忿忿不平：「皇上聽我這麼說，似乎很不以爲然，其實他懂什麼？軍旅本來就是這樣嘛！後來，他終於問我說：『需餉多少？』我回答：『需餉百萬。』嘿！你猜他告訴我什麼呀？他說：『內庫只七萬金，金銀什物補湊一起，也不過二、三十萬。』」激動的吳襄竟拍起桌來。「堂堂大明的國庫就只有二、三十萬？他想騙誰？怎麼會沒有錢？根本就是胡說！騙人！」

姜小牙勸道：「吳老爺，錢不是重點……」

「當然是重點！沒有錢怎麼辦事、怎麼過活？」吳襄嘶聲大吼了幾句，這才終於發覺不對。「咦，你是什麼人？怎麼進來的？你想幹什麼？要錢？半文也沒有！來人哪，把他轟出去！」

## 早出生三百年的超級大歌星

姜小牙不想跟那些家將囉嗦，抽身來到後院，正要翻牆出去，卻忽然聽見一陣聲音。是天籟？是某種人間還沒有發明的樂器？那分明是人在唱歌，但世上豈有這麼好聽的歌聲？

唱著歌兒的女子正在院中井邊打水洗衣。她彷彿有著滿腹心事，並非開懷而唱，只是低哼淺吟，藉以排遣胸中煩悶，即便如此，她的歌聲仍散播出無限迷人的魅力。

姜小牙呆了，癡了，什麼事情都忘了，只希望能夠站在這裡聽她一直唱下去。

那女子終於回轉過頭。她長得素淨恬適，並不算很美，但聽過她歌聲的人，一定會把她當成全世界最美麗的女人。

「小哥，聽你剛才跟老爺說，局勢眞的很不好？北京眞的會陷落嗎？」

姜小牙定了定心神，因見她的神情焦慮頹喪，只說了「恐怕」兩個字，就說不下去。

女子更加憂愁，還想追問，幾名家將已手持兵刃從前院湧了過來。

「狂徒，你想幹什麼？」

「快保護少夫人！」

原來她竟是吳少爺的夫人？

姜小牙不想跟他們交手，懷著萬分不捨的心情，縱身越牆而出。

「唉，眞想聽她再唱幾首歌兒。」

心頭兀自縈迴著優美旋律的姜小牙，當然不知道這位「吳少夫人」就是日後舉世聞名的陳圓圓。

## 貓的記憶刻痕

貓是這樣的一種動物——冬天鑽入你的被窩、夏天跳上你的涼椅，你以爲牠很喜歡你？臭美！牠才不是喜歡你，而是喜歡你所在的那個情境。

「劍仙」白笑貓永遠記得一年多前自己在華山下遭遇「滄浪十八劍」的伏擊，她雖然殺死了其中的十四個，另外四個喪膽而逃，但她也身受重傷，昏倒在一條野溪邊。當她醒來時，只覺得整個身體輕飄飄的、軟綿綿的，恍似躺在一朵雲上面，一瞬間，她以爲自己已經死了，然後她才看到一個獨眼、扁鼻子、眼珠綠得嚇人、活脫脫像隻貓頭鷹的男人，坐在她身旁，用一個小爐子煎著藥。

他傴僂著身子，半瞇著獨眼，觀察爐火的火候，他的神情是那麼的細心、那麼的專注，好像爐中的藥是他的命根子。

白笑貓永遠記得那幕情境，永遠記得那個細心專注的男人，永遠記得那股鑽入鼻中的藥味。

從此以後，她就成了貓頭鷹男人身邊的首席侍衛，水裡來火裡去，決不後悔。

## 細心的老粗

闖王李自成長得像貓頭鷹，說話的聲音卻像狼嚎，還有金屬磨擦的成分摻雜在內，難聽極了。他的動作、言語都有些遲鈍笨拙，舌頭總像是打了個結，一句話要在嘴裡繞上半天才會出口，就像現在，他已經盯著白笑貓半炷香了，還沒說半個字。

白笑貓知道他的毛病，絲毫不以爲意，翹著腳，盡往嘴裡丟瓜子兒。

「探聽的結果如何？」李自成終於冒出一句。

「朝中大臣無一不貪。」白笑貓撇了撇嘴角，她在不打架的時候，任何一個小小的表情都迷人極了。「薛寶那廝，把他知道的統統都告訴了我，我已做成一本帳冊，等咱們進入北京城之後，就能教那些傢伙把不義之財統統吐出來。」

原來，這就是白笑貓假扮成農婦、故意被薛寶搶去當新娘、混入薛府的任務——薛寶的父親「陽武侯」薛濂是貪官污吏的頭兒，從他那兒自可打聽出不少底細。

明末蜂起的流寇大多是有勇無謀的老粗，李自成在其中算是最有領導才能、最有遠見、最有紀律、最有自制能力的一個，而且他還有一項絕活兒——最會使用間諜。

每次出兵攻城之前，他都會派出大量間諜潛入城中散播謠言、製造恐慌、擾亂人心。這次他更爲細心，連城破之後，如何讓那些貪官把污進去的髒錢統統吐出來的方法，都事先準備妥當。

李自成起身走到大帳之外。此刻，遠方的北京城牆恍若就矗立在他的鼻尖前面。十八年前還在邊關當個小小驛卒的他，大概做夢也想不到今天竟會率領著數十萬大軍，直逼天下帝都。

「只差最後一步了。」李自成的獨眼迸出磷磷精光，其實心裡還不太相信自己能夠傾覆這個龐大穩固的帝國。

「大哥，什麼時候攻城？」闖軍中第一員猛將劉宗敏跑了過來，拉開嗓門笑嚷。「兄弟們都已經不耐煩啦！」

李自成照例不答言，只是抬頭看了看天。

這，恐怕是大明帝國的最後一抹斜陽了吧？

## 追女孩的方法

姜小牙回到陶家，正逢神虛子和「雪火雙俠」告別出門。

「姜先生，勤王大會上你就那麼一跑，可把我搞慘了。」神虛子朝著他猛搖頭，認定他是個不負責任的傢伙，不想再多說什麼的走了。

「哼！」龍薰衣也責怪的朝他皺了皺鼻子，走了；沈茉則是一副根本不認識他的模樣。

姜小牙因龍薰衣的態度而心情大壞，暗犯嘀咕的進入屋內。陶醉的傷勢看來已無大礙，半躺在床上逗著大狗沙袋玩耍。

「聽說你不想當盟主？」陶醉笑問他。

「我根本沒那心思。」姜小牙搖搖頭，猛地想起一事。「你可認識『風劍』燕雲煙？」

「他生前曾經與我同朝為臣，職位比我高，是『二品侍衛總管』，就武林輩分而言，可以算是我的大師兄。可惜他兩年多前命喪陝北。」

「風雨雙劍」在一個月黑風高的日子裡，拚了個同歸於盡，兩人在世之時從不收徒授藝，死了之後變成鬼，卻各自收了一個徒弟，「雨劍」蕭湘嵐收了姜小牙，「風劍」燕雲煙則收了一個名叫李滾的胖子。

姜小牙傻笑：「其實，我也可以算是燕大俠的半個徒弟……」

陶醉一驚：「你也學過『風劍三十七式』？」

「我只學了一招起手式『風起雲湧』。」

「普天之下，能夠同時學得風雨雙劍的恐怕只有你一個，難怪你這麼高明。」

「不，還有一個死胖子，不過他留在桂林沒來。」

陶醉嘆道：「風雨雙劍的本領比我高得多，現在的什麼四大名劍，哪裡比得上他倆的一根小指頭。」

姜小牙道：「現在的局勢非常不好，你有何打算？」

「我身為朝廷命官，保衛社稷是我的責任。」陶醉淡淡的說。「孔曰成仁，孟曰取義，多少忠義烈士走過這條路，我只是追隨他們足跡的一個小卒而已。」
「唉……」姜小牙佩服陶醉忠字當頭、視死如歸的豪氣，但他自己胸中實在激發不出保國的信念——從童年至今的經驗，讓他對大明朝廷全無好感。
「我不能勉強你。」陶醉體諒的說。「很抱歉讓你捲入這場亂局，如果你不想留在北京，沒有人會責怪你。」
姜小牙本想提起吳襄之事，但那「恩公」食君之祿，眼中卻只認得錢，遠不如陶醉的忠肝義膽，姜小牙簡直替他丟臉，羞於啓齒，只好又嘆了口氣。
哪知陶醉竟會錯了意，笑道：「怎麼，捨不得？」
姜小牙一頭霧水：「捨不得啥？」
陶醉促狹的說：「龍姑娘啊！」
一語就道中了姜小牙的心事，止不住血漲臉龐：「咳……這個嘛……」
「窈窕淑女，君子好逑，何必害臊？」
姜小牙只得承認：「我也不知道爲什麼，好像中了邪，全無道理。」
「每個人心中都有一個喜歡的『型』，怎麼生成的？你自己也搞不清楚，反正這個『型』永遠跟定你了，想改也改不了，你只有聽從它的號令。」
姜小牙心中聳然一驚，這才發現龍薰衣的外型和師父「雨劍」蕭湘嵐頗爲相似。
陶醉以前輩的身分開導他：「想追女孩，首重纏功！」

「纏？」姜小牙立刻就想起了沈茉。「嗯，你的話太有道理了，但要我像那樣，恐怕……嘿嘿……」

「臉皮薄，就打一輩子光棍，跟我一樣。」

「原來你也是光棍？」姜小牙哈哈一笑。「那你還教我？」

「會教劍術的師傅，自己的劍術未必高明。」陶醉收起嘻皮笑臉，嚴肅的說。「你仔細想想，一個人的一生當中會碰到幾個自己中意的人？放過這一次機會，你會一輩子後悔，後悔到你死的那一天都還在問自己：『爲什麼我那麼沒有勇氣，就算被她拒絕了又如何，最起碼我試過了！』我請問你，姜小牙，你試過了嗎？」

被他這麼一說，姜小牙竟有點冷汗透背：「那……我該怎麼辦？」

「去找她，先別說你的心思，但一定要先想辦法纏在她身邊。」陶醉推了他的肩膀一下。「他們住在西直門內的吉祥客棧，快去吧。」

「你的傷……？」

「我好得很，而且等下焦轟會來。」陶醉又跟沙袋玩起了搔肚皮。「對了，再拜託你一件事：明日一早，帶著『雪火雙俠』上城去看看敵軍有何動靜？」

## 京都舞影

雖然得到了寶貴的教訓，姜小牙前往西直門的步伐怎麼也快不起來。

「如果見到了龍姑娘，我要跟她說什麼？我要怎樣纏著她不放？這也未免太難了吧。她是天上的人兒，我是泥巴裡的蚯蚓，一輩子都搭不到一塊兒去。」

愈想愈喪氣，腳步更拖拉得好似兩團泥漿。

深夜街頭寂靜得不似人間，姜小牙聽著自己的腳步聲，沒來由想起「吳少夫人」的歌聲。

「唉，什麼時候才能再聽她唱歌？」

殘留在記憶裡的美妙旋律如同仙丹妙藥，治好了他腦袋裡的沮喪，他哼起陝北的農村小調，愈哼走得愈快，最後竟像是在雲端跳舞，不時還在半空中打個迴旋。

他只顧著自己樂，沒注意到直街上正有一群人往南邊走去。

## 太子流亡

太子朱慈烺並不願意離開京城。他才十六歲，這輩子還沒踏出過宮門半步，現在父皇竟要派他去南京的小朝廷扛起「監國」的重責大任，讓他覺得舉步維艱。

十八名東宮侍衛圍繞在他身邊，走向正南方俗稱前門的正陽門。

走著走著，忽覺一陣涼風吹過，最後面的四名侍衛就倒了下去。

餘人聽得聲響，連忙回頭，還沒看清楚發生什麼事，左邊的四名侍衛也倒了下去。

太子眼尖，發現他們的後頸上都有一個小洞，鮮血正汨汨冒出。

「殺人啦！」太子的身材算是高大，聲量頗宏，這一叫，在靜夜裡尤顯淒厲。

但他身邊的衛士仍然不停的倒下去，幾乎都沒發出聲音，更別提尚有還手之力了。

頃刻間，直立著的就只剩下太子一人，他驚怖的睜大眼睛，望著站在前方暗影裡的那個人。

他忘了驚叫，忘了逃跑，只是楞怔怔的盯著那個人，渾似遇見了地獄裡的鬼魂。

## 賺二十四文錢的方法

「發餉囉！」

駐守北京城外三大營的士兵們，三月十七一早就得到了這個好消息！

「已經五個多月沒發餉了。」大家都難得高興。「總算能給家裡添點米了！」

過沒多久，就見總督京營的「襄城伯」李國禎親自押著幾輛大車來到營中。

「別擠別擠，按冊領取！」

神機營的一名士兵陸大成仗著粗壯的身材擠到大車旁邊：「敵軍就快殺過來了，還有時間『按冊』？先發了再說！」

「對啊對啊，領了餉才有精神打仗嘛！」

李國禎眼見群情激亢，只得下令：「好吧，發！一人二十四文。」

所有的士兵都傻住了。

什麼？等了五個多月，就只有二十四文？二十四文就想叫咱們賣命？

陸大成怒火衝頂，一肩膀撞在大車上，把車上裝錢的箱篋撞翻了好幾個。

「死囚囊！放肆！」押車的小太監揮鞭猛抽，陸大成的臉上頓時一道血痕。

「憑你也配打我？」

陸大成一把拖下那太監，單手一絞，就把他的頸骨扭斷了。

李國禎見勢頭不好，撥馬就走。

五軍、神機、神樞三營的士兵完全絕了望，狂暴的衝到車邊，殺了押解餉銀的太監、衛兵，並將車上的錢財劫掠一空，而後一鬨而散。

當劉宗敏率領先鋒部隊來到城外的時候，官軍的甲仗器械丟得到處都是，幾十尊紅夷大砲則整整齊齊的排成兩列，似在歡迎新主人的到來。

耳中仍然迴盪著吳少夫人的歌聲以至於一夜沒睡好的姜小牙，遵照陶醉的囑託，邀集「雪火雙俠」一起登上北京城牆。

## 攻不破的城牆

在拾級而上的過程中，沈茉滔滔不絕的向龍薰衣介紹著：「這座全天下最堅固的城牆，自從建成以來，遭遇過兩次外敵入侵：第一次是一百九十六年前，蒙古瓦剌部族的雄主也先，從塞外率領鐵騎直薄城下，結果只有望牆興嘆的分兒；第二次是十五年前，國號還是『大金』的軍隊在皇太極的率領下，也層層包圍住它，最後仍然無功而返。今天是它第三次肩負起存亡絕續的重擔，依我看是決無問題，因為來犯的敵軍都是一群鄉巴佬，能有什麼做為？」

龍薰衣掩嘴一笑，並瞥了姜小牙一眼；沈茉又細手細腳的幫她理了理衣襟：「城上風大，都吹縐了。」

三人登上城牆頂端，姜小牙簡直被這宏偉雄壯的建築嚇呆了。

龍薰衣也直著眼睛嚷嚷：「我的天，這牆頂簡直比校場還大！」

沈茉又開始介紹：「城牆高有三丈五尺五寸，基厚六十二尺，頂寬五十尺，可以同時並行十輛馬車。天子所在的地方，自然固若金湯。」

姜小牙又四下瞅了瞅：「請問沈少俠，每個垛口有多寬？」

沈茉根本不想理他，還是龍薰衣覺得不好意思，偷偷扯了扯他的衣袖，他才臉向別處，答道：「五尺八寸。」

姜小牙搖頭道：「你們看，每三個垛口才得一個守軍，而且還是內操太監，這怎麼守得住？」

當真，既寬且長的牆頭上，只稀稀落落的部署著幾百個太監，沒精打采的樣子，教人看了直生悶氣。

「喂，難道連個兵都沒有？」龍薰衣逮住一個太監頭頭問著。

「姑娘，妳沒看城下，剛剛全都跑光了！」

實在是因爲城牆太寬了，看不見城下的狀況，龍薰衣拔腿就往牆邊走。

富有戰陣經驗的姜小牙登即出聲警告：「龍姑娘，小心！」

龍薰衣不屑的撇撇嘴：「小心什麼？」

沈茉也白了姜小牙一眼：「對啊，小心什麼？膽小鬼！」

兩人還沒走出幾步，就聽一聲地坼天崩的聲響，緊接著一團黑黝黝的東西從城下射了上來。

姜小牙飛身前躍，將「雪火雙俠」一起撲翻在地，那顆砲彈從他們頭上呼嘯而過，落在後方不遠處，把堅實的地磚砸碎了十幾塊。

龍薰衣整個身軀被姜小牙壓在下面，但她倒也知理，扭頭對他笑了笑：「多謝啦。」

姜小牙聞著她嘴裡吐出的香氣，眼兒對著眼兒，身子貼著身子，不禁呆了。

豈料沈茉一個肘拳撞在姜小牙的肋骨上：「滾開！臭死了你！」

姜小牙沒防著這小子恩將仇報，被他一拐子頂得腹部生疼，不由一怔。

沈茉翻身站起，惡狠狠的瞪了姜小牙一眼，邊取出摺扇，用力拍打自己渾身上下：

「今天眞倒楣，搞得全身臭死了！」

龍薰衣極易受到師兄影響，一改感謝的態度，皺眉道：「鄉巴佬，怎麼搞的嘛？這麼粗魯！」

沈茉拉著龍薰衣的手：「我們到那邊去。」走出幾步之後，瞅了瞅龍薰衣，又驚叫出聲：「唉呀，小師妹，妳的衣裳全髒了，這如何是好……」

話沒說完，城下又傳來幾聲砲響，姜小牙又撲過去，但這回只撲倒了龍薰衣而已。

沈茉可顧不得小師妹的衣服了，抱頭臥倒，兩顆砲彈正好落在他身邊，碎裂的地磚灰屑灑了他一身。

「這下子，你可弄不清爽啦！」姜小牙賊笑開來，忘了龍薰衣還被自己壓在身子底下。

## 會打砲

已經來到陣前的李自成，看著部下向城上發砲，止不住心頭火冒。「憑著這些人，也能打到北京，眞是瞎貓碰到死耗子！」

李自成大步上前，推開砲手：「讓老子教你們怎樣打砲！」

李自成先用「矩度」測出距離，再將「銃規」的長柄插入砲口：「要經由這條垂著的『權線』，在弧上讀出砲管的仰角。」

手腳俐落的調好了角度。

「塡藥！」

砲手們手忙腳亂的往砲管裡塞火藥。

李自成攔住，拿起「銃尺」交給他們：「這玩意兒的功用就是測量應該裝塡的火藥量。記住，火藥不能塞滿砲管，裝太多了反而會炸膛。」

接下來，李自成又詳細解說：「『星斗』分別指的是立在砲口口箍上的『星表』，和安裝在砲底外緣的『照門』。」

細心調好了準度，下令：「發砲！」

砲手點燃引信，一砲打去，卻打在城牆離地五尺之處。城牆有六丈多厚，火砲當然打不透，只在表面上打出了個小凹洞。

砲手們都在心裡暗笑：「這一砲打得比我們彆腳一百倍！」

李自成再度校準砲口，再發砲，這回打在離地一丈之處，同樣打出了個小凹洞。

李自成如此發了六砲，在城牆上打出了六個小凹洞，每隔五尺一個。這六個小凹洞從城底到牆頭，準而又準的排成一直線。

砲手們不敢偷笑了。「老大打砲打得眞準！只是不曉得打成這樣有何作用？」

李自成丟了「銃規」，回頭大叫：「可以上城了！」

只見闖軍之中躍出一條白影，當眞像隻敏捷的大貓，一眨眼就衝到城牆底下，蹬步挺身，一腳踏在第一個小凹洞內，借勢而起，迅快的換腳踏上第二個小凹洞，然後再一步踏上第三個小凹洞……

就這樣，「劍仙」白笑貓只消七步就登上了城頂。

# 女生的廝殺

姜小牙在城上看得眞切，發自內心的大喝一聲采：「好身手！」

白笑貓靈巧的落在他面前：「見了鬼的『劍鬼』，怎麼又碰到你？」

雖然不是朋友，但在紊亂的時局之中再度見面，仍有著一種說不出的親切感。姜小牙笑道：「李闖派妳來幹啥？」

白笑貓還沒答話，一劍已從旁邊刺到。

「死流寇，納命來！」

終於有機會一顯身手的龍薰衣，一出劍就著著兇狠。

「叮」的一聲，白笑貓的「鋼珠丸劍」從手掌心內彈出，輕鬆架住來勢：「原來是通天宮的俗家弟子。」白笑貓自然是個識貨行家，一眼就看穿了龍薰衣的師承來歷。

龍薰衣很踋的一挺胸脯：「我乃武林名俠『火俠』龍薰衣！妳又是何人？」

「喔，好個龍大名俠。」白笑貓嘲諷一笑。「小女子白笑貓。」

龍薰衣結結實實的楞住了：「妳是……『劍仙』？」

沈茉手按劍柄，厲聲道：「小師妹，一戰成名正是機會，別怕她，我幫妳掠陣！」

龍薰衣本也心高氣傲，再不囉嗦，五行劍法中的「水形劍」應念而出，婉轉曲柔，刁鑽異常。

白笑貓的路數更是以刁鑽爲主，見她以水形攻敵，微微一笑，並不還手，只以輕盈的步伐在圈外遊走，一邊誇讚道：「喲，妳這衣裳的料子不錯，哪兒買的？」

「這是京城錦泰祥去年底才出的金菊墨鳳水雲緞，很貴的，一尺三兩銀子！」龍薰衣嘴上回答，手下毫不留情，一劍挑向對手咽喉。

白笑貓見她招招狠辣，心內直咕叨：「丫頭片子不知天高地厚，想讓我死哩。」橫步斜身，劍尖急挽，圈掉了對手來勢，開始反擊，劍花一朵接著一朵，劍風一波接著一波，口中仍繼續說道：「妳的鞋樣也很漂亮，眼光很好。」

龍薰衣被白笑貓的一陣急劍攻殺得左支右絀，但聽她誇獎自己的服飾，仍不免得意，氣喘吁吁的回道：「妳頭上的鳳頭水晶釵很特別，去年夏天我在杭州的李芳記就看到一個類似的，但沒妳這個好看。」

白笑貓尖聲細氣的叫道：「妳去過杭州？唉，我最想去那裡，可惜一直沒機會。」

「去杭州，一定要上沁園春，那兒的胭脂花粉都是極品！」

兩人愈打愈快，嘴上卻沒停止討論，從頭到腳的裝飾，一項也沒放過。

姜小牙對她們的話題全無興趣，只是細細觀察龍薰衣的身手。「龍姑娘的柔軟度絕佳，協調性又好，練武的資質很不錯，但可能是花了太多心思在打扮上面，以至於怠忽了劍術的修練，實在可惜。」

他這一猜可猜錯了。原來龍薰衣是通天宮之花，平常練劍的時候，師兄弟都會故意讓著她，這樣不但對她沒有任何幫助，反而使她成了目空一切的井底之蛙，今天碰上白笑貓，才知天下之大遠在她的想像之外，白笑貓邊說邊打，輕鬆自在，根本是逗著她玩，到得後頭，還有餘暇騰出左手從懷裡掏出瓜子兒，津津有味的嗑了起來。

龍薰衣心頭沮喪，更被白笑貓逼得節節敗退。「雪俠」沈茉在旁手按劍柄，拿不定主意是否應該出手相助？

姜小牙不想讓龍薰衣出洋相，「嗆」地一聲拔出皤虹寶劍。

白笑貓對他可是頗爲忌憚，虛晃一招，將龍薰衣逼退三步，自己向後跳出戰團，板臉道：「怎麼，想要以多欺少？」

「我只是想叫妳別鬧了，閻王既然派妳上城來，總有正事要辦吧？」

「沒錯。」白笑貓嫵媚一笑。「去叫陶醉來見我，我有大事要跟他商量。」

「陶大哥……有點不方便。妳有什麼事，跟我說也行。」

白笑貓皺眉不已：「跟你說？你這土包子做得了主嗎？」

龍薰衣緩過氣來，雖然有點不服，還能壓制住情緒：「陶大哥有交代，在這幾天裡，這個鄉巴佬就算是他的代表。」

兩個女子左一句「土包子」、右一句「鄉巴佬」，換做別的男人，早就氣死了，但姜小牙絲毫不以爲忤，只是咧嘴傻笑。

「好吧，我們的皇帝有信要交給你們的皇帝。」

其實，李自成雖於年初在西安建國號大順，改年號為永昌，已算開國，但他本人還未正式登基。他的想法是要等到兵入北京，才風風光光的坐上皇帝寶座，即位稱帝。

當然，在白笑貓的心目中，他早就是這世上唯一的皇帝了。

「請你帶我入宮去見朱由檢。」白笑貓臉上露出刻薄的笑容。「幾百年才出一個亡國之君，我真的很想瞧瞧他長得什麼樣子。」

## 包圍一隻貓的方法

崇禎皇帝展開白笑貓帶來的信函，禁不住臉上一陣青、一陣白。

信上大剌剌的亂筆寫著：「崇禎小兒，老子的條件是：割西北一帶，分國而王，不奉詔、不入覲，犒輸軍銀一百萬兩，我大順軍暫退河南。如何？待覆。」

按照以往的習慣，崇禎必定立即就把信撕了，再把送信之人毒打一頓，但這一年多來，他起碼學會了一點忍耐，按捺著怒氣道：「且等回話。朕計定，另有旨。」

「喂，我說皇帝老兒，做事情乾脆一點，不要再拖了。」白笑貓又從懷裡掏出一包瓜子兒，「咔咔咔」的嗑。「咱們的大順皇帝對你算是客氣了。」

「放肆！」永遠隨侍在側的太監王承恩開聲喝斥：「哪有什麼大順皇帝，根本就是一個盜匪！一群刁民、亂民！」

「你這公公好沒道理，搶什麼話？我又沒問你的意見。」白笑貓繼續面對崇禎咄咄逼人：「一句話，你到底答不答應？本姑娘可沒空等你磨蹭，城外的數十萬兄弟更沒這個耐心，等到你『計定』，他們早就殺進來了！」

王承恩冷哼道：「北京城牆何等堅固，從來沒人能攻打得破！你們就是估量著攻不進來，才提出這些條件。哼，什麼『暫退河南』？不如乾脆說你們想滾回老巢去！」

白笑貓四下一瞟，嬌笑連連：「我看這『御門聽政』，馬上就要換人來聽了。」

今天崇禎接見闖王的使者不敢太怠慢，地點選在「皇極門」門廳，就是平日舉行常朝的地方。

明朝建國之初，首都在南京，明成祖即位後，花了十五年功夫營建北京，終於在永樂十八年底完成了主要建築，便於翌年的正月元旦正式遷都北京。

怎料四月初八，剛滿百日，一場大火燒光了奉天、華蓋、謹身三大殿。

沒了大殿，皇帝跟文武百官每日都要舉行的「常朝」要改到哪裡進行呢？

最後選定了廣場之前的奉天門門廳，後來才改稱皇極門。

從此，君臣在門廳內進行聽奏、議事、處理政務，就成了慣例，喚做「御門聽政」，即使二十年後，三大殿重新落成，也沒做任何改變，一直延續到今日。

這門廳真夠大，闊九間、深三間，大約有一千一百七十平方公尺，足夠皇帝發威、百官悚慄了。

現在白笑貓竟說御門聽政要換人，大言炎炎，孰可忍孰不可忍？

王承恩心中狂怒，眼望崇禎。

崇禎沉著臉，一點頭，逕自起身往廳後廣場行去。

姜小牙見他這舉動蹊蹺，心中狐疑：「莫非有什麼安排？」

只聽王承恩大叫：「來人哪！」

白笑貓抿嘴偷笑。來人？宮中只剩下一些太監，管什麼用？

門廳外幢幢人影晃動，一大群人圍了過來。

王承恩喝道：「立即擒殺此獠！」

一條黑影應聲撲至，厚背長刀直劈白笑貓頭頂。

竟是殺刀堂的堂主駱力！他怎麼會在禁宮大內？

姜小牙遊目四顧，這才發現神虛子已率領著江湖群豪包圍住整座皇極門廳。

白笑貓一邊敵住駱力，一邊冷笑道：「好啊，大明皇帝沒軍隊可用，卻召集了一些阿貓阿狗來爲他效命，看本姑娘可會把你們放在眼裡？」

群豪齊聲怒叱：「妖女，放什麼狗臭屁？」

嗆然連聲，二十五名殺刀堂的弟兄拔出鋼刀，就往門廳裡衝。

姜小牙趕緊橫身攔在門口：「等等！」

「等什麼，難道你想幫她？」

「聽得常言道：『兩國相爭，不斬來使』，而且人是我帶進來的，我當然要讓她活著回去。」

殺刀堂堂眾可不想聽什麼道理。「你放的屁跟她一樣臭，滾開！」

衝在最前面的是副堂主任達，一刀就從姜小牙頂門劈下。

姜小牙這幾天盡遇到這種不講理的人，實在是受不了了，只一抬腿就把他踢飛出去。

餘人一見，還得了？二十四把刀一起砍上。

姜小牙的身子滴溜溜的一轉，皤虹寶劍就像條鬼魂乍現在二十四人眼前。每個人都被嚇了一跳，忙低頭躲避，劍脊又像鬼的步伐，輕巧巧的在他們每個人的頭上一踩，二十四條頭巾全落到了地下。

白笑貓大聲喝彩：「好劍法！」嘴上說話，手上可沒閒著，丸劍蛇也似的一捲，在對方的肩膀上點了一下，駱力全身發軟，半跪在地；白笑貓跟上一腳，把駱力也踢到門外，和先前滾出去的任達滾成了一塊兒。

姜小牙搖頭道：「學我的，不好。」

白笑貓笑吟吟的站到姜小牙身邊：「你這見鬼的，我愈來愈喜歡你了！」

兩人併肩站在皇極門廳口談笑風生，根本沒把圍在丹墀下的群豪當回事兒。

## 百口莫辯

神虛子輕咳一聲，越眾走出：「姜先生，你這是在做什麼？」

姜小牙正色道：「我書讀得不多，道理也懂得不多，我只知道一件事：爲人應當信守承諾。白姑娘既然是我帶進來的，我當然應該把她毫髮無傷的帶出去。」

他這番話說得堂堂正正，神虛子自然語塞。

白笑貓插嘴道：「我倒有點好奇，大明皇帝怎麼會把你們這些人找進宮來當侍衛？」

神虛子道：「國難當頭，咱們勤王大會當然該爲朝廷做些事情。」

「喲，勤王大會呢！盟主是誰？」

「正是在下。」

姜小牙並不知道勤王大會後來的結果，原來神虛子順利成爲統率群豪的盟主。

白笑貓哼道：「你一個道士，不懂得清淨無爲，坐在爐子前面煉丹，巴巴的跑來蹚這渾水。我看你呀，多半沒安著好心。」

神虛子微微一哂：「妖女，妳我之間的恩恩怨怨，眾人皆知，妳用不著詆毀我，沒幾個人會相信。」

「他們都不知道你的眞面目，要不要我把你的醜事說幾件給大家聽聽？」

神虛子瞬即面罩寒霜，眼露殺機，還沒拿定主意要如何反應，卻聽頭痛頭陀嚷嚷：「好啊好啊，我最愛聽道士的醜事了，妳快說！」

「一劍震八荒」葛無能沉聲道：「這什麼時候？別鬧了！」

葛無能一開口，頭痛頭陀就立刻俯首聽命，只是嘴裡仍嘀嘀咕咕的：「我們和尚就不會有醜事！」

葛無能又目注姜小牙：「聽說你曾爲流寇？而且還是李闖手下的一員？」

這可是姜小牙最不願提起的往事，吞吞吐吐的說：「那時候嘛……」

群豪譁然鼓噪：「原來他倆是一伙的！」

白笑貓高聲分辯：「當年他在闖軍中當小卒的時候，我還不認識闖王呢。」

群豪仍叫囂不停。昨日在勤王大會上，姜小牙不作任何說明，掉頭就走，大家都認爲他不把別人放在眼裡，對他的印象壞透了。

銀槍會會頭楊宗業轉向神虛子發難：「他根本就是李闖派來的奸細，爲什麼昨天你還推薦他當盟主？」

頭痛頭陀立馬補了一句：「莫非你也是奸細？」

神虛子大爲尷尬，不知如何作答。

這時卻見「雪火雙俠」從門外奔入，一邊大喊：「兇手！惡賊！別讓他跑了！」

誰是兇手？誰是惡賊？他們在說什麼？

兩人奔到近前，龍薰衣氣喘吁吁的戟指姜小牙：「你……你這沒天良的……惡賊！」

姜小牙怪問：「妳說什麼？」

沈茉拔出劍來：「小師妹，休再多言！」衝上丹墀，一劍刺向姜小牙。他已等待了很久，這正是在天下人面前揚名立萬的好機會，能夠打敗「四大名劍」之一，「雪火雙俠」

可就一夕之間魚躍龍門了！

姜小牙揮劍格擋，還想再問，不料沈茉的劍法比龍薰衣高明得多，一時大意之下，竟被他攻得節節敗退。

龍薰衣也振劍衝上，被白笑貓攔住：「他們男人打男人，咱倆娘兒們打娘兒們。」

龍薰衣自知不是她的對手，氣得要命：「人家不想跟妳打嘛！」

「不想打，就站在這兒看。」

頭痛頭陀又嚷嚷：「我要看娘兒們打！娘兒們打好看！」

龍薰衣罵道：「那就叫你娘去跟別人的娘打嘛！」

白笑貓拍手大笑：「回得妙！這話回得妙極了！」

那邊廂，姜小牙被沈茉一連二十幾劍殺得兜圈子跑，簡直沒空出手，且因他顧念沈茉畢竟是個相識，不願施出殺手狠著，所以才落到了可算狼狽的境地。

武林群豪紛紛喝采：「『雪俠』的劍法如此神妙，不愧是年輕一代的桂冠劍客！」「簡直是武壇祭酒！」「什麼『劍鬼』，浪得虛名！草包一個！」

龍薰衣更拚命鼓掌：「師兄，殺死他！殺死那個土包子鬼！」

姜小牙聽在耳裡，直如打翻了調味盤，滿不是滋味。

沈茉的體力終究欠缺磨練，中氣不足，步伐與出劍的速度都漸漸慢了下來。

姜小牙何等人物，只要逮著十分之一秒的緩衝就搶回了先機，一劍刺向沈茉空門，情況瞬間反轉，變成姜小牙的劍勢壓住了沈茉的劍勢，就像平空打造出一個鐵籠子，把對方關在其中。

姜小牙這才有空追問：「龍姑娘，妳到底在說什麼？」

「你自己心裡明白嘛！」

白笑貓道：「人家就是不明白才問妳，妳又不肯直說，姑娘的毛病可眞大！」

龍薰衣不願跟姜小牙說話，瞪著白笑貓恨恨道：「那個惡賊趁我們昨晚不在，殺死了陶醉大哥！」

姜小牙這一驚，直如逆血衝頂，嘎聲大叫：「什麼？陶大哥死了？」

只一閃神，就被沈茉突破劍網，差點被他刺中咽喉。

姜小牙既急又怒，不想再跟他糾纏，身體往後仰倒的同時，只用右腳跟使力，讓整個身軀旋扭向右側，左掌倏出，拍在沈茉的左後腰上。

沈茉但覺膝蓋一陣痠麻，差點跪了下去，姜小牙仍不想讓他太丟臉，緊接著又扶了他一把；沈茉乘勢站直，臉色青白互換。

在場的武林群豪除了神虛子、葛無能之外，沒幾個人看得出沈茉已敗，群起喧嚷：「爲什麼不打了？」「快殺了那個『劍鬼』啊！」

神虛子沉聲道：「沈師姪，既然分不出勝負，你先退下。」

神虛子身爲通天宮掌宮，當然要替全宮保住顏面，他淡淡的一句話，讓大家都以爲沈茉與姜小牙平分秋色，也算是替沈茉鍍了一層金。

姜小牙完全不在意勝負或虛名，否則他也不會暗中扶正沈茉了，他只急聲問著：「陶大哥怎麼死的？」

「要問你呀！」龍薰衣一口咬定的說。「昨天晚上，就只有你在他家嘛！」

姜小牙囁嚅道：「我……我後來也離開了。」

「你為什麼離開嘛？」

姜小牙暗忖：「這要怎麼說？說他鼓勵我去追求妳？在眾人面前，這話如何說得出口？」

大家見他猶豫，更加認定他就是兇手。

沈茉自知遠非姜小牙敵手，但毫不感激姜小牙對他手下留情，反而想一口咬死他似的嘶吼道：「陶大哥那麼信任你，你卻狠心趁他負傷之際下毒手，你到底是不是個人？」

龍薰衣憤恨的哭了出來：「你這人面獸心的賊！我要挖你的心去祭陶大哥嘛！」

姜小牙驀然聽聞陶醉的噩耗，心中極為難過，現在又被人誣賴成兇手而百口莫辯，況且出言痛罵的還是自己的意中人，他從未碰過這種情況，一時之間腦中紛亂，不知如何是好。

倏聞司馬灰灰的鬼魂在耳邊叫了聲：「有人偷襲！」

姜小牙猛地回神，發覺腦後一陣金風襲至，連忙矮身橫步，一劍從左腋下穿出，正中那個從後面衝來的偷襲者的肚腹。

原來殺刀堂的駱力、任達剛才被踢暈在門外，任達先醒過來，覷見似有可乘之機，便由後偷襲，但他身手實在太差，以至於腦袋還沒完全清醒，就做了姜小牙的劍下亡魂。

姜小牙一向最不願意殺人，此刻是因爲心神大亂，出手重了點，自己也覺得遺憾。

在場群豪不知他有鬼魂相助，眼見他的反應如此神速敏捷，盡皆駭異；又見他當眾行兇，不由得群情激憤，哪管三七二十一，各持兵刃衝上丹墀。

## 貓躍龍椅

白笑貓道：「好啊，你看看，你惹的麻煩比我還大。」一劍橫掃，當先兩名持鏜大漢的咽喉都被劃斷，兩股鮮血高高噴濺在紫禁城的烈陽下，格外鮮豔。

姜小牙忙道：「不要濫下殺手！」

白笑貓笑道：「喂，現在可是我在救你耶！」再一劍扎出，把一名銀槍會眾捅了個透穿。

「一劍震八荒」葛無能喝道：「妖女，可惡！」仗劍攻上，但同時衝過來的人太多了，葛無能怕誤傷自己人，只得暫且退到一旁。

群豪雜亂無章的不斷湧至，姜小牙、白笑貓出自本能的背靠背，讓他們受攻擊的範圍縮到最小。

當一個人受到圍攻時，因爲他伸開雙手的圓周直徑大約六尺，周長大約九尺半，這樣的範圍，可以容得下對方六個人同時進擊；但當兩個人緊靠在一起的時候，圓周直徑只比一個人的時候多出一尺半，周長只有十一尺半左右，對方最多也只能有七個人同時進擊。

所以是：當你獨自陷入重圍，要同時應付六個人的攻擊；但如果你有一個同伴，你倆就只需應付七個人。對方即使人再多，也只能圍在外圈乾瞪眼。

姜小牙和白笑貓既不齊心，劍法也不同路，但在上述公式的自然開展之下，兩人還是擋住了海潮般的衝擊。

姜小牙採取守勢應敵，一邊還想出聲辯解，只是有點語不成文，別人也聽不進去；白笑貓則攻勢凌厲，一劍殺一人，才眨了眨眼，地下就躺了好多具屍體。

姜小牙叫道：「妳別再殺人了，行不行？」

白笑貓怒道：「你這人好沒道理。他們想殺你，你卻不還手，那你想怎麼樣？」

一旁的司馬灰灰急道：「逃啊！」

姜小牙道：「逃到哪裡去？」

白笑貓摸不著頭腦：「你問我？」

姜小牙道：「我沒問妳。」

白笑貓道：「那你在問誰？」

司馬灰灰道：「他在問我。」

姜小牙道：「你說什麼，她聽不見。」

白笑貓道：「誰聽不見？」

姜小牙道：「唉，算了。」

白笑貓有了靈感：「走，上金鑾殿！」

兩人有如陀螺旋轉，兩柄劍在廣場上蕩出一條通路，併肩闖入「皇極殿」內。

這皇極殿乃是整個帝國的中心、至高無上的所在，只有在重大慶典——皇帝登基、生日、大婚、冊立皇后與元旦、冬至之時，皇帝才會在此接受百官的朝賀；此外，大朝會、宴饗、命將出征、臨軒策士，百官除授，謝恩的時候，也會使用。

「跟我來。」白笑貓哪裡不去，先一跳就跳上了龍椅。

她心思機敏，知道這些前來勤王的人，腦中多少有著忠君愛國的觀念，對他們來說，皇帝的龍椅應該是尊崇無比的物件，萬萬不可褻瀆，因此以龍椅爲根據地，必能令他們投鼠忌器。

果不其然，群豪見他倆高高的站在龍椅背上，都不敢上前攻擊，只有團團圍住、罵罵咧咧的分兒。

不料那頭痛頭陀是個什麼都不管的夯貨，大喝一聲，掄起百斤重的禪杖就砸了過去。

葛無能喝止：「不可！」

但已來不及了，他這一杖打去，當然打不著姜、白兩人，只聞一聲「咔嚓」巨響，杖頭落處，竟把這座兩百七十六年來至尊威權的象徵打得稀巴爛。

神虛子大嘆一聲：「大明到底氣數已盡！氣數已盡！」

姜、白兩人失去了龍椅這張擋箭牌，群豪又蜂湧而至。

司馬灰灰道：「這裡不是勢，退到後面的御花園去。」

## 鏖戰堆繡山

御花園位於紫禁城的正後方，東北角上有座小小的堆繡山，山上有座御景亭。

一群人混戰至此，姜小牙一眼就相中了那塊易守難攻的絕佳地形：「上那兒去。」

群豪之中當然也不乏有識之人。「不要讓他們上山去！」發話者是葛無能，身形倏展，猶如鵬飛，搶先封住了通往堆繡山的必經之路。

白笑貓道：「葛無能，早就想領教你的高招了。」一連十七劍，招招都是致命之劍。

「好狠的妖女！」葛無能長劍一振，御花園內狂風驟起，滿地落葉飛旋如雪。

從後面趕來的武林群豪遠遠瞧見，無不驚駭。

八極拳素以拳勁剛猛著稱，八極劍也是如此，有若狂風烈火，一發就不可收拾。葛無能身為第十三代掌門，劍上造詣可謂絕頂拔尖，江湖上雖未把他列入「四大名劍」，實則決不輸給他們之中的任何一個人。

姜小牙一見他起手的架式，就知今天要糟，若不和白笑貓同心協力，必定難以全身而退，便即縱身撲出，一招「仲夏急雨天外飛瀑」，劍雨傾盆而下。

正所謂風長雨勢，葛無能的「風」，恰好讓姜小牙的「雨」更增威力。

葛無能臉色大變：「原來你是『雨劍』蕭湘嵐的傳人？」

白笑貓大笑：「碰到剋星了吧？」連步進身，直逼葛無能左側。

頭痛頭陀剛才在金鑾殿上一杖沒能打到他們，早就一肚子火，拚命趕在大伙兒前面，一杖朝白笑貓打去。

白笑貓見他又來了，存心耍他，將身閃到葛無能身後：「笨和尚，快來打我！」

頭痛頭陀不分青紅皀白，揮杖亂打，險些掃中葛無能腦袋。

葛無能正和姜小牙戰得難分難解，連出聲喝阻都沒空，只能怒在心裡。

白笑貓又鑽到葛無能右側：「來啊，笨和尚！」

頭痛頭陀想都沒想，又一杖砸去，又差點打中葛無能肩膀。

葛無能受不了了，跳出戰圈，指著頭痛頭陀罵道：「你給我滾開！」

就這一瞬間，群豪都已湧至，亂七八糟的圍攻姜、白二人。

葛無能被他們這麼一攪，實在沒有心情再交戰下去，回眼望見派下弟子也都過來了，心中便另有了主意：「大家退開！」喊了兩聲，沒人理他。

葛無能心想：「眞是一群烏合之眾，成得了什麼大事？」把手一揮。「眾弟子聽令：結陣八極！不退開的人，格殺勿論！」

八名身著青色勁裝的青年弟子應聲而出，各據一方，他們的眼神沉穩銳利，氣定神閒，動作確實，沒有一點花稍浮誇的成分。

爲首的大弟子名喚曹若德，年約二十七、八，喝聲：「開！」

八人同時拉開起手式，御花園內的天光驟然一暗。

群豪都還算是有閱歷之輩，深知這八極劍陣的厲害，再也顧不得亂打，紛紛走避。

刹那間，場中央只剩下姜小牙一人。

白笑貓呢？怎麼她也不見了？

眞是一隻捉摸不定的動物！

曹若德喝道：「頂！」

八名弟子同時向前踏出一步，八柄劍一起從八個方向做出平刺之式。

這劍式看來平凡至極，但姜小牙瞬即覺得不對！

最平常的起手式最實在，往往隱藏著最有變化、最讓人想不到的殺著。

姜小牙舉劍想格，卻不知從何處格起；想挑，也不知要挑往哪一個點。

略一遲疑，八名弟子又踏前一步，劍式仍然保持平刺。

這座劍牢愈縮愈緊了！

姜小牙心中明白，只要他們再往前踏出一步，自己必然死無葬身之地！

如何應敵？可還沒個想法。

但聽得白笑貓的聲音從堆繡山頂上傳下：「住手！」

眾人抬頭一看，白笑貓笑吟吟的站在山上的御景亭前，單手擒住一個人，卻是「火俠」龍薰衣。

原來白笑貓剛才一見八極劍派要擺出劍陣就知不妙，她趁著群豪紛紛避開之際，也混在人群中退出包圍圈，正好看見龍薰衣在後方持劍警戒。

小丫頭畢竟經驗不足，白笑貓輕易的就點了她的啞穴，然後從小徑竄上堆繡山頂，以她做為人質。

神虛子果然被這一招要脅住了，忙叫：「葛兄，快叫你們的劍陣停住！」

「雪火雙俠」是通天宮外傳子弟的「招牌人物」，萬一有什麼不測，通天宮內外兩派都將威名掃地，他可擔待不起。

殺刀堂堂主駱力早已醒了，在人群中發話：「那小娘兒們有什麼重要？別管他，兄弟們，衝上去……」

他話沒說完，只覺後頸一緊，竟被人從後面拎隻雞一樣的一把拎起。

是頭痛頭陀。

「大家都是同一伙的，你怎麼可以不顧別人的生死？」頭痛頭陀有時候雖然混混沌沌、蠻不講理，江湖義氣卻是懂的，最看不慣背叛、欺騙、出賣自己弟兄的人。「你不管別人死活，我也不管你死活！」運勁一甩，把駱力摔出老遠，跌了個七葷八素。

葛無能嘆口氣，道：「收陣。」

## 陶醉的死

姜小牙安全上到堆繡山頂的御景亭內，苦笑著說：「好厲害的劍陣。」

白笑貓道：「你呀，就是經驗不夠豐富，對付任何一種劍陣的方法就是不讓他們有機會成形。」

姜小牙見龍薰衣一逕怒瞪自己，只不說話，便知端的，出手解了她的啞穴：「陶大哥是怎麼死的？昨天晚上我離開的時候，他的精神還好得很，看來傷勢都快痊癒了……」

「你別裝蒜！」龍薰衣嚷嚷：「除了你，還會有誰嘛？」

「唉，妳要我怎麼說？」

「那我問你，你爲什麼不守著他嘛？」

「是他要我……要我去……」終究說不出「要我去追求妳」這幾個字。

白笑貓道：「對不起，打個岔，據我所知，陶醉跟你們通天宮的交情更深，你們爲什麼不看顧他？卻把這事兒交給陶醉才剛認識沒幾天的土包子？」

這下，該龍薰衣支支吾吾了：「是因爲……因爲沈師兄不喜歡狗嘛，他決不住在養有『髒東西』的地方……」

「哼，那個小白臉！」白笑貓鄙夷的皺皺鼻子。「妳就只聽他的話？」

龍薰衣一挺胸膛，傲然道：「我師兄文武雙全，聽他的話有什麼不對嘛？妳沒看他剛才差點打敗了鄉巴佬，小心他等下攻上來把你們兩個都殺了！」

白笑貓嗤笑一聲，但她還不想拆穿這西洋鏡，繼續追問：「後來你們去了哪裡？」

「西直門內的吉祥客棧。」

「你們整晚都在一起？」

「我怎麼會跟他在一起嘛？一到客棧，神虛子師叔和沈師哥就都進房去了。」

「那也就是說，妳整晚都沒看見他倆。」

「妳這話什麼意思？」龍薰衣這才發覺不對，又嚷：「喂，這干妳什麼事嘛？我爲什麼要回答妳的問話？」

白笑貓道：「妳要冤枉別人，就得先把實際發生的狀況說清楚，否則人家豈會心服口服？」

龍薰衣想想，似乎有理，便向姜小牙道：「我們從城牆上下來之後，你陪這位白……白大姐進宮，神虛子師叔因『紅夷大砲』焦師兄有請，也先走了嘛……」

姜小牙心忖：「皇上就在這時，派焦轟把勤王大會的人都找進宮來當侍衛。」

龍薰衣續道：「我和師兄掛念陶大哥的傷勢，就一起去了他家，師兄照例站在外面，只有我一個人進去，結果嘛……」說到這裡就哭了出來。

「陶醉是因傷而死，還是被人殺了？」白笑貓追問。

「陶大哥死得好慘！他躺在床上，滿身是血，兩隻眼睛沒閉上，好像還瞪著兇手……」

姜小牙心中悽然。他這一生，沒交過幾個朋友，能稱得上知己的更是一個都沒有；而他和陶醉的相識，雖然還不到三天，卻正值天下巨變的關頭，兩人一起併肩作戰，經歷了一場驚心動魄的決鬥。

深刻的友情不來自於時間的長久，而在於共同經歷過什麼。

陶醉的俠肝義膽，讓他傾慕；陶醉的忠君愛國，令他佩服，這些都是他做不到的事情。

在姜小牙的內心裡，已覺得陶醉是從所未有的好朋友；他倆之間的交談並不多，姜小牙卻覺得他倆無話不談，甚至不用開口都能知道彼此的心思。

自從父母死後便不曾哭過的姜小牙，見到龍薰衣哭，他也想哭，狠狠的哭！

「妳說的對，陶大哥的確是我殺的！如果昨天晚上我沒有離開……」姜小牙恨恨咬牙，咬得嘴唇都已出血。

白笑貓道：「既然說到了這裡，我也想問，昨晚你到底去了哪兒？」

「我……陶大哥叫我去吉祥客棧……」

「去客棧幹什麼？」

眞正的目的，姜小牙還是說不出口，囁嚅道：「我路不熟，找不到，三更半夜的又沒人問，所以就在街上窩了一夜……」

龍薰衣大叫：「你騙鬼！」

司馬灰灰不知又從哪裡冒了出來：「他是在陪鬼，沒有騙鬼。」

可惜別人都聽不見他的證詞。

姜小牙悄聲道：「你剛才去了哪兒？我差點被八極劍陣困死，想聽你的意見……」

司馬灰灰咋唬：「你和那葛無能一交手，風颳得太大，把我吹到另一邊去了。」

白笑貓怪問：「你又在跟誰說話？」

姜小牙忙道：「沒事。」

白笑貓想了想，又問：「土包子，你說陶醉的傷已快好了？」

姜小牙點點頭。

「那，誰有本事能殺他？」

姜小牙、龍薰衣都一怔。

對啊！誰有這麼大的本領？

白笑貓的推理頭腦挺不錯：「除非，第一，兇手武功太高；第二，兇手是他不會防備的熟人……」

龍薰衣嚷嚷：「鄉巴佬兩樣都符合嘛！」

姜小牙又啞口無言了。

但聞沈茉在山下叫著：「小師妹！小師妹！」
白笑貓哼了一聲：「妳怎麼不說他也符合呢？」
輪到龍薰衣一楞。
白笑貓笑道：「小白臉關心妳呢，出去給他看看吧。」

## 逼瘋皇帝的方法

沈茉看見龍薰衣的第一句話竟是：「小師妹，妳的衣襟又縐了。」
這當口的龍薰衣可不覺得窩心受用了，她嚷嚷：「師兄，快來救我！」
群豪也起鬨：「對啊！再去和那『劍鬼』戰一場，分個輸贏！」
沈茉哪敢再和姜小牙交手，嘴裡另有一套說詞：「他不敢跟我放對，只會欺負我的小師妹。」
群豪也被他這冠冕堂皇的藉口所鼓動，大罵姜小牙無恥！
神虛子急道：「龍師姪，妳還好吧？」
「眞是廢話，自己不會看啊？」白笑貓捏了捏龍薰衣的臉蛋。「還是嬌嫩得很，連胭脂都好好的抹著呢。」
龍薰衣怒罵：「不要亂摸嘛！」
神虛子道：「你們到底想怎麼樣？」

白笑貓道：「這什麼話？該問你們想怎麼樣！我是來送信的，你們卻不分青紅皂白的圍殺我，天下不管走到哪兒都沒這個道理。」

群豪沒得話說。

神虛子沉聲道：「這是聖上的旨意。」

白笑貓不屑冷哼：「你們那狗屁皇帝，根本狗屁不通！」

葛無能道：「盟主，別跟他們囉嗦，總該有個決斷。」

神虛子還是猶豫。

駱力又醒過來了，發話道：「神虛子，剛才大伙兒在圍勦他倆，你卻沒出半分力，你到底是站在哪一邊？」

神虛子望著姜小牙，遲疑了一會兒才說：「貧道行走江湖多年，閱人多矣，以我個人的經驗，我不太相信姜先生會殺陶總管。」

群豪聞言，一片譁然。

姜小牙感激得眼淚都快流出來了。當全天下人都懷疑你的時候，有人肯出聲爲你辯白，這份溫暖與感動自是難以言宣。

「雪俠」沈茉不可置信的囁嚅：「師叔，你怎麼這麼說？」

楊宗業冷笑道：「你倒替天下公敵辯護？是不是剛才白笑貓威脅著要公布你的醜事，你才幫他們說話？」

這分析合情合理，眾人聽得連連點頭。

神虛子怒道：「我豈是這種人？」

頭痛頭陀道：「天下只有和尚是好人，其他人統統都是壞蛋！」

葛無能喝道：「你又添亂？給我閉嘴！」

正喧鬧間，驟聞一陣尖聲宣唱：「皇上駕到，百官跪迎！」

眾人扭頭望去，一臺十六人大轎被太監們扛著，急步而來。

皇帝跑來幹什麼？也愛看熱鬧不成？

皇輿來到近前，王承恩掀開珠簾，內中坐著的正是崇禎皇帝。

神虛子當先跪倒：「草民等恭迎聖上！願吾皇萬歲萬歲萬萬歲！」

群豪一聽見「皇上」，膝蓋先就軟了一半，既見神虛子跪倒，也都忙不迭的跟著跪了下去，只有頭痛頭陀瞪著一雙大眼球東瞧西瞅，還沒搞懂怎麼回事？

白笑貓在山上看著這一幕，不停搖頭：「簡直是一群奴才、一群狗！尤其那神虛子，外表裝成出家人，其實根本就是個功名利祿薰心的市儈！」

龍薰衣怒道：「妳看見你們的皇帝，還不是一樣嘛？」

「我可從來不跪他。」

「那是因爲他還沒得天下。若眞有那一天，妳不跪，看他殺不殺妳的頭？」

白笑貓不由一怔。

轎內的崇禎並不看眾人一眼，只朝著堆繡山上的姜小牙望去，眼中噴出狂怒的烈燄。

姜小牙暗道：「我怎麼又惹著他了？」

只聞王承恩恨恨道：「適才五城兵馬司來報：昨晚護衛太子出京的十八名侍衛全部被惡賊殺死在正陽門內，太子恐被惡賊擄走，至今下落不明！」

群豪一聽，都傻了。

讓他們發傻的理由不只是連太子都有人敢綁架，而是皇帝居然暗中命令太子出京，那就表示連皇帝都對保衛京城沒有信心了！

王承恩怒瞪著姜小牙續道：「據悉，東宮侍衛總管陶醉也被惡賊所害……」

大家都嚷著：「沒錯！就是被那個土包子殺的！」

王承恩道：「皇上有旨，立刻誅殺那惡賊，不得有誤！」

跪地群豪紛紛跳起，拚命衝向堆繡山。他們都想在皇帝面前邀功，所以人人爭先、個個恐後。

姜小牙氣得跳腳，大叫：「喂，怎麼把太子的事兒也賴到我頭上？」

白笑貓道：「這下可好，愈搞愈麻煩，都是你的錯。」

被栽贓誣陷到了底的姜小牙，哪還說得出話？

白笑貓把點了穴道的龍薰衣推入御景亭：「今天我是捨命陪君子，你我若到了九泉之下，別忘了你欠我一杯酒。」

話尾才落，群豪已從四面八方攀爬上來。

「西、南歸我，東、北歸你！」

白笑貓將身躍起，剛從南面爬上來的兩名銀槍會眾首當其衝，槍還沒能舉起，咽喉就被洞穿。

白笑貓更不饒人，再一連七劍，讓七具屍體滾落下山。

這堆繡山只有三丈多高，卻十分陡峭，攀爬者無處可以借力，一旦遇上攻擊，只有束手待斃的分兒。

白笑貓既有居高臨下的優勢，身法更是靈敏迅捷，就像一隻在山壁間縱跳蹦躍的貓，瞻之在左，忽焉在右，劍光恍如銀線般穿梭來去，一閃就帶起一抹血、送走一條命，使得山腳下的屍體愈堆愈多。

姜小牙防守的東、北面則是完全不同的景象，山腳下只有一些額頭腫脹，屁股摔破，坐在地下哼哼唉唉、罵罵咧咧的漢子。

頭痛頭陀嚷嚷：「劍仙恁地兇殘，劍鬼卻慈悲爲懷，這鬼比仙好得多！」

王承恩眼見群豪久攻不下，悄聲向崇禎道：「聖上，我看這些人也是草包得緊，一大群人竟拿那兩個人沒辦法，怎麼搞的這是？」

崇禎因正規部隊無用，便冀望在這些草澤之士的身上，徵召他們入宮協防，但如今見他們也好不到哪裡去，早氣得渾身發抖，嘴唇顫了半天，說不出一個字。

王承恩見狀，就知他快要發狂了，忙道：「聖駕回宮！」

太監們張皇抬著大轎走了。

皇帝這麼一走，群豪可都沒了勁兒。

「拚命給誰看呢？」許多人心裡都這麼想，愈打愈往後退。

葛無能大搖其頭，向神虛子道：「不如暫歇，反正他們也逃不了。」

## 烹調鴨子的方法

姜小牙、白笑貓獲得了喘息的機會，都坐進亭子裡面。

白笑貓責備道：「你根本是假好心，就算是眞好心也沒好報，你不殺他們，他們卻把罪名全往你頭上丟，非要你死不可。」

姜小牙苦笑而已。

白笑貓又道：「他們都說你是『雨劍』蕭湘嵐的徒弟，這蕭前輩可是跟我一樣殺人不眨眼的呀！」

姜小牙被她逼問煩了，只得瞎說一氣：「我不願意殺人，是因爲殺了人之後還會遇見他的鬼，挺麻煩的。」

「你眞看得見鬼？」

一旁的龍薰衣又嚷嚷：「你胡說嘛！你故意嚇我！」

姜小牙笑道：「鬼其實沒什麼好怕的，有些鬼好得很，就譬如現在我們旁邊的這位司馬大叔……」

「這裡有鬼？」龍薰衣慌忙閉上眼睛，摀住耳朵。「你別說了！別說了嘛！」

姜小牙一伸手，解開了龍薰衣被封住的各處穴道。

白笑貓緊蹙眉頭：「你幹什麼？」

「我們不需要用這種卑鄙的手段。」

「就是這種卑鄙的手段，剛才救了你一條命！」白笑貓冷冷道。「你要搞清楚，這不是你一個人就能做下的決定。」

姜小牙堅持：「如果我非要放她走呢？」

「我翻臉就像翻書，你還想跟我打上一架？」

涼亭內的空氣頓即冰凍，姜小牙和白笑貓都盯住了對方的眼睛。

龍薰衣連大氣都不敢出一聲，猜測著自己的命運會落到哪一邊？姜小牙想要放走她的舉動，讓她大感意外。「難道他眞是個君子？難道他眞的沒有殺陶大哥？」種種疑問浮上心頭，開始覺得姜小牙似乎沒有她預想中的那麼壞。

也不知過了多久，忽聽得山下傳來一陣陣奇怪的聲音。

白笑貓放棄了對峙的念頭，起身走到亭外，向下看去，殺刀堂的徒眾不曉得從哪裡搬來了許多木料，堆在山腳底下。

白笑貓驚道：「他們要放火燒山！」

姜小牙、龍薰衣聞言也跑到亭外，駱力正指揮著堂中弟兄搬運木材，其餘人眾全都袖手旁觀。

白笑貓哼道：「他們想把妳也一起燒掉呢。」

龍薰衣遊目不見神虛子與沈茉的蹤影，心中氣苦：「他們都不關心我？」

姜小牙高叫：「等等！讓我們先放人下去！」叫了幾聲，沒人理他。

姜小牙道：「龍姑娘，妳快下去。」

龍薰衣正自著惱，白了他一眼，並不動作。

白笑貓道：「你眞不懂女孩兒家的心思，沒人請、沒人催、沒人發急，就叫她這樣下去？她才不幹呢！」

姜小牙跌足道：「這是性命交關的事情，還顧什麼面子？」

龍薰衣被他們這一言語，當眞氣哭了：「你們滾開啦！我死，也不要你們管嘛！」

火光驟現，殺刀堂眾已將火把扔到木料上，熊熊燃燒。

白笑貓道：「好啦，這會兒想下去都不成了。」

龍薰衣眼見火眞的燒了起來，可還是著了慌：「怎麼這樣嘛？都是你們啦！我們都要被煮熟了！」

白笑貓竟渾若無事，還有心情說笑：「沒下過廚？這是烤，不是煮。」抽出長劍，望著姜小牙。「知道該怎麼做吧？」

堆繡山乃是用太湖石砌成，山坡上的植栽也不多，火根本燒不上來，但濃煙竄上可嗆得兇。

「煙比火更致命！」白笑貓長劍舞出一片劍花，將劍氣織成一道無形的牆，逼開濃煙；姜小牙站到反方向，依樣畫葫蘆，強大的氣流把濃煙一直送出了紫禁城的圍牆。

龍薰衣見他倆的內力如此深厚，嚇了一大跳，心中既驚駭又沮喪、慚愧：「這些年來，大家都把我們『雪火雙俠』當成年輕一代的翹楚，其實我們算什麼？鄉巴佬不比我們大多少，劍法也許不怎麼樣，內功可比我們高得太多了！」

她見沈茉剛才和姜小牙打了個平手，以為「劍鬼」不過爾爾，但現在姜小牙內力的展現可是貨眞價實，深知師兄沈茉有多少斤兩的龍薰衣，不得不承認在這一點上，姜小牙跟他倆簡直天差地遠。

龍薰衣收起以往傲慢的態度，也想幫忙，又估量自己的修為不夠，無法跟他們一樣用內力逼開濃煙。她四下一瞅，看見亭內有塊木板，好歹也能拿來搧煙，她便奔過去，一把抽起鋪在地下的薄木板。不料木板才剛舉起，就從底下冒出一個人來！

龍薰衣嚇得尖聲驚叫，拔腿奔到姜小牙身後，緊緊抱住他：「果然有鬼！」

姜小牙被她突如其來的一抱，不免暈陶陶：「別怕，那鬼不害人的。」

龍薰衣這才想起鬼和他是同路人，又氣得用力搥他：「都是你啦！縱鬼嚇人！」

「但是……咦，怪了！妳也看得見司馬大叔？」

司馬灰灰一旁嘆氣道：「她看見的不是我。」

姜小牙一轉頭，瞥見亭內站著一條熊般的大漢，竟是「劍魔」鐵鑄！

## 冤家路窄

姜小牙第一個反應就是：「他還留在京城裡，陶大哥和太子一定都是他殺的！」

姜小牙二話不說，一招「霏霏江雨六朝如夢」就朝他揮灑過去。

鐵鑄有些訝異：「你不是司馬紅綠的朋友？怎麼跟我動手？」

原來司馬紅綠果眞是大清派在北京的奸細，那日姜小牙亮出「地獄火燄」，鐵鑄以爲他是自己人，當即退走，陶醉因此逃過一劫。

司馬灰灰在旁嘆氣道：「我實在不好意思告訴你這件事……」兒子不但謀害自己，且還是個漢奸，他當然說不出口。

姜小牙這會兒眞想殺人了，又一招「楚江微雨故人相送」，劍劍致命。

鐵鑄不再囉嗦，拔出腰間的闊刃大劍，一劍飛起，渾如轟雷，使得整座御景亭都爲之震動。

姜小牙上次和他交手，雙方都未帶劍，所以都沒見識到對方劍招的底蘊，此刻才算是當世兩大劍客的真正對決。

姜小牙的「雨劍」劍式柔中有剛、剛中帶柔，平常時候，雨勢可以小到讓人毫不覺察，就像毛毛細雨不知不覺的淋溼人們的眉際髮梢；一旦遇到狂風巨雷，雨勢猛然暴漲，傾天蓋地，雨珠綿密得無間無隙，而又粗大得若石若雹。

鐵鑄的路數從他使用的遼東巨劍就能看得出來，那是刀與劍的綜合體，世上最可怕的武器之一，長達四尺二，寬約五寸，重量比一般的劍重上五倍，須有拔尖的臂腕力量才能施展得開；而鐵鑄的「飛鷹十三式」更可謂盡得天下至陽至剛之氣。此刻，這柄巨劍的威力益顯突猛，只一揮舞，就像天上打下一個響雷，把罩在山頂周圍的濃煙震散得無影無蹤。

在另一頭與濃煙對抗的白笑貓發現煙都散了，這才看見姜小牙已和一個大漢打得難分難解，忙趕過來觀戰。

「那傢伙是從哪裡鑽出來的？」白笑貓詢問站在一旁、早看得呆掉了的龍薰衣。

「他……他……他……」龍薰衣指著亭內的木板。「我一掀，他就……他就……」

還沒說完，就見白笑貓雙眼一直，驚呼出聲：「原來是『劍魔』！」

「什麼？他就是『劍魔』？」

白笑貓拍手笑道：「今天的運氣可眞好，『劍魔』和『劍鬼』的決鬥，就算你排隊排上一百年也看不到！」

## 有戲看

神虛子和沈茱回到山腳下，看見有人放火燒山，忙動手滅火。原來剛才焦轟又有事兒來跟神虛子商量，沈茱既怕群豪慫恿他上山去和姜小牙決鬥，又以爲能夠有機會近距離面見聖上，便跟著一起去了，沒想到殺刀堂的人竟放起火來。

等他們滅了火，山頂上的煙早散了，山下眾人驚見山上居然有人在爭鬥。

「怎麼，他們窩裡反了？」「讓他們自相殘殺！」「不對啊！那條大漢是……是『劍魔』！」

大伙兒更加鼓噪：「『劍魔』和『劍鬼』打架呢！」都忘了廝殺這回事兒，興致昂揚的抬頭觀看。

八極劍派和鐵鑄素有舊仇，葛無能喝道：「弟子們聽令：攻上山去，挖出鐵鑄的心肝祭拜前任葉掌門！」

葛無能一馬當先，首席大弟子曹若德率領眾門徒在後，一起衝向堆繡山頂。

## 尋寶的方法

白笑貓看見有人攻上來了，忙叫：「你們幹什麼？都給我滾下去！」

白笑貓跳到山邊，一劍刺向正往上爬的葛無能。

葛無能怒道：「妖女，讓開！我先和那鐵鑄算總帳！」

白笑貓硬是不讓他上來：「你跟什麼人都有舊帳，不如先算算咱們的吧。」

白笑貓輕靈的劍招在這崎嶇地形上顯得更爲有利，葛無能立足之處不穩，八極劍法的威猛便使不出來，只有挨打的分兒；但曹若德率領門徒由別的方向衝上山頂，齊撲鐵鑄後背。

鐵鑄百忙之中猶有餘力抽劍後掃，三名門徒立時身首異處。

姜小牙眼見混戰又起，不願以多欺少，收劍後躍；不料，幾名八極門徒乘隙攻向他側翼。

龍薰衣不假思索：嚷嚷：「鄉巴佬，小心！」

姜小牙其實不需她提醒，但她竟公然出聲幫忙，讓姜小牙的心頭大大的蹦了一下，差點被偷襲成功，忙收攝心神，一拳一腳，把兩名門徒打落山下。

山下沈茱見狀，大叫：「小師妹，妳……怎麼幫他？」

「我不幫他，幫誰？」龍薰衣嬌嗔。「你們剛才跑到哪裡去了嘛！我差點被烤熟了！」

沈茱支支吾吾：「焦師兄有事找我們過去……」

龍薰衣怒道：「原來焦師兄比我更重要！」

沈茱深知女孩兒的個性，發起火來不可理喻，最好閉上嘴巴，不要應聲。

葛無能被白笑貓逼住，說什麼也衝不上山頂，又見門徒死傷慘重，只得高喊：「眾弟子聽令：後撤！」
姜小牙見八極門人都退走了，又揮劍攻向鐵鑄。
鐵鑄忙舉劍擋下，皺眉道：「姜小牙，你我無冤無仇，你爲何一定要找我拚命？」
姜小牙咬牙道：「因爲你殺死了陶大哥！」
鐵鑄大驚：「陶醉死了？怎麼會？」
姜小牙見他神情不像做假，便停住了手。
鐵鑄追問：「是與我交手之後，傷重不治的嗎？」
姜小牙搖搖頭：「當然不是，他是被人謀害的。」
鐵鑄嘆道：「老實說，我還滿欣賞陶醉這小子！」望著姜小牙，又嘆口氣。「當今之世，要找能夠打得過癮的對手，還眞不多。」
白笑貓道：「你說陶醉不是你殺的，那我問你，你還留在北京幹啥？」
鐵鑄想了想，壓低聲音道：「現在直說也無妨。我是奉了大清『睿親王』多爾袞之命前來探查大明的國庫……」
白笑貓笑道：「什麼？堂堂『劍魔』跑來偷窺人家的倉庫？想搶錢？」
鐵鑄的一張黑臉紅漲到了極頂，好在別人看不太出來：「兩國交戰，費用浩繁，大清這幾年下來財務吃緊得很，所以想要搶在李自成之前……」
白笑貓哼道：「你們搶得過嗎？北京是大順的囊中之物、嘴中之肉，誰都別想搶先！」

龍薰衣暗忖：「陶大哥是大明命官，鐵鑄效命大清，白笑貓則歸屬於李自成的大順，這『四大名劍』當中，只有鄉巴佬什麼都不是。只不知，如果要他選，他會選擇哪一邊？」

鐵鑄續道：「『睿親王』當然也知道，就算派我攻破大明國庫，我一個人也無法搬運如許財貨。所以他的想法是，最起碼先把底細探查清楚……」

白笑貓笑道：「整座北京城就是個大寶藏，只是不曉得最大宗的財寶藏在哪裡。大清派你查國庫，闖王派我查貪官，到底誰的看法正確？」

鐵鑄苦笑道：「國庫，我已經進去過了，裡頭確實空虛，只有幾十萬兩……」

龍薰衣嚷嚷：「所以你就躲在這裡嚇人？」

鐵鑄笑道：「驚動了姑娘，眞是罪過！」

「你到底躲在這裡幹啥？」

「我在挖這座山。」

眾人走入亭內，地面已被他挖了個大洞，直通山腹之中，他卻在入口處鋪了塊木板做爲掩飾；剛才龍薰衣隨手一掀，就掀穿了他的祕密。

姜小牙怪道：「你挖這山做什？」

「這堆繡山乃萬曆十一年築成，那時的大明奢靡無度，搜刮了許多民脂民膏，所以我想，萬曆會不會趁著壘山之際，藏了一些財寶在山腹裡……」

白笑貓大笑：「嗨呀，你眞是異想天開！」

## 突圍的方法

鐵鑄尷尬得很，忙顧左右而言他，探頭朝山下看了看，八極門人聚在一處竊竊商議，顯然正在組織下一波攻勢。

鐵鑄道：「看樣子，我留在這裡，反而更增加你們的負擔。」想了想，又道：「不如我們一起殺出去？」

這倒不失爲一個好方法——三大名劍聯手，當世恐怕沒有任何力量能擋得住。

白笑貓也想了想，搖頭道：「不好不好！我們大順不跟你們關外的同路。」

鐵鑄又瞅向姜小牙，姜小牙坐在亭內石椅上，也搖了搖頭。

鐵鑄臉上閃過一絲失望的神情，轉而笑道：「好吧，那我先走了。」

白笑貓道：「不過，我們倒可以互相幫一下忙。」

「妳是說……？」

「你往東走，我們就往西走，分散他們的兵力。」

「好主意！最起碼我能帶走八極劍派的人。」

鐵鑄極有決斷，說做就做、說走就走，大劍一展，恰似一隻飛鷹撲下懸崖。

葛無能和門徒還沒商議完，不料他反而搶先發難，一時之間鬧得手忙腳亂。

鐵鑄並不戀戰，虛晃了兩劍，就朝東邊遁去。

葛無能喝道：「追！」

所有八極門人都追了下去。

其餘的武林群豪則拿不定主意，議論紛紛：「能夠抓住清國的奸細，豈不也是大功一件？」「想抓『劍魔』？你有幾顆腦袋？」「唉，留在這裡也不好幹！」

## 女人永恆的話題

白笑貓見鐵鑄已走，便催促著：「咱們也走吧。」

姜小牙直著眼睛，坐著不動。

白笑貓瞅他這模樣，不禁有氣：「幹嘛啊？捨不得這裡的風景？」見姜小牙仍然沒動作、不說話，這才發現事有蹊蹺。「你受傷了？」

姜小牙搖搖頭，頓了半天，才費力的說：「和他一戰，我太累了，氣血逆行，暫時走不了……妳先走吧。」

白笑貓嘆道：「那鐵鑄確實高強，我們都不是他的對手！」說著，也坐了下來。

姜小牙道：「妳別管我，快走！」

白笑貓道：「哼。」

龍薰衣少女心性，忍不住抿嘴一笑。

白笑貓皺眉道：「丫頭片子，妳笑什麼？」

龍薰衣道：「眞是……」湊嘴在白笑貓耳邊，輕聲道：「多情！」

白笑貓狠狠睨了她一眼，皺皺鼻子：「胡說！妳懂什麼？」

龍薰衣又向姜小牙道：「你本來是爲了她，才被大家圍攻，她現在當然不能不管你嘛。所以啊，你本來就對她……嘻嘻！」

姜小牙尷尬道：「不是這麼回事。」

姜小牙和白笑貓互望一眼，又都迴避對方的目光。

龍薰衣笑得更大聲：「我看嘛，你們倒眞是一對兒。」

白笑貓怒道：「妳再說！小心我撕爛妳那張小嘴！」

龍薰衣忙摀住嘴，但仍笑個不停。

白笑貓道：「妳怎麼還不下去？現在倒是個好機會，趁著鄉巴佬打不動，你正好叫下面的那一堆蠢蛋攻上來。」

龍薰衣哼道：「我才不下去呢。」索性挨著白笑貓坐下來。

「啊？還在嘔氣？」白笑貓的眼波流轉到姜小牙身上。「還是妳對這個鄉巴佬……」

龍薰衣哼了一聲：「簡直胡說八道！」

白笑貓道：「人家對妳可是很不錯的，爲了妳要跟我拚命呢！我看啊，你們倒是一對兒。」

大的閨蜜。

龍薰衣擰了她一下：「妳還說？」心想，「我怎麼會跟那鄉巴佬一對？眞是笑話！」

經過這一番驚心動魄的廝殺，她和白笑貓反而變得親近起來，宛如一對從小一起長大的閨蜜。

姜小牙終於調理好呼吸，吁出一口大氣：「好厲害的『劍魔』，他的劍就像是一堵石牆。」

龍薰衣道：「他的劍勢好霸道，究竟是何來路？」

白笑貓道：「連這妳也不曉得？他那『飛鷹十三式』傳承自東晉時『龍城派』始祖『龍城飛鷹』徐無君的『飛鷹七劍』，經過一千三百多年、這麼多後人的發展改良，威力更強！」

姜小牙想了想：「我還是懷疑陶大哥是他殺的。」

龍薰衣道：「那他爲何綁架太子嘛？他把太子藏在哪裡？」

白笑貓道：「怪了，妳爲什麼認爲殺死陶醉和綁架太子的是同一個人？」

龍薰衣道：「因爲陶大哥是太子的劍術師傅嘛，這兩件事必有關連。」

白笑貓道：「妳知道我懷疑誰？說出來妳一定會生氣，我懷疑妳的師叔神虛子！」

「妳……胡說！我師叔是通天宮的掌宮，豈會做出這種沒天良的事！」

「哼，知人知面不知心。」

「妳……」龍薰衣按捺住火氣。「你們早有過節，所以他一直罵妳是妖女，但妳也不該誣賴他嘛。」

「妳可知道他的往事？一定不知道！當年他為了爭奪通天宮掌宮之位，把他的師弟逍遙生害得多慘？」

「逍遙生？那是我七師叔，我們這一代的從小就沒見過他，他已經失蹤好多年了。」

「他為什麼失蹤？去了哪裡？為什麼你們宮裡的人都不談他？」

龍薰衣聽她這麼一說，再加上一些童年回憶，也覺得其中別有隱情：「妳怎麼知道這事兒的？」

「我和他……」白笑貓說著，眼眶忽然一溼，扭頭看向別處。

「觸到了她的傷心往事？」龍薰衣心忖。「莫非她和七師叔有著一段忘年之愛？」

白笑貓幽幽的說：「妳看我幾歲了？」

「跟我們差不多，二十出頭嘛。」

「丫頭片子的嘴真甜！」白笑貓收起欲落的淚水，捏了龍薰衣一把。「我都三十多了。」

龍薰衣驚呼：「哇！妳保養得真好耶！」

白笑貓瞟了姜小牙一眼，低聲道：「我都是用……」

「真的啊？那麼好用，我都是……」

「剛才忘了問，妳這衣裳……」

「我這絲巾……」

兩女嘰嘰喳喳的說個不停，把姜小牙完全排除在外。姜小牙不想聽，反正聽也聽不懂，坐在一旁專心摳著自己的爛皮腳。

山下眾人見他們沒走，也都席地坐下，更有些人乾脆抱頭躺倒，一副就地紮營的架式。折騰了大半天，沒死沒傷的人都慶幸自己今天的運氣不錯，要打要殺且等明天再說吧。

神虛子和沈茉叫喚龍薰衣好幾次，沒得到任何回應。

龍薰衣從未跟師兄沈茉鬧過彆扭，而這回她確實是氣著了，剛才怎麼能夠不顧她的死活，跑開了呢？她有意不理他，看看他會發急到什麼程度。

沈茉自知理虧，但又不能當著一大群老粗的面前，公然說些道歉、安慰的話語，只好耐心等待，從山下看得見龍薰衣和白笑貓坐在亭子裡笑語晏晏，說得個沒完沒了，心中直納悶：「她不是被白笑貓強抓了去當人質的嗎？怎麼兩個人卻跟好朋友一樣？」任憑他學識淵博、聰明絕頂，也是怎麼想都想不通。

太陽很快就下山了。

這一晚，堆繡山周圍除了兩個女人的衣著討論與一陣陣的鼾聲之外，還算滿平靜的。

## 最後一日

旭日剛剛昇起，崇禎就來到皇極門門廳，準備今日的早朝。

他真的是個非常勤奮的皇帝，滿心想把國家治理好，也滿心以爲文武百官、天下百姓的想法都跟他一般。

直至此刻，他才發現自己一直活在夢裡——他坐在門廳內枯等了許久，大臣一個都沒來。

早朝，他們居然敢一個都不來！

他詢問身邊垂頭喪氣的太監：「人都到哪兒去了？」

沒人能夠回答他。

「王承恩！」

「奴才在！」仍然中氣十足，態度堅決。

唯一能夠信任的人只剩下他了。

「現在城外的情形如何？」

「逆賊的攻勢並不猛烈，似乎有所等待。」

「等待什麼？」

連王承恩都不敢明言了。

「各地勤王之師來了多少？」

「沒……沒有。一早謠傳有兵到，結果是唐通降賊的兵譁噪索餉！」

崇禎慢慢的、慢慢的笑了，笑聲是那麼的難聽，比哭還難聽：「怎麼會落到今天這步田地？朕就想不透，怎麼會落到今天這步田地？」

慘笑迴盪在門廳內，太監們都哭了。

門外射入的陽光照花了崇禎勞累虛弱的眼，他舉起手，想要遮擋光線，下一刻他卻痛恨起他的手來。

偌大帝國就在他的眼前、他的手中傾圮崩頹，他是做了什麼孽，該得到這樣的報應？

「城上還有多少兵馬？」

「『內操』三千，兵卒數目……不詳！」

崇禎的頭垂在胸前，半晌不動彈，就像死掉了，最後才有氣無力的說：「把那群舞槍弄棒的漢子調到城上去吧。」

## 惡兆

堆繡山的攻防戰從清晨就開始了，結果還是跟昨天差不多，白笑貓防守的這一邊，死了不少人；姜小牙的那一邊，只有一群摔破屁股的傷患。

八極劍派昨日去追鐵鑄，竟就沒有回來，神虛子左看右瞧、左思右想，實在沒有人、沒有法子攻上山頂。

忽見「紅夷大砲」焦轟又來了。「皇上要你們去守外城。」

守城？

群豪一聽到這旨意，便知大勢不妙，眞正不妙！

已經沒有兵卒可以守城了？

就在這時，晴空突然打了個霹靂，眾人驚愕未已，狂風驟起，黃沙蔽天，從北面颳來的風恍若刀子也似剜人心肝。不移時，雷電交加，暴雨和著冰雹直落下來，砸得人臉面生疼。

神虛子暗叫了聲「邪門」，忙發出命令：「銀槍會留在這裡，其餘的跟我去守城！」

沈茉急道：「小師妹怎麼辦？」

神虛子不耐道：「你們年輕人，我搞不懂！尤其龍師姪，都快亡國了，還不識大體，眞讓人失望。」原來他也看不慣龍薰衣和白笑貓嘻嘻哈哈的說了一整夜。

沈茉師命難違，而且少年人心性，妳跟我賭氣，我就不會跟妳賭氣嗎？反正看樣子，龍薰衣安全得很，便跟著神虛子離去。

姜小牙等人站在御景亭前，既見狀況如此，更不忙著下去了。龍薰衣心中氣苦，跺了跺腳，回到亭中坐下，強忍住淚水。

白笑貓瞇著眼睛仰望詭異的天色，喃喃道：「難道這就是末日景象？」

## 最沒天良的舉動

神虛子等人被派到闖軍攻勢最爲猛烈的西直門。

頭痛頭陀跑第一個，跑到城邊往下一看：「怎麼都是些娃兒？」

幾千名十四、五歲的少年架起楊樹製成的雲梯，悍不畏死的往上攀爬。守城的內操太監砸石頭、澆熱油、射箭擲矛，殺傷力甚是強大，但這些少年根本不當回事兒，死了一個，再上一雙，城下堆滿了他們的屍體，他們仍興奮的叫嚷著繼續他們的任務。

神虛子等人也跑過來，見此情狀，俱皆跌足：「李闖恁地沒天良，竟讓這群娃兒打頭陣？」

頭痛頭陀把頭都快搔破了：「這怎麼下得了手？」

## 巷戰

午後，天又晴，彷彿什麼都沒發生過。

太陽將落，戰局突地有了變化。

負責監軍的太監曹化淳偷偷打開了西垣偏北的彰儀門，放入闖軍。

北京城破了！

這座永不陷落的聖城，豆腐似的碎了！

潮水般湧入的闖軍甚至不屑回望那雄偉的城牆一眼。

闖軍悍將劉宗敏帶著一隊步兵衝上彰儀門大街，放眼望去，連個明軍的影子都看不到。

劉宗敏笑道：「沒想到北京城這麼好破，早殺過來不就省了好多事！」

卻聽一聲清叱劃過長街：「眾弟子聽令：結陣八極！」

二十三名持劍青年由「一劍震八荒」葛無能率領，從前面的胡同裡走了出來，結成三個劍陣。

劉宗敏高叫：「喂，你們這幾隻鳥想幹什麼？」

葛無能平靜的說：「你們想進攻紫禁城，除非從我們的屍體上跨過去！」

闖軍士卒都大笑出聲。

劉宗敏笑道：「一路從西安打過來，總算見到幾個不怕死的。」扭頭下令：「就把他們殺了吧。」

闖軍士兵在攻城時沒殺過癮，此刻有了機會，列隊於最前方的刀斧手當然個個爭先，幾百人掄刀舞斧的一起衝殺過去。

葛無能喝道：「擋！」

三個劍陣的二十四柄劍一起平掠過頭，劃開了二十四個敵人的咽喉，挑起二十四道鮮血噴泉。

「頂！」

二十四柄劍又一起平刺，刺穿了二十四個敵人的胸膛。

劉宗敏久經戰陣，可從沒見過這種殺法，心知遇上的不是等閒之輩，忙下令：「刀斧手退，槍隊上！」

幾百名長槍手攻了上去。

葛無能喝道：「雁翅陣！」

葛無能親自率領的劍陣突出於左前方，另兩個由弟子領頭的劍陣則依序略退，組成了一個梯形。

葛無能喝道：「輪！」

二十四柄劍猶若一座大水車轔轔輪轉，劍芒飛處，闖軍的槍桿紛紛被削斷。

葛無能再喊：「提！」

眾劍斜起，敵軍人頭紛紛落地。

劉宗敏罵道：「娘皮！弓箭手！」

闖軍大隊從中分開，露出了最後面的弓箭手。

葛無能喝道：「小陣結大陣！」

二十四人立時散開再合併，組成了一個大的八極劍陣。

羽箭漫天射來，二十四柄劍舞出一片滾地劍花，無縫無隙，沒有一支箭能穿得透。

鬧得劉宗敏沒法，突見後方煙塵大起，卻是闖軍另一名驍將李過率領的騎兵攻進來了。這李過是李自成的姪兒，後來被李自成收為義子，手使兩柄鐵錐槍，勇不可當。

劉宗敏大喜：「馬隊上！」

幾十個騎兵縱馬衝撞，宛如一座滾動的泰山，當頭壓下。

劍既輕又短，碰上重甲騎兵完全無法抵擋。

正危急間，胡同裡衝出幾十名手持銀槍的漢子，一陣亂槍攢刺，將當先一排騎兵統統捅下馬去。

原來銀槍會眾聽說城破，再也顧不得包圍堆繡山，都衝出禁宮來找敵軍廝殺，正好解了八極劍派之厄。

「兄弟們，來得好！」葛無能無暇細思，再度下令：「大家上房！」

一干人等全都縱上大街兩旁的屋頂，八極門人揭起屋頂上的瓦片向下亂砸，銀槍會眾的長槍則居高臨下，專刺騎兵頭顱，但是他們的身形暴露在高處，也成了弓箭手的好目標，幾陣亂箭過後，死傷慘重。

葛無能一個錯誤的決定，導致門徒與江湖同道的傷亡，頓即痛徹心扉。他厲吼一聲：「我跟你拚了！」振劍下躍，直取騎在馬背上的敵軍首領劉宗敏。

闖軍士兵身經百戰，什麼狀況沒碰到過？一有警訊，立刻反應，刀斧手、長槍手各就各位，把劉宗敏團團圍定；葛無能身在空中，根本覓不著縫隙落下，而己身的氣力已竭，身體止不住往下墜，眼看著就要被長槍戳出幾十個窟窿。

就在此時，屋頂上竄下一條黑影，一伸手就撈住了葛無能的衣帶，不知如何在空中也能藉力，提著他平空劃出一道漂亮的弧線，落在對面的屋頂上。

葛無能心中只有一個念頭：「他是什麼人，武功這麼高強？」心神尚未平定，只聽黑衣蒙面人在耳邊道：「留著命，還有用！」

待葛無能轉過頭來時，黑衣人已如狐狸般消失在層層屋宇之間。

## 混水摸魚

其實，闖軍在北京城內遭遇到八極劍派、銀槍會這樣的抵抗並不多。甫一破城，他們就派人到處發放闖軍專用的箭支給老百姓。「拿回去插在家門上，保證沒有人會來騷擾。」

前來領箭的老百姓滿坑滿谷，許多戶門上都插了箭，並貼上寫有「大順永昌皇帝萬萬歲」的紙條。

有些街道反而更加熱鬧，帽子上掛著「順民」字條的老百姓放心大膽的滿街晃逛，買賣照做、門子照串、一切照舊。

神虛子和「雪俠」沈茉懷著殺敵的心衝上街頭，一見到這番景象，都傻住了。

「他們不知道亡國了嗎？」沈茉忿然痛罵。「無恥！」

神虛子嘆了口氣：「老百姓不像士大夫，他們並不關心由誰來統治，除非，將來身受其害。」

忽聽得後面有人喝道：「我們是大順的先鋒部隊，各家快繳保護費，一戶十兩銀子！」

沈茉道：「『害』馬上就來了！」

兩人扭頭一看，哪裡是什麼闖軍先鋒，竟是殺刀堂的人！

駱力率領著部眾，個個兇神惡煞似的手持長刀沿街走來，見人就要錢。一家當鋪的掌櫃見勢不妙，忙想關門，被駱力趕過去一腳踢開，舉刀就要砍殺。

但他又被人像拎雞似的拎起。

還是頭痛頭陀。

「你們什麼時候都變成闖軍了？」振臂一甩，把駱力甩到了豬肉攤上，跌得滿頭肥肉瘦肉。

殺刀堂的人正想一湧而上，沈茉的劍已從背後殺到。

這竟是許多北京居民所看見的唯一一場血戰。

## 參觀皇宮的方法

天已黑了，姜小牙、白笑貓、龍薰衣還在堆繡山上休息。

宮外隱約傳來殺伐之聲。

龍薰衣道：「我們還不走啊？」

白笑貓聳了聳肩：「我等著看月亮。」

龍薰衣不住偷笑：「白姐，妳有的時候還眞莫名其妙。」

白笑貓瞟了姜小牙一眼，重重的哼了一聲。

原來，山下的銀槍會眾一退，姜小牙就忙著想下山出宮去找吳襄，生怕闖軍入城會對他不利。但是北京的胡同都一個樣兒，他仍搞不清楚吳家的確切位置，司馬灰灰的鬼魂又不知飄到哪裡去了，他只得央求白笑貓、龍薰衣幫他帶路。

「你就只關心那個吳老爺？」龍薰衣開玩笑的說。「都不關心我們，哼！」

白笑貓則認眞的擺出一副臭臉：「我們爲了他出生入死，他連一聲謝謝都沒有。哼，不理他！」

她們爲了我出生入死？姜小牙只得苦笑。

三個人就僵在那兒，直到黑夜。白笑貓現在居然還說「想看月亮」，姜小牙眞不知如何是好。

白笑貓得意暗笑了一會兒，終於一拉龍薰衣的袖子，起身：「我們走。」

龍薰衣道：「要去哪兒？」

白笑貓道：「既然進了皇宮大內，當然得去參觀一下，皇后、嬪妃她們都用些什麼寶貝東西？」

龍薰衣拍手不迭：「好耶！」

## 少女與貓

姜小牙等人在宮殿海裡瞎闖半天，竟沒見到半條人影，大約是因聽得城破，都躲起來了。

正走到壽寧宮外，一條小白影突從裡面縱跳出來，卻是一隻全身雪白的長毛小貓。

「雪兒！雪兒！」一名十五、六歲的少女由殿內追出。微光下，只見她清秀的臉龐上掛著些許憂鬱，稚氣仍未脫，關心小貓甚於社稷。

少女將小白貓抱入懷中：「雪兒，別亂跑，外面有壞人！」回身進殿去了。

龍薰衣悄聲道：「這麼年輕，大概是位公主吧？」

白笑貓輕嘆：「可憐，她還不知世事有多險惡！我大順軍一攻進來，她將會遭遇何等厄運？」

龍薰衣道：「妳不能救她嗎？」

白笑貓面現為難之色：「我？我能保得住多少人呢？」

## 關於長平公主

崇禎共有六個女兒，其中三個早夭，全無記載。最長的坤儀公主不幸童年病逝，沒有什麼生平事蹟可言。

次女朱媺娖，因姐姐早逝，宮中皆稱呼她爲「長公主」，關於她的封號至今仍搞不清楚，《明史》記載爲長平公主，有人認爲那是她死後滿清朝廷給她追加的謚號；有人說她被崇禎父皇封爲坤興公主，也無確證。

最幼的是昭仁公主，那時才只五、六歲。

## 真正發了瘋的皇帝

壽寧宮外，遠遠一排燈籠游了過來，搖搖晃晃走在最前面的竟是醉醺醺的崇禎，他手裡提著一柄寶劍，眼中冒出仇恨的火花，一副想要找人拚命的架式。

姜小牙等人並不知道，他剛剛還在乾清宮內和周皇后、袁貴妃飲酒。已經完全絕望的他強作鎮定，和兩位心愛的女人緬懷過往種種美好的記憶，忽然太監來報外城被破的消息，袁貴妃驚得站起，想要逃回自己的寢宮。這種怯懦逃避的行爲，火花點燃引信般的引爆了崇禎心中的巨大怒意——就是這種人壞了整個社稷！

他跳起身子，抽出佩劍，一劍就把她殺了，然後逼著周皇后自縊。

毀滅的堤防既然已經決了口，所有的一切便難逃浪潮的波及，他自以爲冷靜的思索著後事，提著劍來到壽寧宮。

抱著小白貓的公主迎上前來：「父皇，外面怎麼樣了？」

崇禎緊盯著大女兒，那獰厲的眼神、濃冽的殺機，讓公主生平第一次感覺到恐懼。

崇禎想舉起劍，但手臂僵硬得像條石柱，他終於嘆了口氣：「嬍娖，妳奈何生在帝王家？」

崇禎轉身想走，公主心下慌張，忙牽住他的衣襬放聲大哭。

這個舉動又惹惱了容易躁動的崇禎，他反手揮劍砍下，公主的左臂竟被斬斷，鮮血噴濺，人也暈了過去。

姜小牙等人本來都閃在窗外觀看，沒防著崇禎竟忍得下心痛下殺手，待要援救已是不及。

白笑貓氣得破窗而入，一腳把崇禎踢了個跟頭：「你這豬狗不如的東西，當什麼皇帝？」一劍就往崇禎胸口刺去。

龍薰衣大叫：「白姐，不要！」她畢竟是大明子民，不忍皇帝在自己眼前被殺。

姜小牙也縱入殿內，他根本不關心崇禎的死活，先一步衝到公主身邊，伸手封住了她斷臂上方的「肩井」、「曲垣」各穴，再撕下自己的衣袖，緊緊紮住傷口，止住流血。

白笑貓心想：「唉，對啊，救人才最重要。」也趕過去照顧公主。她久在行伍，隨身攜帶上好的金創藥，立即爲公主敷上。

龍薰衣著慌道：「現在怎麼辦嘛？怎麼辦……？」

姜小牙道：「闖軍恐怕就要殺進來了，先把她救出宮去再說。」

這時，公主微微醒轉，掛心直叫：「雪兒……雪兒……」

白笑貓道：「她要貓，貓呢？」

龍薰衣趕緊四處找貓。

眾人忙著救護公主與抓小貓，連崇禎何時離去都不知道，否則六歲的昭仁公主與其他幾名嬪妃就不會死在他手裡了。

## 朱元璋的病史

大明開國君主朱元璋曾經命令翰林學士宋濂撰寫《揚王神道碑銘》（「揚王」即朱元璋的外祖父），其中有一段不可思議、卻堂而皇之的記載，大意是說：「揚王」原為南宋士兵，追隨宋朝最後一個皇帝逃到崖山，兵敗後被元軍俘虜。崖山位於外海，蒙古兵戰勝之後，乘船回大陸，因怕舟船載重過度，便把俘虜丟入海裡，「揚王」藏匿於艙底，得免魚腹之禍。行至半途，遇颶風，眼看舟船將要沉沒，「揚王」因其素來的名聲，被降兵推舉而出，他走上甲板，「仰天叩齒，若指麾鬼神狀，風濤頓息」，元軍首領大喜，不但赦免他，且還賞給他幾條「巨魚」，送他登岸。

這段記載很有意思，宋濂乃江東大儒，當非怪力亂神之徒，但他卻作古正經的寫出這個故事，頗令後世學者玩味。

可以確定的是，朱元璋的外祖父是一個有蹟可考的巫師。

就現代醫學的觀點來看，能夠當巫師、乩童的人，多半屬於精神耗弱患者。「揚王」

的精神不正常，會不會遺傳給他的外孫、外曾孫、外玄孫……乃至於崇禎？

抱歉，這話到此為止，末代皇帝的崩潰絕望，畢竟遠非常人所能想像。

## 史上第一次

殺了妻女的崇禎，脫下龍袍，換上便裝，帶著幾十名太監奔出紫禁城，想要奪門出奔，亂成一團的守城兵卒不知他們是誰，一陣亂箭射下，逼得他們只得回頭，在城內胡闖亂撞了一回。

崇禎扭頭回望，才發現隨從太監都乘亂跑光了，身邊只剩下王承恩一人。

崇禎長嘆一聲：「回去吧。」

兩人顚躓著回到皇城，並未入宮，而是走往北面俗稱煤山的萬歲山。

「王承恩，這些年多虧你了。」崇禎說著，坐在東邊山坡的一棵老槐樹下。「不要再走了，再走又有什麼用？」

王承恩泣不成聲。

「唉，朕有何面目見祖宗於地下？」崇禎沉吟了一會兒，打散髮髻，披髮覆面，解下腰帶，打了個死結套在樹枝上。「朕先去了。」

臨死前他並沒有想到，他是中國歷史上第一個自殺以終的皇帝。

## 感傷

家依舊，人已不在。

床上都是血跡，大狗沙袋仍舊守在床邊，卻不見陶醉的屍體。

姜小牙揹著公主進來，頗覺奇怪，問龍薰衣道：「妳已經幫陶大哥入殮了嗎？」

「沒有啊。」龍薰衣也摸不著頭腦。「大約神虛子師叔或焦師兄又來過了吧？」

白笑貓收拾好床鋪，讓公主躺在床上。

沙袋好奇的嗅著雪兒的屁股，雪兒抓了牠鼻子一把，跳上桌面，打翻了桌上的茶杯。

公主虛弱的醒過來，大家都口稱「公主」。

公主搖搖頭道：「以後切莫如此稱呼，我叫朱孅婗。」

「朱美綽？哪個美，哪個綽？」

公主用右手手指沾著茶水在桌上寫出「孅婗」二字。別說識字不多的姜小牙，連白笑貓、龍薰衣都看得一頭霧水。

公主道：「孅乃善之意，婗也是善，你們以後就叫我的乳名善善好啦。」

龍薰衣莽莽然問道：「公……善善，妳已經出宮了，往後可有打算？」

姜小牙、白笑貓想要制止，已是不及。

公主問道：「我的……家人怎麼樣了？」

沒有人能夠回答她。

公主心中已然清楚，可憐她現在連眼淚都流不出來了：「父皇已將我許配給駙馬都尉周顯，我已是周家的人……」

白笑貓忙道：「你放心，我們會幫妳打聽他的下落。」

門外一聲響亮，「紅夷大砲」焦轟撞了進來，看見姜小牙、白笑貓都在，當場楞了個結實。

龍薰衣忙道：「焦師兄，現在不分這麼多了，公主殿下在此，是他們救出來的。」

焦轟也知時局亂成這樣，很難分辨敵友，只好騎驢看唱本，走著瞧了。

龍薰衣又問：「師叔呢？」

「他跟勤王大會的人一起殺出城去了。」

龍薰衣心頭一沉：「我師兄也……？」

焦轟笑道：「沈小哥兒當然還站在外面。他一直在找妳，怎麼捨得一個人走？」

龍薰衣只覺得心窩裡一陣溫暖，原先還悶在肚子裡的怨氣，全都拋到了九霄雲外，高聲向門外道：「師兄，別嫌髒了，現在屋裡不但有狗，還多了隻貓呢。」

## 太子為王

折騰了兩整天，姜小牙等人都累壞了，睡了個大頭覺。

翌日午後，姜小牙、白笑貓都有自己的事情要做，便請龍薰衣、沈茉、焦轟照顧公主。

白笑貓走在已經改朝換代的大街上，並沒嗅到什麼特別異樣的氣息，只是老百姓們多了許多關於新皇帝的話題，到處傳誦著他的事蹟：「進入西直門之前，皇上拔掉箭鏃，向後面跟著的軍隊連射三箭，下令：『軍人入城，敢傷一人者，斬！以爲令。』眞是個仁君！」「皇上行至承天門，看見上面懸著的匾額『承天之門』，便道：『如能安定天下，一箭正中四字中心！』說完，一箭射去，射在『天』字下方，大學士牛金星賀道：『中其下，當中分天下！』皇上聽了，投弓於地，哈哈大笑！」

於是又多了些竊竊私語：「那大學士說『中分天下』是什麼意思？該殺頭！」「跟誰中分天下？關外的那些嗎？」

白笑貓又來到了紫禁城，這回可就沒有上次見崇禎時的那些繁文縟節，闖軍守衛一見她來，立馬帶著她直上位於東內的文華殿。

貓頭鷹男人坐在殿內議事、休息、和弟兄們打屁。

「笑貓，辛苦妳了。」

「恭賀大王……」

「現在不是大王了。」天佑殿大學士牛金星板著臉糾正她。「是皇上！」

白笑貓惡瞪他一眼：「大王叫習慣了，還是叫大王好。」

李自成大笑：「就叫大王！就叫大王！」

但見一名身長體大的少年從後面走出。

李自成招呼白笑貓：「來，見見大明朝的太子殿下。」

「太子？」白笑貓頗為意外。「你不是被綁架了嗎？」

同樣十六歲的太子朱慈烺，較「長公主」朱媺婞稍幼幾個月，卻顯得成熟穩重許多，大約因為這幾天的遭遇，臉上竟有滄桑之色。「那人將我的侍衛盡皆殺死，把我擄走，但是後來不知怎地，又把我放了……」

「那人什麼模樣？」

「黑巾蒙面，看不出長相。」

李自成道：「亂世之中，莫名其妙的人太多了。我說小哥兒，以後你不用擔心，我封你為王，一樣的榮華富貴，沒人敢欺負你；還有你的兩個弟弟，也都還是王。」

太子躬身拜謝。

白笑貓心忖：「這太子倒沒驕氣，頗會見風轉舵。」

牛金星道：「皇上今日入城，明日陞殿，有些事兒該先安排好，總要氣派熱鬧才是。」

眾人又七嘴八舌的討論著，都是些老粗意見，聽得白笑貓暗笑連連。

太子在旁，冷哼一聲道：「大明的文武百官最無情義，明日一定都來朝賀。」他說這話時忿忿難平，顯然也跟他父親崇禎一般的認為「都是庸臣誤國」。

白笑貓暗忖：「如果是領導者不能服眾，群臣如此倒也無可厚非。」

李自成怒道：「此輩無義如此，天下安得不亂？我以一介布衣取天下，其他的品性倒也罷了，最看重的就是一個『義』字！無義之人，留著何用？」

殿內眾人齊聲讚道：「皇上所言甚是！」

白笑貓又想：「闖王在這一點上，確實值得信賴。」

這時，李過快步走上殿來：「找到崇禎的屍體了，他自縊於煤山下。」

太子放聲大哭，他聲量甚是宏大，哭得大家耳朵直轟隆。

李自成吩咐：「好好收殮，將來以皇帝之禮安葬。」

李過又遞上崇禎留在宮中的遺詔。李自成讀到「然皆諸臣誤朕……任爾分裂朕屍，可將文武盡皆殺死，勿壞陵寢，無傷百姓一人」時，獨眼中閃現出殺機。如今得了天下，他更同情崇禎當時的心情與處境。

白笑貓暗自嘆息：「活該那群貪官倒楣了。」

李過嚷嚷：「老劉呢？怎麼半日不見他人影？」

牛金星笑道：「聽說他去找一個絕世美女去了。」

## 就是要打老相識

姜小牙仍須司馬灰灰帶路才能找到吳家，守門的家將全不見了。

「老爺！老爺！」姜牙衝入正廳，沒見到吳襄，正想往後頭去找，「吳少夫人」從偏房出來了。

「小哥兒，你又來了。」陳圓圓高興的說，繼而又把一根手指貼在嘴唇上，示意噤聲。

「老爺不舒服，睡著呢。」

姜小牙發急：「他病了嗎？」

「我看是被氣的。」

姜小牙正想問「被誰氣的」，就聽見吳襄的夢囈從房內傳出：「騙鬼！怎麼會沒錢？胡說……」

原來還在想錢！

姜小牙暗自搖頭，問陳圓圓道：「少夫人，如今有何打算？可想去山海關？」

「怎麼出得了城？」

「我再想辦法。」

陳圓圓臉色微黯，欲言又止，似有什麼爲難。

忽聽門外人聲沸騰：「就是這一家！」

姜小牙忙叫陳圓圓躲入偏房，自己則端坐於正廳內。

剛剛坐好，大門就被人踢開，當先走入的正是闖軍中的第一員猛將劉宗敏。

姜小牙輕輕的笑了笑：「老劉，好久不見。」

剎那間，劉宗敏嘴巴大張，滿口牙齒都快要脫落：「姜……姜小牙？」

「沒想到我還活著吧？」

姜小牙兩年多前尚在李自成麾下的時候，便深知他戰陣上雖然勇悍，卻嫉賢妒能，幾次陷害姜小牙都未成功，後來他毒死了闖軍中最爲賢明的「中州大俠」李巖，還重傷了姜小牙的好友紅娘子，姜小牙差點殺了他。

正因爲這件事，姜小牙才反出闖王陣營，隱遁桂林。

現在猛可之間，兩人又見了面，劉宗敏當然臉色如同大便：「你在這裡幹什麼？」

「同樣的話問你，你要幹什麼？」

正所謂「雞鴨不同嘴」，姜小牙與讀書人說話時老是結結巴巴，但與同爲鄉巴佬的人說起話來，就伶牙俐齒了許多。

劉宗敏素知他的本領，更曾經吃過他的大虧，本想忍氣吞聲，但轉念一想，如今的情勢已非昔可比，膽氣便又大壯：「聽說吳三桂家裡藏著天下第一美女，我特來見識一下。」

「吳家的美女與旁人何干？你請吧。」

劉宗敏指著姜小牙的鼻子罵道：「你有沒有搞清楚，現在是我們大順當家，皇帝大哥封我爲『磁侯』，所有的文官都要聽我節制！你敢跟我作對，但你敢跟全天下作對嗎？」

姜小牙正想再說，陳圓圓從房內走了出來：「將軍想見賤妾，賤妾不勝榮寵。」微微欠身，道了個萬福，回身就往裡走。

陳圓圓雖非絕美，但那份氣質仍讓劉宗敏看得瞠目結舌：「娘……娘子，等等！」

莽然上前就想去拉陳圓圓的肩膀。

姜小牙一伸手，把他格得連連倒退，差點摔出屋去。

陳圓圓正色道：「將軍，闖……皇上進城時已下過軍令：『敢有傷人及掠人財物、婦女者，殺無赦！』將軍敢不遵命嗎？」

劉宗敏被姜小牙格了一下，狼狽不堪，又被陳圓圓搶白一頓，更下不了臺，在部屬面前丟盡了臉，止不住怒火衝頂，什麼都不顧了，拔出佩刀，狂吼著朝姜小牙砍來。

姜小牙一閃、再閃、三閃，讓他揮空三刀。「還想玩嗎？」忽一伸拳，打在劉宗敏鼻子上。

劉宗敏鼻血長流，眼前金星亂冒，跌坐在地，叫都叫不出聲。

麾下士卒見狀，吶喊著往屋裡衝。

姜小牙寶劍出鞘，一抹光線溜過去之後，士卒們手中的兵器都短了半截。

劉宗敏忍住疼痛，喝道：「你們都退開！」

姜小牙探手將他拉起：「得罪了，別見怪。」

有些人一定要被打了之後才會學乖，劉宗敏哭喪著臉說：「你……你……我是奉皇帝大哥之命來找吳三桂的父親商議大事的，你怎麼敢打我？」

姜小牙笑道：「喔，你早說清楚，我還以為你要擄掠良家婦女呢。」一手搭住劉宗敏肩膀。「走，我們一起去見闖王。」

劉宗敏被他搭著，簡直就像孫悟空被壓在五指山下，連根汗毛都動彈不了，只得乖乖的跟著他往外走。

那群士兵看傻了眼，他倆往前走一步，他們就往後退一步，就這樣一路退出門外。

姜小牙道：「好了，站住。」

統統呆若木雞的站好。

姜小牙用闖軍中慣用的語言吩咐：「你們都給我守在這裡，若讓半隻螞蟻踏入屋內半步，看我回來怎樣扒你們的皮！」

## 頗不尋常的任命

姜小牙來到「大明門」內，許多已經投降的大明官員圍在「吏政府」衙署外相互吹捧哄抬：「王兄任職工部多年，深諳營建，新朝廷少不了你的磐磐大才呀！」「哪裡哪裡，張兄才高八斗，一向都是翰林院的棟樑，皇上新登基，定需張兄的如椽大筆啊！」「唉呀，你們都別吹了，明日此時，我便非凡人了，哈哈！」

姜小牙暗中呸了一口：「這些人眞是無恥！舊主子才剛死，就迫不及待的來向新主子搖尾巴，連條狗都不如！」

忽見吏政府尚書宋企郊由衙內走出，板著臉說：「諸公何不解事？新天子御極，自當另用一番人。」

那群明臣當下夾起尾巴，垂頭喪氣的走散了。

姜小牙再往內走，迎面碰見一隊侍衛兵卒，其中有些老行伍還認得他：「喲，那不是姜小牙嗎？」紛紛圍過來敘舊。

姜小牙笑道：「我還有正事要辦，回頭再聊。」

上了文華殿，白笑貓還在，見他來了便笑道：「來串門子的嗎？」

李自成兩年未見姜小牙，意外之餘，更是興奮，拉著他東聊西扯。

姜小牙知道他外表誠懇，其實心裡並不一定如此，若不是爲了吳襄的事情，他根本不想來見他。

李自成又牽拖了半天，才問：「你怎麼會在北京？」

姜小牙把吳襄當年救助自己的事情說了一遍。「請大王務必放他一馬。」

「有你一句話，當然沒問題。」李自成靈機一動。「這麼說，你早就認識吳三桂了？我正需要一個人去招降他。」

李自成心中明白，他能如此輕易的攻下北京，主因就是鎮守寧遠的吳三桂和關外的大清雄兵互相牽制住了；萬一現在吳三桂與清兵聯軍，局勢可就大大不妙。

姜小牙道：「好啊，我正想去找他聊聊。」心裡想的是，順便捎個「闔家平安」的信兒給吳三桂。

白笑貓皺眉道：「姜小牙，這麼重大的事情，你可別當成兒戲。」

李自成笑道：「小姜一向如此，更見率真。此行只是轉達我對吳將軍的尊重，又不需要舌粲蓮花的本領。降或不降，我想吳將軍心中早有定見。」

一旁的劉宗敏忽道：「大哥，吳家於他有恩，難保他不會出賣我們的軍情給吳三桂！」他一路被姜小牙「押」進來，當然一肚子鳥氣，但姜小牙並未給他難看，一上殿就放開了他，也沒提起他騷擾吳宅的事兒，他本該有所感激才對，但他現在眼見李自成有重用姜小牙的意思，不由得惡向膽邊生，想法阻止。

李自成怒瞪他一眼：「小姜不能信任，我還能信任誰？」

白笑貓道：「若不放心，我也一起去。」

李自成大喜：「如此最好！你們倆，一仙一鬼，眞是絕配！眞是我的左輔右弼、哼哈二將！」拉著兩人的手，哈哈大笑。

劉宗敏在旁恨恨的看著，鼻血又流出來了。

**我對你有興趣呀！**

姜小牙與白笑貓出了北京，逕奔山海關。

兩人一路閒聊。姜小牙道：「剛才一見闖王就嚇了一跳，他怎麼瞎了一隻眼？」

「是兩年前圍攻開封時受的傷。」白笑貓邊說，邊瞅了他好幾眼。「我平常不愛閒話，所以對於闖王陣營的內部情形所知並不多，昨天才跟別人問起你的過往……」

姜小牙搔頭：「爲什麼要問這些？」

「我對你有興趣呀！」白笑貓似笑非笑。「他們都說你本只是一個小卒，後來不知怎麼搞的，也不見你拜師學藝，一下子就變成了劍術高手。」

姜小牙的師父是鬼，這事兒不知要怎麼對別人說？

白笑貓又道：「他們說你還有個好兄弟，是個大胖子，原本是官兵隊伍裡的小兵……」

姜小牙道：「他叫做李滾。」

「怎麼沒跟你一起來？」

「他留在桂林。」姜小牙嘆道：「我是因爲想救吳老爺出京，才來到北京，否則我根本不想踏入這亂世半步。」

白笑貓頗覺奇怪：「莫非你竟有出家之念？」

姜小牙笑了笑：「我又不想當和尚。」

「那你爲何對人世如此厭倦？」

「我覺得……鬼比人好。」

白笑貓嚷道：「喂，這什麼話？年紀輕輕的怎麼這麼頽廢黑暗？」

姜小牙又一嘆：「如果妳碰過我所碰過的事，也許就跟我一樣了。」

白笑貓老氣橫秋：「我碰過的不仁不義、不公不平之事，可比你多得多了。」

「那妳爲何還留在闖王身邊？」

白笑貓瞪眼：「你什麼意思？」

「闖王外似誠懇，骨子裡嘛……唉，不說也罷。」

白笑貓本想跟他大吵一架，轉念卻道：「我最想問你的就是，那時你究竟爲何跟闖王翻臉？」

「我倒沒跟闖王眞正翻臉，我想殺的是劉宗敏，因爲他專想害人，害了我好幾個好朋友，但闖王並不制止他，也不顧念我們曾經救過他好幾次。」姜小牙用上說書人的語氣：「闖王的眼裡只有『勢』，什麼仁義，都只是嘴上講講而已。」

白笑貓想起昨日在文華殿上，李自成大義凜然的說：「我最看重的就是一個『義』字！無義之人，留著何用？」

當時她還敬佩於心，不料姜小牙這個絕對不會說假話的人，竟對李自成做出這種評價。

白笑貓重哼一聲，不再多問，只把他的話暗暗放在心裡。

## 萬里長城第一關

山海關在大明九處重要邊關當中，規模最爲宏偉雄壯。關城周長十二里，城高四丈有餘。除了鎭城之外，東西南北還有威遠、寧海、南翼、北翼四個衛城，其中尤以寧海城最爲特別，背接長城，從陸地直直插入海中，狀似海中之龍翹著腦袋，故又稱做「老龍頭」。

白笑貓嘆爲觀止：「這天下第一關，當眞所言不虛。」

兩人幾經通報，上了迎恩門城樓，又等半天，才見一名年約三十出頭的青年將軍快步走入。他長得英俊挺拔，眼若晨星，神采燦然，雙耳甚大，額角寬廣，面門中央有一道深深的刀疤掠過鼻梁，右高左低，正是大明朝廷倚爲重鎮的寧遠總兵吳三桂。

姜小牙大叫道：「少爺！」

吳三桂一楞：「貴使爲何如此稱呼末將？」面對李自成派來的信使，言辭竟頗謙卑。

「少爺還記得我嗎？我是小牙！」

吳三桂又楞半天，終於想起來了，不可置信的握住姜小牙肩膀：「小牙？你是小牙？長這麼大了？」

姜小牙取出吳襄和陳圓圓的親筆家書：「家中一切安好，請你放心。」

吳三桂忙又追問一句：「我『那人』怎麼樣？」指的自然是陳圓圓。

白笑貓忖道：「他對妻子可眞是情深義重，這樣的男人天下少有。」

姜小牙卻想：「先不問父親怎麼樣，卻問『那人』怎麼樣，這少爺未免太好色了。」嘴上答說：「少夫人好得很，每天都在家裡唱歌。」

吳三桂又問：「闖王……皇上意下如何？」

既已稱李自成爲皇上，可見其心意已決，白笑貓便道：「皇上已派遣唐通帶著金銀、牛馬、彩緞前來犒賞軍旅，隨後便到。」

吳三桂不假思索，很快的回答：「既如此，末將願聽從天朝號令。」轉身命令隨扈：「快取酒來，我要跟兒時玩伴痛飲一醉！」

## 死要錢

李自成得到吳三桂已降的消息，高興得很，猛拍姜小牙肩膀：「算你大功一件，賞金十萬兩！」

姜小牙忙搖頭：「別亂來，王朝剛剛建立，你現在正需要錢……」

「錢，老子有得是！」李自成大笑。「我有一群會生金蛋的雞！」

這群「雞」，現在正群集於承天門外六部衙門前的大院內，逼迫他們生蛋的正是劉宗敏。

「把周奎帶上來！」

這周奎是周皇后之父，京城還未被圍之前，崇禎因國庫空虛，諭令皇親國戚助餉，周奎又哭又鬧，才捐了一萬兩白銀；崇禎知他家產遠不止此數，強令他多捐一點，他竟然向女兒求救。周皇后偷偷給了他五千兩，他又吞掉兩千，只交出三千兩。

現在他被兵士帶到大院中央，態度兀自強硬：「我為人清廉，兩袖清風……」

劉宗敏笑道：「國舅，我新製了一種夾棍，想請你試試，看它管不管用？」

夾棍剛套上周奎的雙腿，還沒夾呢，他就先自哀號：「我捐五千兩……」

劉宗敏喝道：「夾！」

一夾下去，五千就變成了五萬；再一夾，五萬又變成了五十萬；第三夾，「七十萬……七十萬……」已只剩下半條命。

「帶『陽武侯』薛濂！」

薛濂乃是貪官的頭兒，尤愛擄掠民財，百姓們恨之入骨。

劉宗敏獰笑著說：「我不追你的贓，我要替天下百姓討個公道！」

當姜小牙、白笑貓來到大院中時，薛濂已變成了一張皮，掛在一根竹桿上。

這些貪官的底細，都是白笑貓打聽出來的，雖然覺得他們可恨該殺，但此刻看在眼裡，心中仍不免惻然。

「帶薛寶！」

面如死灰的薛寶被帶到院中，看見父親的模樣，驚得差點昏倒，忽見白笑貓站在一旁，便哭嚷著：「寧兒，救我！」

白笑貓暗嘆一口氣，上前向劉宗敏道：「劉『權將軍』，把這個人交給我。」

自從白笑貓加入闖軍之後，因擔任李自成的貼身侍衛，經常和劉宗敏見面，兩人相處得還不錯，但如今劉宗敏見她與姜小牙走得近，兩人狀甚親密，便對白笑貓不假辭色：

「怎麼，妳想從這些貪官手裡貪一些？」

既要翻臉，白笑貓當然不輸人：「說到貪，將來你會比他們更貪！」

一句話正好說中劉宗敏的心病，他和他的手下藉著這次「拷掠追贓」的行動，已暗吞了不少，當然怕被李自成知曉，只得眼睜睜的看著白笑貓帶走薛寶。

「小賤人，總要叫妳和那『賤鬼』不得好死！」劉宗敏盯著吊在竹桿上的人皮，恨恨想著。

## 死好色

出得大明門，白笑貓告誡薛寶：「把你父親的贓款統統交出來，我保你一條小命。」

「是！」

「不要交給那個劉宗敏，交給李過將軍。」

「是！」

「你走吧。」

薛寶還沒死心：「寧兒，妳……不跟我一起回家？」

白笑貓甜甜一笑，捏了捏薛寶肥胖的腮幫子：「夫君，恐怕你沒本領娶我這樣的老婆。」

白笑貓走出幾步，忽又想起冤死的「丈夫」巴八，便重又走回來。

薛寶還以為她回心轉意，雙臂一展就想抱她；白笑貓伸指在他腰間戳了一下：「剛才的話不算數，快回去交錢、辦後事，你還有五天可活！」

## 死抬槓

姜小牙先到吳家，告訴吳襄和陳圓圓，吳三桂已決定投降：「所以你們的安全不成問題。」

回到陶醉家中時，公主已從白笑貓那兒得知太子之事。

「這麼說來，闖王並不如傳聞中那麼好殺？」

「闖王自律甚嚴，又不好女色，『十三家七十二營』那幫子起義的草莽群雄沒一個比得上他。」白笑貓說得公平。「但他的手下良莠不齊，牛鬼蛇神一大堆，將來難保不被他們拖累。」

龍薰衣道：「那個吳三桂怎麼樣？他會出兵復明嗎？」

白笑貓道：「復明？他一心只掛念他的夫人，如今世上這種好男人還眞不多。」

姜小牙嘆道：「我還以爲他將門虎子，總該有些擔當作爲，不料他這麼貪戀兒女私情，不像條英雄好漢。」

龍薰衣不依大叫：「你所謂的英雄好漢都是混蛋嘛！吳三桂這種男人才是赳赳雄男，女子好逑！」

白笑貓拍手道：「好個赳赳雄男，女子好逑！」

姜小牙求救似的望向沈茉。

沈茉根本不屑看他，哼了一聲道：「吳三桂當然好。」

這一吵，直吵到半夜都還沒結果。

## 衝冠一怒為紅顏

吳三桂把防務交給了前來犒軍並進行接收的唐通，帶著自己一手訓練的精兵離開了山海關，向北京進發。

他一路嘀嘀咕咕，不知自己這麼做是對還是不對？

他少年時就以勇猛聞名，父親吳襄因罪入獄後，他被拔擢爲總兵，倒也盡心王事，傾力於邊關防務，清國對他頗爲忌憚。

這晚紮營，大家都睡熟了，他還坐在几案前閱讀兵書，這是他十幾年來的習慣，黎明即起，直到半夜才就枕。

倏然燭火一陣搖晃，再抬頭時，面前已多了一人。

一個熊般的漢子。

吳三桂並不驚慌，慢條斯理的摸了摸鼻子：「貴客奮夜來見，有何要事？」

來人正是「劍魔」鐵鑄：「吳將軍，你眞要回北京？」

「回或與不回，與你何干？」

「令尊已被拘禁，家產已被抄光……」

吳三桂矍然動容：「我『那人』呢？」還是只掛念陳圓圓而已。

「被劉宗敏擄去當壓寨夫人了。」

吳三桂臉色鐵青，霍地站起，几案都翻倒在一邊。

鐵鑄盯著他道：「你還要回去嗎？李自成正等著你入甕！」

「大丈夫不能保一女子，有何面目立於天地之間！」吳三桂本想開聲叫喚隨扈，但轉念一忖，又頓住了，尋思：「此人來路可疑，必是大清國派來的奸細。」

吳三桂又摸了摸鼻子，閉唇乾咳幾聲，用濃濃的鼻音問道：「你是什麼人？爲什麼會來跟我說這些事？」

鐵鑄眼皮都沒眨一下：「是姜小牙派我來警告你的。」

一聽他提到姜小牙，吳三桂便再也不懷疑，向帳外隨扈喝道：「即刻回師山海關！」

## 硬碰硬

李自成看完唐通的敗報，聲色不動。

劉宗敏一旁道：「大哥，我就知道那姜小牙靠不住，把我們的虛實全透露給對方了！」

李自成道：「小姜不是那樣的人。」語氣已不若先前那般堅決。

李過道：「義父，如今怎處？」

每當要做出重要決策時，李自成的老毛病又犯了，他沉吟半天，獨眼中的青光時迸時滅，最後才笑了笑，說：「吳三桂要跟我來硬的，我就讓他後悔一輩子！」

## 美麗新世界？

就像橫行白山黑水之間的東北虎，有著無限的耐心，匍匐在雪地裡等待撲殺獵物的最佳時機。

從努爾哈赤以「七大恨」告天，誓與大明朝廷不共戴天開始，至今已二十九年，這群馳突關外的女眞雄騎不斷的試探、突襲，總沒找到最好的機會——直至今日。

身爲輔政大臣的「睿親王」多爾袞聽完「劍魔」鐵鑄的報告，一向沉穩的他也不禁喜動顏色：「這事兒，你辦得太好了！」

多爾袞是努爾哈赤第十四子，因去年皇太極駕崩，新皇福臨年幼，乃與「鄭親王」濟爾哈朗共同輔政。

女眞族雖生長於關外，但自五百三十年前建立金國、消滅北宋、入主中原之後，便逐漸漢化，大清前一任雄主皇太極尤其愛看三國故事，當年他用反間計讓崇禎自毀干城、凌遲袁崇煥，靈感即是來自於《三國演義》的蔣幹盜書；如今，吳三桂又落入了他們的圈套——鐵鑄潛入北京的目的之一，在於尋找吳家的弱點，他探查出姜小牙和吳家的關係非常，所以他假借姜小牙的名義對吳三桂誑言，李自成抄了他的家、搶了他心愛的女人，立刻就讓吳三桂深信不疑。

「豫郡王」多鐸和「武英郡王」阿濟格匆忙走入帳中。「快馬哨探急報：吳三桂已回軍擊敗唐通守軍，奪回了山海關！」

多爾袞拍案而起：「如此一來，他必要與我大清聯兵。他的信使雖還未到，其實已是我囊中之物。」

多爾袞即刻升帳，命令全軍兼程疾行。

這時的山海關已陷入烽火惡戰。闖軍先鋒部隊猛烈攻打寧海、威遠兩個衛城，因為這兩處不是由吳三桂麾下精兵把守，而是由當地士紳組織的民兵鄉勇駐防，闖軍以為可以討個便宜，結果還是損兵折將，毫無進展。

多爾袞率領的清軍一日一夜趕了兩百里路，以迅雷不及掩耳之勢擊潰退守於「一片石」的唐通，前進到威遠衛城之下。

吳三桂大開城門，雙方祭天盟誓，而後清軍長驅直入山海關。

一個新時代於焉展開。

## 山海大戰

十幾年來，李自成統率兵馬南征北討，一直以行軍速度自豪，但是這一次可讓他覺得莫名其妙——從北京到山海關的七百里路，他們足足走了八天。

「你們是在北京吃得太飽了嗎？」李自成騎在馬上，軍前軍後的疊聲催促，但大家依舊滿不在乎，慢吞吞的移動著腳步。

攻占北京才一個月多四天，怠惰、懶散、腐敗、貪婪……所有的人類劣根性有若疫病，在全軍中迅速蔓延；本該用來作戰或逃命的馬匹，肚子裡養出了肥油，背上則馱載著牠們的主子搜刮得來的財貨。

李自成心頭泛起不祥的預感，這使得他的脾氣變得異常暴躁。「憑著這些人，從前怎麼會打出那麼多場勝仗，眞是瞎貓碰到了死耗子！」

身爲闖王首席護衛的白笑貓當然要跟隨大軍行進；姜小牙一方面因爲吳三桂的反覆而納悶不已，另一方面則因此事引起了李自成的疑忌，命令他必須隨軍，使得他陷入了尷尬非常的處境。

「雪火雙俠」從未見識過重大戰役，龍薰衣死求活賴的拜託白笑貓，假扮成她的隨從；沈茉雖然有一百萬個不願意，最後也只好裝做姜小牙的隨身小廝。

此刻他倆雜在大隊中行走，暗中議論：「這哪像行軍，簡直像是去踏青。」

李自成甚至把太子朱慈烺和他的兩個弟弟——「永王」、「定王」也都帶來了，他們三人惴惴不安的騎在馬背上，不曉得李自成將要把他們怎麼樣？

白笑貓則注意到隊伍中有一輛黑色大車很是邪門，遮蔽得嚴嚴實實，每餐都有人往裡面送飯，不知藏著什麼重要人物。
大隊人馬終於來到山海關前，吳三桂早已在關外列陣等待，全體將士的右臂上都纏了一條白布，名義上是爲崇禎皇帝戴孝，其實是爲了讓助陣的清兵在混戰中便於識別。
李自成眼中青芒閃動，令旗一揮，二十多萬兵馬畢竟訓練有素，一片煙塵過後，立時成陣，從北山一直排列到海邊；反觀吳三桂，恰如吳襄對崇禎說過的，只有三千精騎可用，其餘都是鄉勇。
李自成回頭吩咐：「把人帶過來！」
那輛黑馬車被打開了，從裡面拉出一人，卻是吳襄。
姜小牙暗叫不妙，慌忙趕往陣前，劉宗敏已命人把吳襄拖倒在大纛底下，準備殺他祭旗。
姜小牙衝到李自成馬前：「大王，你答應過我的……」
李自成但只眼望對陣的吳三桂，不耐道：「小姜，這種時刻，個人恩怨就該擺到一邊，應以大局爲重。」
姜小牙還想再說，劉宗敏已發下命令：「斬！」
劊子手立時舉刀砍下，姜小牙顧不了那麼多，皤虹出手，將大刀削斷。
劉宗敏怒道：「你敢陣前抗命，該當何罪？」
姜小牙縱身跳起，一拳把他打下馬，戟指著他怒罵：「都是你這惡賊的主意，你這是挾怨陷害！你去騷擾吳宅，想要劫掠吳少夫人，我都還沒對大王說起過……」

李自成皺眉望向劉宗敏；劉宗敏的鼻傷才剛好，不料今日又挨一拳，急怒攻心，喝道：「把他們兩個一起砍了！」

劉宗敏在闖軍武將中官階最高，又是中軍統領，他的號令自然不得不遵，當下就有十幾名士兵撲了過來。

李自成嘴唇動了動，欲言又止。

姜小牙一式「渭城朝雨西出陽關」，身隨劍轉，所有攻來的兵刃全都斷成數截；姜小牙一把拎起吳襄，揹在背上，往後都是闖軍，當然沒得退，無暇細思，只好往對面奔過去。

兩軍正在對陣，一片肅殺之氣，卻只見姜小牙揹著個老頭子在兩軍之間的空地上兔子似的奔跑，著實荒謬可笑。

白笑貓跌足道：「這個傻子！這個呆瓜！」

龍薰衣露出欣賞的神情：「這年頭，像他這樣知恩圖報的人實在不多！」

沈茉道：「小師妹，妳的鞋上沾了泥……」

劉宗敏大喝：「弓箭手！」

一排羽箭朝姜小牙飛來，姜小牙卻似背後長了眼睛，反手抖出一片劍花，護住全身。

吳三桂遠遠看見姜小牙揹著父親逃過來，立時發下將令：「衝鋒！」

三千精騎猶若一群蛟龍騰躍而出。

這邊，劉宗敏亦發出命令：「衝啊！」

李過與另一名驍將田見秀各領一隊騎兵從兩翼突出。

雙方人馬渾若兩座巨山、兩捲海浪也似朝中間進逼。姜小牙背上揹著個人，就算他武功再高，也無法躲過這樣的壓迫，眼看著就要被碾成粉末。

## 少打多

並不是所有的空地都像足球場，總會有凹凸起伏。

山海關附近的「一片石」因是預料中的鏖戰之地，多少年來守軍挖壕溝、建碉堡，爲數難計；而且挖了又塡、建了又拆，反反覆覆不知多少回，弄得這片空地坑坑疤疤、沒一處平整。

就在姜小牙快要絕望的時候，一條乾溝突然出現在他正前方。乾溝不寬，只有一個人深，此時正夠救命。

姜小牙揹著吳襄就地一滾，滾入溝中的同時，衝在最前頭的闖軍騎士正好從他頭上縱跳過去。

姜小牙暗叫「好險」，一手按住吳襄的腦袋：「吳老爺，千萬別抬頭。」

吳襄喘息著說：「小牙、小牙，我記起你來了，你就是那個……」

姜小牙聽他聲音不對，低頭一看，才發現他背上中了一箭，雖沒傷到要害，但也血流如注。

姜小牙忙道：「有話等下再說。」

只覺得地面顫動有如強烈地震，千萬隻馬蹄發出的聲浪宛如山崩河決。

姜小牙從乾溝裡微抬起頭，望向戰場，兩軍已然廝殺成一團。

吳三桂雖然只有三千騎，但每一個人都配備精良，弓馬嫻熟，而且他們心知現在的處境已無退路，人人抱著必死的決心，拚殺之間更顯獰惡兇殘。

李過與田見秀麾下本是闖軍中最精銳的騎兵，數量也比吳三桂多得多，但他們自從攻占北京之後，體力與心理都徹底疲軟下來，就像繃得太久的橡皮筋，一旦放鬆就垮垮的回不去了。

兩軍交鋒未久，勝負已判，吳三桂和副將楊珅各率一軍，就像一把剪刀的兩股，在闖軍陣中插過來、絞過去，從前面直突到後面，再兜轉回來由另一邊撞入，將對方陣勢攪得像塊乞丐身上的破布。

姜小牙想起經常聽見的一句老話：「兵貴精而不貴多。」深覺此言眞有大智慧。

忽聞一個聲音遠遠叫道：「小牙！」扭頭瞥見銀盔銀甲的吳三桂單人匹馬的殺奔而來。「我爹呢？」

姜小牙揮手大嚷：「在這裡，快帶他走！」

吳三桂突盪直前，冷不防兩柄鐵錐槍從旁邊刺到，卻是李過。兩馬相交，纏鬥不休。

姜小牙眼見吳襄脫險的希望又成泡影，忙動腦筋另覓他法，忽聽吳襄道：「小牙，我還記得你來我家的時候才只有……七、八歲吧？那時候你好可愛，一笑起來兩顆小虎牙就閃閃發亮……」

姜小牙道：「唉，老爺，我恨死我那兩顆牙齒了，每個人都把我當成了小可愛。」

## 倒楣的鼻子

李自成立於陣前，愈看愈冒火：「連三千人都打不過，搞什麼玩意兒？」

劉宗敏道：「剛才旗沒祭成，惹了晦氣！」又跑向那輛黑馬車，從裡面拖出一人，這回竟是陳圓圓！

白笑貓、龍薰衣在旁看見，雖不認識這個女人，但猜也猜得出來。「原來她就是吳三桂情之所鍾，的確值得！」

劉宗敏把陳圓圓押到大纛下：「換個人來祭！」

白笑貓、龍薰衣都是不多愁卻善感的女性，一直被吳三桂的愛情所感動，現在一見陳圓圓要落得這種下場，怎能袖手旁觀？當即衝到李自成馬前。「大王，不可以用女人祭旗。」

這時的李自成心情正壞到極點，只擺了擺手，連話都懶得說。

白笑貓想起那天姜小牙對於李自成的評價，不免一怔。

劉宗敏道：「男人女人沒差別。殺了她，可讓那吳三桂痛不欲生！」

白笑貓氣得一拳打去，恰好又打中劉宗敏的鼻子。

劉宗敏才剛止住鼻血，不料又挨一拳，疼得他姓什麼都忘了。

李自成怒道：「笑貓，妳也要跟大伙兒作對？」

白笑貓強聲道：「不是我作對，是這件事情做得不對！」

劉宗敏摀著鼻子，大跳其腳：「給我殺！統統都殺掉！」

話沒說完，就聽一個聲音發自左側山頭：「眾豪傑聽令：八方大陣！」

緊接著便見人影躍動，幾百條人影從山上直撲而下。

劉宗敏一聽那叫喚「結陣」的聲音，就心頭直發毛：「大家注意，扎手的貨色來了！」

一個胖大頭陀一馬當先，掄著禪杖殺入闖軍左翼，後面跟著「一劍震八荒」葛無能和八極門人，再後面則是銀槍會眾與勤王大會群雄。他們的攻勢看似雜亂，其實隱含章法，進退有序，進攻時恍如一張漁網兜捕對手，防守時又似一隻刺蝟無隙可乘，乃是葛無能臨時更改八極劍陣所得的結果。

白笑貓暗裡皺眉。「他們為何跑來攪局？」

神虛子、楊宗業猛然由另一邊殺開闖軍士卒，衝到太子馬前。「太子，快跟我們走！」

原來群雄聽說太子朱慈烺被李自成帶來山海關，便事先在此埋伏——他們原本挖了幾條乾溝藏身，後來覺得不妥，轉移到山坡上隱匿，不料那乾溝救了姜小牙和吳襄的命。

「雪火雙俠」見同伴們都來了，雙雙抽出佩劍，龍薰衣割斷了陳圓圓身上的綁索，沈茉則一劍刺向李自成。

白笑貓趕忙彈劍格開：「幹什麼？在我面前也有你躁動的分？」

這時中軍陣營已然大亂，李自成撥馬就走，劉宗敏則指著白笑貓大喊：「反賊！殺了她！」

白笑貓狠狠瞪了沈茉一眼，橫身擋在陳圓圓身前：「弟兄們聽我說……」

這時哪還有人聽她解釋，沒頭沒腦的只管殺過來。

龍薰衣忙道：「白姐，快走嘛！」

白笑貓不得已，揹起了陳圓圓，但也跟姜小牙一樣無路可退。

龍薰衣道：「去鄉巴佬那兒！」仗劍斷後，保護白笑貓、陳圓圓奔向乾溝。

吳三桂這時已擺脫了李過的糾纏，大叫：「圓圓！」正想縱馬衝來，但斜刺裡田見秀的長矛又到，只得回身應付。

## 苦中樂

白笑貓等人跳入乾溝。

姜小牙笑道：「咱們又被困在一起了。」

龍薰衣哼道：「又有白姐陪你，這下可高興了吧！」

白笑貓捏住她的腮幫子：「看妳再胡說八道？」

龍薰衣笑嚷：「白姐饒命！我不敢了嘛！」

陳圓圓見他們身處極端兇險的環境之中，還有心情說笑逗樂，佩服得五體投地：「多謝諸位相救。」

吳襄含含混混的道：「圓圓，妳也來了……唱首歌來聽吧……」失血過多再加上年歲已高，他的神智已不太清楚了。

姜小牙忙跟白笑貓要了金創藥，敷在他的傷口上；陳圓圓則安慰的唱起歌兒來。

白笑貓、龍薰衣都聽呆了。「竟有這麼好聽的歌聲！」

壕溝外，廝殺之聲震天，壕溝內則迴盪著美妙的旋律，讓人暫時忘卻了世間的災難、苦痛與無止盡的殺戮。

## 紅顏一怒為天下

劉宗敏恨透了姜小牙與白笑貓，竟不管戰局如何，一雙眼睛只盯著他倆的去向，見他們躲在不甚寬的乾溝之內，騎兵拿他們無可奈何，便命令步兵前進攻擊。

勤王大會群雄衝殺了一陣，亂軍之中失去了太子蹤影。頭痛頭陀很覺無趣，嚷道：「吳三桂那個大漢奸的爹躲在那兒，我們去殺他！」登時獲得不少人響應。

於是，兩批人馬都衝向壕溝。

姜小牙急道：「龍姑娘，妳保護老弱婦孺。」

龍薰衣嚷道：「爲什麼是我？白姐不忍心和闖軍作對，應該是她保護老弱婦孺才對。」

這邊還沒吵完，兩波人馬已衝到壕溝前方，但是他們卻先拚鬥開來。頭痛頭陀百斤重的禪杖最適合打這種混戰，揮第一輪就打碎了三顆腦袋；再揮一輪，又打斷了五條手臂。

本來是演戲的，現在卻變成了看戲的，龍薰衣開心拍手大叫：「大頭陀，打得好，再加把勁兒！」

銀槍會眾也跟來了十幾個，槍尖亂顫，宛若千樹開花，挑得闖軍士卒肚破腸流。

龍薰衣又拍手道：「好槍法！再抖幾朵槍花來瞧瞧！」

白笑貓眼見闖軍弟兄被殺死不少，心有不忍，但現在形勢易位，她也不能幫助他們，只得扭過頭，不再看下去。

中軍陣營裡，勤王群豪既然遍尋不著太子，再戀戰也是無益，神虛子把手一揮：「退！」

頭痛頭陀「呸」了一大口，因有葛無能在場，不敢不遵號令，只得倒拖禪杖退走。

他們這一退，闖兵可就得隙衝向壕溝。

姜小牙忙從溝中竄出，一招「楚江微雨故人相送」，挑飛了十幾頂頭盔，卻沒刮出一絲血痕，闖軍士兵盡皆膽寒。

姜小牙喝道：「不要命的只管過來！」

其中有一個認得姜小牙的老兵哈腰諂笑道：「姜大俠，我們怎麼敢跟你交手，都是那劉將軍……」

姜小牙道：「你們統統給我坐下，不准任何人靠近這裡。」

士兵們沒奈何，只得席地坐下。

姜小牙跳回溝內：「待在這裡不是辦法，白笑貓，妳揹一個、我揹一個，我們往山海關鎮城那邊去。」

白笑貓哼道：「你是吳三桂那漢奸的朋友，我可不是！我去山海關做什？」

龍薰衣也哼道：「對嘛！我去跟那個漢奸沾什麼邊？不去！」

只聽陳圓圓竟也幽幽的說：「我也不要過去！」

她這麼說，倒是頗令大家意外。「妳不想去見妳的夫君？」

陳圓圓望了吳襄一眼，見他已近昏迷狀態，這才道：「我本是秦淮歌妓，三年前，國丈田弘遇到江南來，選了一些姑娘到他府裡去調教歌舞，想要進獻給皇上，但皇上並不好女色，所以我們就留在了田府裡。有一天，田弘遇請吳將軍到府裡吃飯，我們免不了在席間歌舞助興，不料吳將軍竟看上了我，田弘遇有巴結吳將軍之心，便把我送給他，但當晚吳將軍就返回寧遠駐地，所以我們也就只有那一面之緣……」

龍薰衣驚嚷：「啊，你們只見過一面，他就對妳如此刻骨銘心，哇！眞是個多情種子！」

姜小牙失笑：「妳不是才罵他漢奸嗎？」

龍薰衣兀自嘴硬：「漢奸歸漢奸，多情歸多情，有什麼相干？」

吳襄模模糊糊的道：「好人才能說是多情，壞人是好色……」他神智已不清楚，不知道人家正在議論他的兒子，不過他這話另有一番道理。

白笑貓道：「這麼說，你們並未同過房？」

陳圓圓有些羞澀的搖了搖頭。

「那妳怎麼會住在他家裡？」

「一年前，田弘遇病逝，他的家人生怕把我留下來會鬧出許多是非，才把我送到吳將軍家……」

白笑貓道：「所以說，妳根本就不中意他？」

陳圓圓又搖了搖頭。

龍薰衣道：「唉，他們都說吳三桂引清兵入關全是爲了妳！」

陳圓圓道：「如果眞是這樣，我就更不能跟著他了，否則後人會怎樣罵我？」

龍薰衣拍手道：「說得是！妳想得眞遠。」

姜小牙聽她們說來說去盡是兒女私情，很覺氣悶，插嘴道：「吳老爺的傷勢若不趕快治療，恐怕……」
白笑貓、龍薰衣一起睨了他一眼。「那你揹著他跑過去嘛，我們不跟！」
坐在溝邊的老兵低下頭來道：「我們也不跟。」
白笑貓罵道：「你多什麼嘴？閉上你們的耳朵！」
又聽吳襄模模糊糊的說：「我沒關係，你們快走……我身經百戰，怕他們怎地？……」
姜小牙急得抓頭摳耳，不知如何是好。
闖軍陣中的劉宗敏眼見剛才派去的士兵都坐在壕溝前談天說笑，氣得七竅生煙，親自督率大隊步兵衝殺過去，李自成竟制止不住。

## 八旗軍

北邊的山坡上有幾騎人馬，從一開始就默默的觀戰到現在，那是多爾袞、多鐸與阿濟格等清軍將領。
多爾袞道：「大順軍不過爾爾，今天必立千秋大功！」傳下將令，全面進攻。
李自成不祥的預感隨著陽光的轉移漸漸轉濃，矍然聽得北山後方傳來如雷的馬蹄聲。
「全軍戒備！」
前方黑雲滾地，多鐸在左、阿濟格在右，領著數萬名辮子軍從山後殺出。

滿洲八旗，所向披靡！

闖軍士兵都變了臉色。

李自成因中軍沒了統領，只得親自下令：「放箭！」

好像千萬隻蜜蜂發出嗡嗡嗚叫，漫天羽箭射向清兵。

清軍騎士但只用短刀或弓柄將來箭撥開，並不盲目放箭，直衝到有把握的射程範圍之內，才一起拉弓引箭，每發一箭，闖軍中就有一人倒地，正與吳三桂交戰的闖軍騎兵死傷慘重。

姜小牙等人都從未見過滿族人，當然更沒見識過他們的作戰方法，此時看在眼裡，都駭在心裡。「這種勁旅，關內有誰能夠抵擋？」

一隊打著白色旗幟的快馬飛也似逼近，當先一人細眼睛、削鼻子、薄嘴唇，雙頰微豐，神情驃悍，正是「正白旗」主旗貝勒、努爾哈赤第十五子「豫郡王」多鐸。

劉宗敏率領的步兵還沒靠近壕溝，就被這隊清軍一輪飛箭射死不少，劉宗敏也挨了一箭，親兵趕緊連拖帶扛的搶救他回陣。

姜小牙等人見劉宗敏敗退，剛鬆下一口氣，不料一排箭驀然從背後射來，原來清軍並不知道他們是幹什麼的，反正臂上沒纏白布條的都是敵人，殺了再說。

白笑貓怒道：「這些辮子頭好沒道理！胡亂射人怎地？」

順手拔起一支射在土裡的箭反擲回去，一名女眞騎兵瞬即倒撞下馬。

多鐸大怒，催動座騎，親自衝殺過來。

清軍的編制是：每三百人爲一牛彔，設一牛彔額眞，後來改稱爲牛彔章京；五個牛彔爲一甲喇，設一甲喇章京；五個甲喇爲一固山，設一固山章京，固山即爲「旗」之滿語。如此推算，一固山或一旗僅七千五百人，努爾哈赤初建軍制時還只有四旗，兵員少得可憐，所以每一個士兵都是無價之寶，長官與部屬、士兵與士兵之間的情誼比家人還要親密，這種傳統才是八旗軍橫行天下、無堅不摧的眞正原因所在。

姜小牙等人隱身在不寬的壕溝內，清兵騎在馬上無法進攻，多鐸喝令下馬，人人手持短刀跳入溝內。

清兵仗的是駿馬腿快、騎射精湛，一旦離了馬背就跟常人無異，再碰到像姜小牙這樣的武林高手，更如草紮紙糊。

龍薰衣悶了半天，見有人來當靶子，哪還客氣，一輪快劍，殺得清兵東歪西倒；白笑貓更狠，丸劍出手，一閃，就割斷了三根喉管，其中包括一個名叫阿里的甲喇章京。

這阿里從少年時就在「正白旗」下南征北討，是多鐸最親信的部屬之一。多鐸暴怒如狂，揮刀撲向白笑貓後背，卻覺頭頂一涼，兜鍪已飛上天空。

姜小牙再一劍抵住他咽喉：「帶著你的人滾蛋！」

任憑多鐸再怎麼勇猛驃悍，此刻也不由得魂飛魄散，連忙下令撤退，上馬之前，不忘惡狠狠的瞪了姜小牙一眼。

白笑貓嘆道：「鄉巴佬，你根本就是婦人之仁。你不殺他，他不但不感激你，將來反而會成爲你的死對頭！」

龍薰衣道：「對嘛，你看他的眼神多兇！」

這時的他們當然不知道，一年後多鐸的雙手將沾染上多少鮮血，可惜姜小牙不愛殺人，否則世上就少了一名兇殘的劊子手。

驟聞躺在地下的吳襄詭異的吁出一口氣，急忙低頭看時，他的雙腳竟在微微抽搐。

姜小牙心知不妙，將他的上半身摟入懷中：「老爺撐住！外面還有好多好多的銀子等著你去拿！」

吳襄開心的笑著：「我就說不會沒有錢……有的是錢……很多很多錢……」頭一歪，就此斷氣。

「老爺！」姜小牙抱著吳襄的屍體痛哭失聲。

## 慘敗

受傷的劉宗敏被架回陣中，李自成罵了聲：「娘皮！成事不足敗事有餘的窩囊廢！」

這時的戰場上，只有吳三桂的騎兵和辮子軍縱橫馳突，大順士卒已變成了被圍獵的野獸，夾著尾巴四處亂逃。

李過慌張拍馬而來，大嚷道：「義父，快走吧！」

李自成不甘心的回馬一走，大順軍更是兵敗如山倒，任人宰割。

白笑貓在乾溝中望著這一幕，心痛如絞，但又不得不承認闖軍之敗乃是咎由自取。

龍薰衣眼見平原上滿是辮子軍來來去去，止不住心頭發毛：「我們現在到底要怎麼辦？」

姜小牙沉吟片刻，因吳襄已死，實在沒有必要再去見吳三桂，他放下吳襄的屍身：「吳老爺，安心吧，少爺等下會帶你回家的。」

當白笑貓揹著陳圓圓，由姜小牙、龍薰衣保護著向南面小山上飛掠而去的時候，吳三桂只能望著他們的背影連連跌足。

## 天下公敵

北京亂了！

即使一個多月以前，大明將要亡國的時候也沒有這麼亂。

有些人因為闖軍兵敗而暗地裡額首稱慶，有些人如喪考妣，有些人害怕辮子軍進城來會亂殺人，有些人則說吳三桂奪回了太子朱慈烺，將要護送太子還宮登基，重復大明江山。

各種謠言充斥於大街小巷，沒有人知道這把賭注要押在哪裡才好？

姜小牙等人疲累不堪的回到陶家，已是山海大戰六天後的事情；沈茉和焦轟早一天回來，正在屋內等待。

眾人前往山海關之前，拜託鄰居老嫗照顧公主孅婝，現在她的左臂傷口已癒合，氣色也好得多。

焦轟見了姜小牙，竟沒好臉色：「姜小牙，本以爲你只是和闖王有勾搭，不料你還有另一個面目，暗地裡和吳三桂與辮子軍眉來眼去！」

姜小牙這些天來被人冤枉誣陷得夠了，實在懶得再多費唇舌辯解。

公主道：「焦副總管切莫如此說。姜小哥兒天性純厚，不是這等人。」

龍薰衣聽公主誇讚姜小牙，從鼻子裡哼了一聲：「他哪裡厚？大概只有臉皮厚吧。」

焦轟極不願和姜小牙同處一個屋簷下，猛然站起：「公主，微臣保護殿下出城……」

公主道：「不用了，我跟他們在一起很好。」

姜小牙、白笑貓、龍薰衣都是年輕人，公主當然覺得和他們的氣味比較相投。

焦轟碰了個軟釘子，又轉向沈茉：「你走不走？」

沈茉望了龍薰衣一眼，搖搖頭。

焦轟又碰一個釘子，老大沒趣，臨出門前，還向姜小牙撂了句狠話：「你給我小心一點，勤王大會必會找你討個公道。」

等他走了之後，公主安慰道：「小哥兒，焦副總管是個渾人，別跟他計較。」

白笑貓道：「鄉巴佬也眞倒楣，本來根本沒他的事，結果瞎攪和了這些天，吳老爺也沒救成。」

姜小牙並不歸屬於哪一邊，誰輸誰贏、誰王誰寇，與他何干？他瞎忙些什麼？現在不但被人誣賴爲兇手，還成了三方面的公敵，闖軍、清軍、勤王大會都要殺他。

姜小牙思前想後，低垂著頭，頗爲沮喪，不知自己所爲何來？

白笑貓見他這模樣，十分不忍：「土包子，何必如此，最起碼你交了幾個好朋友。」話一出口，立時覺得有語病，懊惱不已。

龍薰衣笑道：「嗯，現在變成好朋友了。」

白笑貓狠瞪她一眼：「皮又在癢了是不是？」

卻見司馬灰灰匆忙進入：「我打聽到公主未婚夫的下落了，他去了南京。」

姜小牙便朝向公主道：「駙馬都尉周顯在南京。」

眾人看不見司馬灰灰，但聞姜小牙沒頭沒腦的冒出這一句，都覺得奇怪。「你怎麼知道？」

姜小牙沒法解釋，搔頭而已。

白笑貓道：「這個人怪怪的，不過他的話多半沒錯。」

公主道：「我本也想去南京……」

陳圓圓一直沒說話，此時忽道：「我也想去。」她原是秦淮歌妓，天下如此之亂，自然會思念故鄉。

姜小牙道：「公主……善善姑娘，妳能走遠路嗎？」

公主挺身坐起：「再怎麼樣，也比留在這裡好。」

北京未來的局勢如何，沒人搞得清楚，而且這裡又是她的傷心地，她只想遠遠的離開，把一切拋在腦後。

白笑貓道：「好吧，既然如此，反正我也不能回闖王那兒去了。」

龍薰衣拍手道：「好耶，白姐跟我們一起走！」

白笑貓道：「妳也要去？」

龍薰衣興奮點頭。

沈茉瞥著姜小牙，滿臉不以爲然的神氣，顯然只是因爲不願與他同行；龍薰衣使了個眼色，他只得隱忍不語。

姜小牙道：「大家收拾收拾，明日一早動身。」

公主忙道：「一定要帶上雪兒。」

「那當然。」龍薰衣摸著沙袋的頭。「陶大哥的寶貝狗也不能丟下。」

## 殺人與放火

一敗塗地的李自成回到京城，坐在文華殿上生悶氣，腦中不停縈迴著一個人的話語：

「我們這幫人雖然驍勇善戰，但毫無治國的能力，終究會把打下來的江山拱手讓人。」

李自成愈想愈有理，但當初說出這番話的「中州大俠」李巖，已被劉宗敏毒死了。他的怒氣正沒處發洩，手下的謀士、將領亂鬨鬨的走上殿來，其中就有那受了箭傷，哇哇呻吟的劉宗敏。

「老劉，你過來。」

劉宗敏以爲老大想安慰自己一番，便像個受了委屈的小娃兒似的依偎到李自成面前，不料李自成狠狠一拳打在他鼻子上：「你們在外面亂什麼？」

劉宗敏搗住受盡折騰的鼻子，悶聲道：「我正派人往皇極殿裡堆稻草……」

「幹嘛？」

「辮子軍太難搞，我想我們應該會退出北京，當然就一把火燒了紫禁城，不讓那些辮子頭坐享其成。」

氣得李自成又照準他的鼻子打了一拳：「你沒得令，就擅自做出這種安排？」

劉宗敏欲哭無淚：「現在搞成這樣，還能怎麼辦？我們只會殺人、放火，別的都不會呀！」

牛金星道：「皇上最大的心願就是在北京正式登基，最起碼要把這件事情完成。」

皇極殿內既已堆滿了稻草，李自成只得在武英殿匆匆即了皇帝之位，頒下的第一道詔令就是：「明日一早退出北京。臨走之前，一把火將紫禁城內的宮殿與九門城樓燒個精光！」

## 一日為帝，終生為寇

翌日清晨，姜小牙等人裝扮成一群農夫農婦，抱著小貓、牽著大狗，向南邊的正陽門進發。

奇怪的是，龍薰衣對自己打扮得這麼醜，居然毫無意見，反而興高采烈、喋喋不休。一群人中只有「雪俠」沈茉堅持不換裝，穿著他那一身雪白長衫，更顯突兀。

將至城門，城樓竟著起火來，守城的闖軍士兵不但不救火，反而一逕往城上搬運稻草。

公主驚道：「他們爲什麼要燒城樓？」

話還沒說完，火光又起，這回竟起自身後的紫禁城！

「宮內也起火了！有沒有人去救啊？」宮城畢竟是公主的家、自幼生長的地方，如今就在眼前起火燃燒，簡直像是燒入了她的心臟最深處。

金碧輝煌的帝國中心，光耀了兩百多年，到頭來仍敵不過黑暗的人心。

姜小牙等人嗟嘆未已，就見一彪快馬奔馳而來，當先一人目閃青燄，是李自成率領著近衛親兵馳往城外。從三月十九中午進入北京，到四月三十清早離開，他總共只占領了北京四十一天。

姜小牙、白笑貓匆匆把頭低下，免得被李自成認出來，並勸住哭泣的公主。

闖軍士兵忙著焚燒、撤退，城門根本沒人把守，姜小牙等人輕易的出到城外。

白笑貓道：「要往南京，若走陸路恐怕公主受不了，走水路最快最穩，但是從北京至通州的通惠河現在正值枯水期，水量不足行船，所以得去天津西南的楊柳青碼頭。」路線清晰的娓娓道來，不愧是老江湖。

沈茉悄悄的把龍薰衣拉到一邊：「小師妹，該換衣裳了。」

龍薰衣笑道：「不用換了，我穿這樣很好嘛。」

沈茉皺眉：「極不雅相……」

「不會嘛。」

沈茉的語氣沉了下來：「自從妳碰到那個鄉巴佬之後，整個人都變了。」

龍薰衣被他這麼一說，不禁一怔，望了姜小牙背影一眼——雪兒正跳到他的肩膀上玩他頭上的斗笠。

沈茉語聲中酸溜溜的味道都快滴出來了：「難道妳喜歡他？」

龍薰衣殺雞似的嚷嚷：「我哪會喜歡他？他只是個……」再望姜小牙一眼，難聽的話竟說不出口。

沈茉旁觀者清，發覺小師妹已有被姜小牙潛移默化的傾向，連扮成農婦都那麼高興，哪是從前那個愛買名牌的時新少女？

「他在妳旁邊摳腳，妳也不嫌臭？」

「他身上的味道那麼難聞，難道妳嗅不著？」

「他到底有哪一點吸引妳？」

龍薰衣被問得急了，跺了跺腳道：「我不跟你講了啦！」快步追上白笑貓、陳圓圓、公主，又變得開心起來，嘰嘰喳喳的說個不停。

沈茉生著悶氣，一個人落在最後面。他實在想不透，不過短短幾十天，龍薰衣對於那個土包子的觀感爲什麼會轉變得如此巨大？

好死不死，沙袋在路旁草叢裡抓到了一隻田鼠，叼在嘴裡，邀功似的高翹尾巴跑到他腳邊。沈茉怒道：「髒東西，滾開！」一腳踢得沙袋撇了田鼠，哇哇叫。

白笑貓回頭大罵：「你再踢牠一次，我就把你的腳剁掉！」

## 太子的滋味

姜小牙在廢棄的農舍裡找到一臺壞掉的獨輪車，使用各種材料七修八修，也可以將就著用了，請公主坐在車上，行路便快了許多。

一路上田園荒蕪，少有人煙，殘破蕭條的景象讓人懷疑這裡曾經是帝國的中心。好在眾人離京之時，準備了不少乾糧，不至於捱餓。

這晚，露宿野溪邊，白笑貓正在替陳圓圓、公主推拿腳踝，沙袋突然狂吠著奔入樹林。

龍薰衣叫道：「沙袋，你幹什麼？」

沈茉露出噁心的表情：「大概又去抓老鼠，髒死了！」

沙袋在樹叢裡叫個不停，不似追捕獵物，姜小牙走過去一看，沙袋正興奮的繞著一個渾身發抖的人打轉。

姜小牙細細一瞧，竟是太子朱慈烺！

## 打錯算盤的滋味

和公主姐姐抱頭痛哭完了之後，太子可是餓極了，大口吃著乾糧。

龍薰衣道：「那日我看見神虛子師叔衝過去救你，怎麼後來又失散了？」

太子道：「神虛子？那個道士？他衝過來救我，但是我的馬受了驚，到處亂跑，不知怎地就跑離了山海關……」

突聽一個陰惻惻的聲音道：「你跑得了那日，卻跑不掉今日！」

姜小牙、白笑貓一聽這聲音，登即臉色大變。

是「劍魔」鐵鑄！

「你又想怎麼樣？」

「奉大清『睿親王』之命，帶回明太子。」鐵鑄陰沉沉的臉上不帶一絲表情。「再奉『正白旗』主旗貝勒多鐸之命，取回姜小牙頭顱！」

白笑貓罵道：「看吧，那天你沒殺那個混蛋東西，後患無窮！」

姜小牙悄聲道：「龍姑娘、沈公子，你們保護太子、公主、陳姑娘先逃，我拖住他……白姐，妳幫不幫我？」

白笑貓道：「哼！」

龍薰衣道：「她會幫你的。我們先走了，你小心！」

畢竟一起經歷過許多生死冒險，分派任務時一點都不拖泥帶水，既相信別人的能力，也明白自己的職責，龍薰衣脫口一句：「我們先走了，你小心。」這句簡單的話裡，竟透露出多少關懷與信賴。

姜小牙只覺胸口一熱，一種「就算今天死了也值得了」的豪氣陡然而生，他倏地起身，拔出蟠虹寶劍：「鐵鑄，你這條女眞走狗眞是枉稱『劍魔』。」

鐵鑄冷哼道：「吳家於你有恩，所以你捨命相報；大清『太祖』於我有恩，我是不是也應該如此？」

白笑貓道：「別囉嗦了！」一躍而起，丸劍飛彈而出；姜小牙就像是跟她有心電感應，幾乎在同一時間，「北關驟雨天晦地暝」掃向鐵鑄右側。

鐵鑄巨劍如雷暴鳴，一揮一個霹靂，飛砂走石，林木盡折。

劍鬼與劍仙聯手出擊，本該占盡上風，但自從山海大戰結束後，他們便沒吃過一頓好飯，導致營養不良、體力不濟，和衣食無缺的鐵鑄交手不過十合，就覺得頭暈目眩，手腳發軟。

姜小牙見龍薰衣、沈茉已帶著餘人走了，便朝白笑貓做了個手勢，意思是：「妳也走，我誘開他。」

這些天下來，他們已培養出極好的默契，只要一個眼神、一個動作，就知道對方的意思是什麼。

白笑貓回敬一個眼神：「你會被他弄死！」

姜小牙再比一個手勢：「我雖打不過他，腳可比他快。」

白笑貓哼了一聲，略略退出戰團，靜觀後變。

姜小牙跳向另一邊：「你要我的腦袋，儘管過來拿。」轉身奔入樹林。

鐵鑄笑道：「你以爲這樣就能難倒我？我先殺了你再回來抓太子，反正你們一個都跑不掉！」

鐵鑄如大鳥一般追來。他系出「龍城飛鷹」，輕功之佳，自然沒話說，他根本不相信這世上有人能夠逃得過他的追捕。姜小牙在林中東一躂、西一拐的亂跑，身法雖快，卻非鬼魅仙人，暗道：「臭小子，我看你能跑到幾時？」

白笑貓見姜小牙尚能應付，抽身進了樹林：「丫頭片子，你們在哪兒？」

龍薰衣的回答出自遠方草叢：「妳再叫我丫頭片子，不理妳了啦！」

「你們沒事吧？」

「師兄和太子不知跑到哪裡去了。」

原來沈茉自作聰明，帶著太子不往林木深處躲，卻朝一個小山坡上跑。

太子喘吁吁的道：「小哥兒，這樣好嗎？」

沈茉道：「愈是危險的地方，愈讓敵人想不到。」

不料這山坡雖不高，登上坡頂，才發現它緊臨溪水，正好是一處斷崖，沒路可走，兩人的剪影更是清楚的顯現於月光之下。

鐵鑄遠遠發現他倆行蹤，暗忖：「抓住明太子才是大功，殺姜小牙還在其次。」一時三心二意，姜小牙早已溜出老遠。

既然如此，鐵鑄索性放棄追逐姜小牙的念頭，轉而撲向山坡。

沈茉正想拖著太子循原路下山，鐵鑄已先趕到，高高躍起，一劍劈向沈茉頭頂。

沈茉單只感覺那泰山壓頂的劍勢，便知自己萬萬抵擋不住，「唉呀」了一聲，棄劍抱頭，臥倒在地。

鐵鑄根本沒把沈茉放在眼內，收劍落地，轉身要抓太子時，竟已不見他蹤影。

怪了，有誰能在瞬間逃過自己的眼睛？鐵鑄正自狐疑，驀覺一股勁風從前方草叢中射出，忙舉劍一格，「噹」地一聲，那勁風擊在劍身上，竟震得鐵鑄虎口微微發麻。

鐵鑄這一驚，簡直非同小可，因爲他知道那射過來的東西並不是什麼霸道的暗器，而只是一縷眞氣！

無上內力凝聚，由指尖發出的「氣劍」！

從古至今，能夠練成這神通的人不會超過五個，而且全都已經作古，當今之世，可從未聽說何人有此能耐！

「你給我站出來！」

草叢中悄無聲息。鐵鑄知道自己遇上了生平僅見的勁敵，必須傾盡全力應付，偏偏姜小牙又追了過來，這可讓他進退維谷了。

就在這時，聽得太子慘呼一聲，緊接著一條黑影從山坡斷崖處皮毬似的蹦起，直往溪水中落下。

姜小牙眼尖，認出那就是太子，便也縱身一跳，像隻水獺似的鑽入野溪之中。

姜小牙出生在大小湖泊星羅棋布的高郵，五歲時就能在水中抓魚；剛才他估量露宿之處溪水太淺，方在林中兜了一個大圈子，希望能跑到下游水比較深的地方，再躍入溪中，擺開鐵鑄的糾纏，不料事態的發展既不在他的算盤上面，也超出了鐵鑄的預料，更別提那趴在地下簌簌發抖的沈茉了。

## 撒野尿的滋味

太子不會游泳，落入水中之後就像塊石頭，直往下沉，就在自分必死的當兒，姜小牙的手適時抓住他的衣領，將他提出水面。

野溪蜿蜒流經山區，時而湍急，時而曲折，讓鐵鑄無法沿岸追蹤；姜小牙拎著太子一口氣游出老遠，才在對面上了岸。

太子彎著身子直吐水，驚魂未定。

姜小牙道：「剛才是怎麼回事？」

太子結巴著道：「我……我也不明白！我只看見那大漢一劍砍下，沈小哥兒往地下一倒，然後我就被一個看不見的力量推入草叢，然後……然後……好像是沈小哥兒丟出一個什麼東西，打退了那個大漢……」

姜小牙奇道：「沈茉打退了鐵鑄？」

太子道：「反正，那大漢被那東西嚇著了，僵在那裡不動，然後，我又被人推了一把，就掉入了水裡。」

姜小牙心知暗中必有高人相助，只是那人能在鐵鑄面前來無影去無蹤，武功可高得出奇！

太子道：「我看，那沈小哥兒可是個深藏不露的高手呢。」

姜小牙不願拆別人的臺，便也不說破。

太子環顧四周荒野：「我姐姐跟那幾位姑娘呢？在這裡走散了，可就糟了。」

姜小牙笑道：「別擔心，她們一定找得到我們——因爲狗在她們那裡。」

太子道：「但是我們在溪中游了這麼久，狗恐怕嗅不著我們的味道。」

姜小牙心想：「他雖然久居深宮，人世間的閱歷倒還滿不錯的。」拉開褲頭，在樹下撒了泡尿，笑道：「現在有味道了。」

太子一怔之後，開懷大笑，也照樣撒了泡尿。

姜小牙道：「沒想到你也做得出這種齷齪勾當。」

太子但只笑了笑：「撒野尿的滋味，挺好的。」

## 撒謊的滋味

天快亮時，沈茉才找到白笑貓等人。

「太子呢？」

「他被那個鄉巴佬抱著去投水了！」沈茉面不改色的說。「我好不容易把鐵鑄打跑，他卻……唉！萬一太子淹死了，怎生是好？」

白笑貓不可置信：「你把鐵鑄打跑了？」

沈茉道：「他直撲太子，大概沒注意到我，我就一蹲身，用了個『野戰八方』勢，一劍把他肚腹部位的衣服劃破了，可能還傷到了他的皮肉，他一驚之下，掉頭就跑……」

龍薰衣拍手道：「師兄劍法高強，和『四大名劍』其中之二交過手，都沒落敗。」

事實是：鐵鑄唯一的弱點就是不會游泳，姜小牙和太子都躍入溪中，氣得他暴跳如雷，回身要走時，瞅見兀自趴在地下發抖的沈茉，又好氣又好笑：「你這小子，回家去埋頭練上二十年，別再出來丟人現眼。」

沈茉當然不想丟人現眼，反正現在死無對證，胡謅一通，不但毫不臉紅，還面有得色。
白笑貓冷笑道：「我看你是滿口胡言！」
龍薰衣極為不悅：「白姐，我師兄從來不撒謊。」
「哼，再看吧。」白笑貓見沙袋東聞西嗅的不停往前走。「說不定土包子會游泳，兩人都能逃過一劫。」
龍薰衣這才想起姜小牙可能已經沒命了，心頭竟泛起一陣沉重的失落感，眼眶頓時一紅：「我們快去找他們。」
沈茉看在眼裡，愈發不是滋味。
沙袋一狗當先，白笑貓揹著陳圓圓、龍薰衣揹著公主，都跟在牠後面，走不多久，便看見前面有兩個男人正圍著一棵大樹尿尿。
公主訝道：「太子哥哥，你……」
太子趕忙拉上褲頭：「大家都沒事？太好了！」撇下姜小牙，奔到沈茉面前。「沈愛卿打走了那個什麼『劍魔』，救了我一命！」
沈茉見到太子無恙，本還心頭忐忑，生怕他拆穿自己的謊言，不料太子根本什麼都沒看見，反而幫他做了個見證。
龍薰衣得意的望著白笑貓：「看吧，我師兄沒撒謊吧。」
白笑貓朝姜小牙拋來詢問的眼光，姜小牙但只聳了聳肩，一句話也不說。

## 阿貓阿狗下江南

眾人因爲鐵鑄必能猜出他們南行的計劃，率領大隊清兵前來圍捕，便不敢去楊柳青碼頭，但要如何更改行程，可沒個主意。

可巧，這野溪愈往下游愈寬，最後匯入了一條小河；更巧的是，再沿河走上幾里，竟有一艘單桅小船停在岸邊。

梢公年約四十左右，看見生意上門，便問：「幾個人啊？」

姜小牙道：「我們有四女、三男、一隻貓、一隻狗……」

「還有一個鬼。」司馬灰灰在眾人背後插嘴。

姜小牙唉道：「你怎麼又冒出來了？」

司馬灰灰喜動顏色：「我也要去南京玩。」

白笑貓問梢公：「這條河可通大運河？」

「這條老驢溝可通北河，然後就一帆風順的經過臨清、臺兒莊、清江浦，從瓜洲進入長江啦。」

眾人上了船，公主道：「太子殿下，請進艙內坐。」仍然謹守宮中禮儀。

太子道：「姐姐，以後別再拘禮，大家都是天涯淪落人，都是百姓。這一程，婦女睡艙內，我和沈、姜兩位小哥兒就在船頭上，很好了。」

白笑貓道：「太子眞是難得，第一次見他就沒驕氣，比許多權貴子弟都來得謙虛。」

太子苦笑道：「都已經這樣了，還擺什麼譜兒？」

小船順流而下，輕快有若落葉飛絮。

太子立於船首，望著兩岸景色，不停搖頭嘆氣：「大好江山，爲何變成如此？大明之亡，眞是千古罕見。」

沈茉有意賣弄才學，接著說：「漢唐之亡，只是土崩，宋明卻是瓦解。」

太子道：「沈愛卿只知其一，不知其二。漢魏、東晉、南北朝以至於隋唐、五代，都是亡於權臣篡位，西晉、兩宋則亡於外族入侵，因爲民變內亂而導致滅亡的，除了暴秦，就是大明，難道大明竟跟暴秦一樣糟糕嗎？」說著說著潸然淚下，憂國憂民的情懷令眾人動容。

艙內的白笑貓向公主悄聲道：「太子雖然年輕，但頗有眞知卓見。」

公主道：「這些日子，眞是難爲他了。他從前也只是個天眞的孩子，不愛讀書，閒時老跟著陶總管學劍……」

太子在艙外聽見，羞紅了臉：「姐，別提學劍了，簡直學得一塌糊塗。」

一提起陶醉，姜小牙的心就沉了下去，輪到他重重的嘆了口氣：「唉，陶大哥……」

白笑貓道：「土包子不懂大事，但朋友之事卻整天耿耿於懷。」

陳圓圓有感而發：「人不一定要幹大事，只要幹自己認爲對的事，姜小哥兒比很多所謂的大英雄大丈夫強多了！」

白笑貓道：「這話說得好！」回想起在紫禁城內，姜小牙為了自己不惜與天下豪傑作對。「認識土包子，眞是我的福氣。」

姜小牙被她們誇讚得渾身不自在，忙道：「我只是氣那個兇手冤枉我……」

太子深深的看了他一眼：「眞的只是這樣嗎？」

白笑貓道：「當然不只這樣。他啊，把陶醉當成最好的朋友，恨不得把那兇手碎屍萬段！」

沈茉在旁冷笑一聲：「誰是兇手，還沒搞清楚呢！」言下之意，仍把箭頭指向姜小牙。

龍薰衣此時已不認為姜小牙會做這種事，正想出言幫他辯解，但一見沈茉臉色，想起最近他老是吃醋，便把想說的話嚥了下去。

## 公主徹夜難眠

月沉入水，舟泊於岸。

小貓雪兒蹲在船邊，望著水裡的月亮發怔。

大狗沙袋壓在太子的肚皮上打著混濁的鼾。

船艙內忽然傳出驚悸的哭聲。

是公主在夢裡哭著驚醒。

陳圓圓湊近她身邊，柔聲撫慰：「沒事了，沒事了，我們都在這裡。」
公主啜泣著：「我夢見了父皇……爲什麼他會這樣對我？」
陳圓圓無言以對，深深嘆息。
公主緊握陳圓圓的手：「我好怕！我好怕這個世界！」
記憶太新，還沒整理，掛在屋簷下等待風雨過濾、歲月晾乾。她才十六歲，心裡的創痛比肉體更深千百倍。
陳圓圓躺在公主身邊，撫著她的頭髮，輕聲唱起歌兒來。
夜好靜，歌好好聽，公主漸漸睡著了。
白笑貓早已醒了，半瞇著眼睛望著陳圓圓，月光斜照她的臉，安詳而溫柔。
「妳將來一定是個賢妻良母。」白笑貓說。
「但願……」陳圓圓欲言又止。
「妳爲什麼不喜歡吳三桂？」
「他只愛我的美色，愛聽我唱歌，卻貼不近我的心。」
白笑貓道：「我看妳是早就有心上人了。」
陳圓圓淺笑著一點頭。
「那個人在南京？」
又一點頭。

「好，我們去幫公主找駙馬，再幫妳找妳的心上人。」

## 三個神祕人

白笑貓再也睡不著，悄悄起身走到船艙外，只見沙袋壓著太子，姜小牙壓著沙袋，睡成了一堆；沈茉則獨善其身的躺在另一邊。

白笑貓好笑的用腳推了推姜小牙：「土包子，睡著了嗎？」

姜小牙揉著眼睛醒來。

白笑貓道：「你睡著了，我就不吵你了。」

姜小牙以為她會走，自己便能繼續睡，白笑貓卻站著不動，完全沒有走的意思，他只得振作起精神：「我不睡。白姐，有什麼事兒？」

白笑貓瞟了熟睡中的沈茉一眼，悄聲道：「到底是誰救了太子？」

姜小牙道：「我沒看見，但聽太子的敘述，像是有一個頂尖高手在暗中相助。」

「暗中相助？為何不敢見人？好沒道理！」白笑貓想了想，又道：「聽丫頭片子說，『一劍震八荒』葛無能在北京城破之時，也曾被一個武功高得出奇的黑衣人所救。」

姜小牙道：「再加上綁架太子的那個人，總共有三個神祕高手躲在暗處，目的各不相同。他們是誰？想幹什麼？」

白笑貓嘆道：「天外有天，人外有人，跟這些人一比，我們就像是小孩子。」

「妳可聽說過如此高人？」

白笑貓想了想：「除了已死的『風雨雙劍』，就只剩當年的天下第一高手『天抓』霍鷹。」

姜小牙搖頭道：「霍大俠本來就跟我一起在桂林，不會是他。」

「你上次跟我提起，劉宗敏害死了你的好朋友，是不是『中州大俠』李巖？」

「沒錯。」

「那麼，李巖的妻子，白蓮教一百零八壇的總壇主紅娘子呢？」

「她也在桂林。當年她被劉宗敏害得身負重傷，差點沒命。」

白笑貓盯著他：「我發現你有天天焚香祭禱的習慣，是紅娘子教你作法？」

「我是在祭拜我的師父。」姜小牙一笑。「這事兒太複雜，妳也不會相信，反正來日方長，以後再慢慢跟妳說。」

白笑貓白了他一眼：「哼，誰跟你來日方長啊？」

## 王爺之船

船雖小，其樂融融。

雪兒成天玩弄沙袋的尾巴，決不厭倦。

白笑貓和龍薰衣成天討論到了南京之後，要買些什麼衣裳飾物。

公主在陳圓圓的照顧之下，開心了許多，成天跟著學唱歌。雪兒和沙袋都能夠感覺得到司馬灰灰的存在，動不動就去騷擾他，弄得他只好掛在船篷上乘涼。

太子始終以為自己是被沈茉救的，對他禮遇有加，滿口「愛卿」長「愛卿」短，簡直把他當成了自己的首席大學士。

怪的是，太子平常對姜小牙還不錯，但若有沈茉在面前，太子的態度就會變得冷淡異常，正眼也不看他一下。

姜小牙不以為忤，暗想：「讀書人比較有話說，跟我大概沒什麼談頭吧？」

這日，太子纏著沈茉要練劍，兩人才在船頭一拉開架式，沙袋便在他倆腳邊跳來跳去，高興的叫個不停。

姜小牙看著牠搖頭擺尾、歡天喜地的模樣，不由心酸：「可能是因為牠從前老陪著陶大哥練劍吧？牠還不知道牠永遠都看不到牠的主人了。」

「唉，江山易主，連條狗也要易主了嗎？」太子又淚如雨下。

沈茉打岔道：「太子一向跟著陶大哥學劍，應該是屬於武當一脈……」

太子拭淚道：「武當劍法太難練了，我跟著陶總管三年，連門兒都沒摸著。沈愛卿，我看你的劍法比陶總管還高明，你是哪一路的呀？」

聽太子誇讚自己比陶醉還高明，沈茉得意忘了形：「我和小師妹是通天宮的俗家弟子，說起通天宮，歷史可比武當早得多，創派於唐朝中葉，劍法綜合了五行、八卦，端的是神鬼莫測。太子金枝玉葉，太剛猛、太陰柔的都不好，專習『土形劍』比較合適。」

太子拍手道：「那快教我！」

沈茱當即教起「土形劍」的基本動作。土形屬「橫」，以防禦爲主，果然符合皇室貴冑的身分。

太子邊學，邊會心大叫：「這個好！這樣才對！」

姜小牙想起陶醉曾經說過「會教劍術的師傅，自己的劍術未必高明」，反過來說便是「高明的師傅未必會教」，陶醉想必就是這種師傅？

只聽太子不停的說：「陶總管從前教我的不但難學，而且根本沒用！他又好兇，我好怕他！」

有些人就像狗，被人拍拍頭，尾巴就翹得半天高，沈茱便是如此，愈發大言炎炎：「通天宮的劍法本來就比武當周延，再說陶大哥雖然名列四大名劍，但久未行走江湖，寶劍也會生鏽，不如我們這些成天在外面廝殺的人！」

太子道：「嗯，很是很是！沈愛卿說得有理！」

白笑貓坐在艙內，實在聽不下去了，發話道：「識字不多的人，看到千字文、百家姓，就以爲是文學經典，豈知那些根本不能算是文學。」

太子怔了怔，笑道：「這麼說也對，是我功力太淺，不夠資格談論劍術的優劣。」

白笑貓道：「我不是說你，我是說他！憑他也有資格批評陶醉或武當？」

沈茉被她當眾挑釁，可又不敢反目，哼道：「白姑娘此言差矣！識字不多的人，看了唐詩三百，也知道那些都是好詩。」

要說文學，白笑貓還眞說不過沈茉，一時惱起火來：「紙上文章無法評比，劍術只要交手便知高下。」手掌中丸劍一彈，錚然作聲，沈茉臉色大變，連退三步。

龍薰衣忙攔：「白姐，幹什麼啦，說說而已嘛。」

太子道：「是我不對，我不該批評我的師傅。」

這時下起雨來，太子便拉著沈茉站在船頭觀雨，一邊討論著各代詩文。

太子忽地扭頭看向姜小牙道：「姜小哥兒，他們都說你的劍法如雨，可惜雨若無風，便都是直直落下，如果每一滴雨都能夠旋轉，那可就天下無敵啦！」

姜小牙笑道：「怎麼可能？」轉念一想，又覺得這個建議頗有道理，只是不知如何才能讓它變爲現實。

沈茉剛才被白笑貓弄得下不了臺，這會兒便把氣都出在他身上，哼道：「他的劍法，我早就領教過了，說是雨嘛，下得也沒多大！」

太子哈哈大笑，姜小牙竟也跟著一起笑。他本來就沒有和人爭勝之心，人家愛怎麼說就怎麼說，他既不想反駁，也懶得生氣。

白笑貓可又火了，正想發作，梢公卻叫開飯，只得暫罷。

梢公已逐漸弄清楚了他們的身分，盛飯上菜很是恭敬，一邊玩笑著說：「太子爺到了南京登基爲帝，可千萬別忘了小人的功勞！」

眾人都沒想過這碼子事兒，都是一怔。

大明開國之初，原本建都於南京，直到成祖永樂才遷都北京，但南京的政府機構並未裁撤，只是具體而微。如今，北京雖已陷落，皇帝雖已自盡，但有南京這個基礎，中興並非無望，問題是由誰來繼承大統？當然是太子最有資格。

太子皺眉道：「先別說這些，根本不敢想這回事……」

梢公仍搶著說：「在座各位都是中興功臣，將來都是王爺呢！」

白笑貓不屑的撇了撇嘴，姜小牙猶自發傻，沈茉則是一副早在意料之中的樣子。

龍薰衣摸著沙袋的頭，笑道：「我們都有救駕之功，當然應該列土封疆。師兄功勞最大，該封個『一字併肩王』，但沙袋該封個什麼王呢？」

太子噴飯道：「就封牠一個『四腳併齊王』吧。」

眾人都大笑。

## 南京・南京

不一日來到南京，賞過梢公，上岸進城，見這南京城的規模比北京還大。

沈茉又開始滔滔不絕的介紹：「北京內城加外城的周長一共六十里，南京單只京城城垣就有六十七里，外城則有一百二十里；但是南京的宮殿沒有北京那麼金碧輝煌，奉天殿在成祖靖難之時毀於大火，一直沒有重建……」

白笑貓不耐道：「丫頭片子，還是由妳來告訴我哪裡可以買漂亮衣裳吧。」

眾人走在繁華的市街上，竟然感覺不出一絲憂患意識，彷彿兩個月前敗亡的那個朝廷跟他們完全無關。

陳圓圓嘆道：「這裡的百姓比北京還麻木！」

白笑貓道：「辮子兵現在正忙著和闖軍交戰，一時之間，南方尚可偏安，等到北方大勢底定，就該這裡倒楣了。」

公主憂心道：「這裡可以做爲中興之都嗎？」

太子道：「名義上做了兩百多年陪都的南京，朝廷組織一應俱全，只是比北京小了一號；這麼多年下來，除了正德皇帝一度在此駐蹕之外，從未舉行過大典，所以這兒的官員根本沒事可幹，養成了清閒怠惰的傳統，薪俸雖然微薄，但可以利用職權向百姓勒索，日子過得還滿不錯的。」

姜小牙道：「碰到如此亂世，這些官兒有用嗎？」

「要讓這些人覺悟、行動，必須要有一個雄才大略的君主！」太子頭頭是道的論述著：「江淮間有劉澤清、劉良佐、高傑、黃得功四鎮，兵力不下二、三十萬，左良玉駐防武漢號稱八十萬，還有湖南的何騰蛟、江西的袁繼咸以及閩、粵、滇、黔等地，總兵力何止百萬！如何能讓他們戮力同心、精誠團結，才是中興的關鍵所在。」當他這麼說著的時候，臉上神采躍動，眼中精光燦然，果眞有雄才大略的氣勢，讓姜小牙等人都爲之折服。

公主也欽佩不置：「弟弟，沒想到你平常這麼用心，我還一直以爲你是個連字都寫不好的小孩子呢！」

## 怎麼會是他？

遊南京，秦淮河畔當然是必到之處。

陳圓圓就出身就在這兒的酒樓，但她完全不想再去沾邊，將眾人帶入一間臨河的茶社。

已是掌燈時分，千百艘燈船不知從哪兒冒了出來，船上懸著各色宮燈，猶若繁星墜落凡塵，把河面上了彩妝，將黑夜化爲盛宴。

姜小牙等人方才落座，就聽得茶客們悄聲議論：「新天子剛剛登基就要選淑女入宮，眞是好色得緊！」

龍薰衣怪問：「新天子？已經有新天子了？」

茶客們爭先搶話：「新天子就是福王爺囉。」「姑娘如此美貌，若是被選進了宮，少說也是個貴妃。」

白笑貓啞然失笑：「我的天哪！福王居然成了天子？」

姜小牙道：「這福王怎地？」

白笑貓道：「福王可分爲老福王和小福王。先說老福王朱常洵，他是萬曆皇帝最喜愛的兒子，被封在洛陽爲王，先賜莊田二萬頃，後來還不斷的賞賜他，他自己又貪婪無度，橫徵暴斂，使得王府內的財寶堆積如山，大家都說『先帝耗天下以肥王，洛陽富於大內』，也就是說萬曆皇帝耗盡了天下財富去養肥他，弄得王府比國庫還要有錢。這福王長得也眞肥，三百六十多斤重！兩年前闖軍攻洛陽，都已經兵臨城下了，他還捨不得發餉給守城士卒，這城當然守不住。後來，闖王把他身上的肉一塊塊的割下來和皇家園林裡的梅花鹿一同烹煮，賜給部下食用，名曰『福祿宴』……」

龍薰衣因太子、公主在座，不斷的使眼色，暗示白笑貓別再說下去，但白笑貓置之不理，繼續說道：「小福王呢，名叫朱由崧，他沒有父親那麼肥，所以闖王攻破洛陽時，他還能夠翻牆逃出，不過聽說他也是個荒唐種子，怎麼會輪到他來當皇帝？」

姜小牙偷眼看太子，見他聽到別人當了皇帝，竟無失望之色；聽到白笑貓臭罵他的堂伯祖、堂伯父，也不動怒。「這後生的定力眞強，確實是個可造之材。」

茶客們因見白笑貓毫無顧忌的批評時政，膽子也變大了，紛紛發話道：「新朝廷賣官鬻爵可兇了，只要有錢，誰都可以當官，現在南京城內最流行的打油詩就是：『職方賤如狗，都督滿街走，宰相只要錢，天子但呷酒』！」「皇上命人到處替他捉蝦蟆，幹嘛呢？配製春藥！所以百姓都叫他『蝦蟆天子』。」「還有一幅流行的對聯兒：『文官愛錢又怕死，武官怕死又愛錢』。」

太子仍然不動聲色。

龍薰衣忽見一條壯碩的身形由店外的燈影下經過，竟是「紅夷大砲」焦轟。

「焦師兄，可眞巧啊！」

焦轟喜孜孜的跑進來，一眼看見太子，立即「噗通」一下跪倒：「太子殿下，微臣該死！」

他長得粗壯高大，嗓門又像個破鑼，這一喊一跪，把店裡店外的人全弄楞了。太子？這個大後生就是太子？

剛才大放厥辭的鄰座茶客個個面如死灰：「這下死定了！」俱皆撲倒在地，磕頭如搗蒜。「太子爺饒命！」

太子笑了笑道：「大家不用慌張，沒事兒。」

眾人見太子如此寬宏大度，都傾服萬分，又悄悄議論道：「早先以爲太子已歿於亂軍之中，所以南京的那些大臣才立福王爲帝，現在太子出現了，比那福王好上一百倍，看那福王還能在龍椅上作威作福多久？」

## 快來拜太子

焦轟安排眾人暫住興善寺，他雖仍敵視姜小牙，但也拿他沒辦法。

沈茉偷偷把焦轟拉到一旁：「師兄，你在新朝擔任什麼職位？」

焦轟臉上一紅，赧然道：「北城兵馬司副指揮，慚愧得很，不過是個七品的閒差事。」

沈茉嗯了一聲，不知心裡想些什麼？

焦轟又低聲道：「如果換成太子當家，可就不一樣囉。」

沈茉道：「我千里迢迢的護送他來到此地，當然希望他能夠登基爲帝，到那時候，哼哼……」

兩人又交頭接耳的說了許多悄悄話，臉上都掛著興奮的笑容。

太子來到南京的消息立刻轟動全城。翌日清早，天還沒大亮，寺外便車水馬龍，文武百官搶著跑來拜見。

太子不耐煩，叫他們別進來，一個都不見，眾官仍賴在外頭不走。

將近中午，焦轟帶著一個肥胖太監急急忙忙的進入寺中。

太子正在廊廡下和沙袋玩耍，焦轟上前悄聲道：「這人非見不可，是新皇爺派來的。」

太子笑道：「來探我是眞是假？」

焦轟不好明言，乾笑而已。

太子扭頭看了那太監一眼：「盧九德，你在南京做什？」

盧九德昔日並非服侍東宮，不料太子還是一眼就認出他來，當下吃了一驚，忙答：「奴才現在督營呢。」

太子搖頭道：「還是派太監監軍？沒嘗夠教訓嗎？」

太監監軍之制始自成祖永樂，起初派赴軍前的太監尚能兢兢業業，其後或與邊將勾結，或讒言生事、剋扣軍餉，種種弊端，罄竹難書；新任天子不能記取亡國教訓，革此陋規，難怪太子不滿。

盧九德只顧楞怔怔的望著太子，不言不動。

太子哼了聲，道：「見了我，為何不叩首？」

盧九德慌忙磕頭如儀：「奴才無禮！」

太子笑道：「沒隔幾時，肥胖至此，可見在南京受用。」

盧九德囁嚅道：「小爺……保重。」又磕了幾個頭，就告辭出門。

在外等候的百官上前圍住他：「果真是太子嗎？」

盧九德支吾著說：「看來有些相像，又認不真。」匆匆回宮覆命去了。

百官竊竊私語：「看來新皇不想讓位，若還來巴結太子，日後恐怕大禍臨頭。」俱皆走散了。

## 宰相弄鬼

看不見這個人的臉。

小蛇蜷聚般的糾結亂髮從頭頂一直披蓋到足踝，身上一絲不掛，瘦骨嶙峋的軀體活似由枯樹枝組成，隨時都會折斷。

密室內香煙繚繞，他喃喃唸著咒語，咿哩嗚嚕的，不知是哪一族語言；他轉動著身體，時快時慢，像在跳舞，又像起乩。

當朝首輔大學士馬士英坐在一襲紗簾的後面，默默觀看、等待。

這馬士英是貴州人，有苗族血統，北京陷落時擔任鳳陽總督，現在一躍而爲首輔——在明朝，這就等於是宰相了。

前面提到的小福王朱由崧三年前從洛陽逃出後，一直流落江湖，後來輾轉遇到了周、潞、崇三王，便相偕一起逃難，其他三王都還有宮眷、家財，唯獨福王什麼都沒有，落魄得很。

北京陷落的消息傳到南京，大臣們慌成一團，可喜四個王爺一起到來，以親疏輩分而論，朱由崧最有資格，但他從前在藩時的種種荒唐事蹟，讓許多大臣心寒，兵部尚書史可法等十七人就曾寫聯名信給馬士英說明福王「七不可立」的理由——貪、淫、酗酒、不孝、虐下、無知和專橫。

但馬士英就看上他的昏庸，可以玩弄他於股掌之間，於是仗著自己手握重兵，一意孤行，終於使朱由崧登上帝位，年號「宏光」，馬士英從此飛黃騰達，成了南方小朝廷的霸主。可如今，突然冒出了個太子，朱由崧的帝位還能安穩嗎？

「任何人都別想破壞『我的朝廷』！」馬士英惡狠狠的思忖著。

這時，紗簾後那個怪人的身體開始起了變化，他本已瘦到不能再瘦的脖子愈來愈長、愈來愈長……變得比長頸鹿還長，卻已細到只剩下了一層皮！

那人嘴裡仍不停唸咒，頭顱轉來轉去，翻動著白眼，似在忍受極大的痛苦。驀地，「咔啦」一聲，他的頭顱竟離開頸子，飛了起來，一直飛到馬士英面前，咧嘴一笑。

馬士英深深行禮：「萬事拜託了。」

## 好玩的東西

許多動物不愛在晚上睡覺，其中只有一種不但不睡覺，還會到處胡鬧。

雪兒一下子跳上姜小牙的胸膛，用尾巴去掃他的鼻子，一下子又跑到太子的耳邊咪嗚叫，一下子抱著沙袋的後腳使勁啃，眼見大家都不理牠，正自無趣，忽地看到好玩的東西來了。

一條會蠕動的物件從門縫下遊了進來。

貓是抓蛇的能手，雪兒只一個撲跳，就把那條蛇握在兩爪之間，往空中一丟，等牠落下來，又握住，又一丟……

正玩得興高采烈，咦，好咧，屋頂上又垂落一隻有著八隻腳的怪東西。

有腳的應該比較好玩，不像這條沒有腳的毫無還手之力。雪兒這麼想著，丟了蛇，縱身跳起，抓下那隻蜘蛛，玩沒兩下，又見窗戶縫裡鑽進了一隻更怪的玩意兒，乖乖隆的咚，有三百四十六隻腳哩！

喜新厭舊的雪兒正想搬風換莊，卻聽本已熟睡的姜小牙打了個呵欠，咂唇道：「太熱鬧了吧？」

窗外傳入一陣清脆的笛聲，姜小牙再打一個呵欠，驟然騰身而起，單手抓住屋樑，原來就在這一瞬間，千百隻毒蟲一起湧上了他的床。

雪兒哪見過這等陣仗，太可怕了嘛！一骨碌跳上壁櫥，再也不想玩了！

姜小牙喝道：「大家醒來！」

太子、沈茉朦朧醒轉，只見門窗各處縫隙不斷湧入各種毒蟲，嚇得面如土色；沙袋也醒了，汪汪亂叫的想往桌上爬，把桌子都爬翻了。

姜小牙又叫：「大家閃開！」

太子抱起沙袋，縮入床頭角落。

姜小牙翻腕拔劍，一個捲掃，眾多毒蟲轉眼就變成了一堆漿汁。

太子驚道：「南京城內怎麼會有這麼多毒物？」

沈茉顫抖道：「這不是南京的土產，是從苗疆來的。」

窗外一聲嬌笑：「相公好眼力，快出來玩嘛！」

姜小牙推開窗戶，只覺一片銀光照進屋內，原來院子裡高高低低的站著十幾名少女，都穿著極其華貴的苗族服飾，不但袖口、領襟、肩部繡有精美紋飾，更在後背、前襟、袖口、下襬鑲滿銀片、銀泡、銀響鈴等飾物，頭上戴著鏤工細緻的銀帽銀角，在月光下熠熠生輝，宛若平空打造出一個琉璃世界。

姜小牙才剛穿窗而出，就聽另一個房間裡有人發話道：「武林名俠龍薰衣在此，妳們是些什麼人，快快報上名來！」

又聽白笑貓笑道：「問這些幹什麼？不外乎王美蜈、林麗蠍、陳月蟆之類的，刺人得很！」

爲首的苗族少女生著一雙水汪汪的大眼睛，笑著向屋內道：「原來還有很多個姑娘，一起出來玩嘛。」

龍薰衣破窗而出，一劍刺向那首領：「要玩就來玩嘛！」

苗族首領閃身避過，笑道：「要玩就不要生氣嘛。」

龍薰衣又一劍削向她頭頂，一邊道：「我沒有生氣嘛。」

兩人妳「嘛」來我「嘛」去的，聽得姜小牙前仰後合。

苗族首領招架不住龍薰衣凌厲的攻勢，忙從腰間解下一條皮鞭，「刷」地一抖，那鞭頭是一個蠍螯似的鋼鉤，藍芒綻現。

白笑貓也穿出窗外：「丫頭片子，小心鞭頭餵有劇毒。」

其餘的十幾名少女全都抖出皮鞭，鞭頭鋼鉤有的黑、有的紅，有的綠……每個人餵的毒竟不相同。

白笑貓道：「我來陪大家玩玩。」丸劍一彈，比皮鞭更軟。

苗族少女統統變了臉色，撮唇打聲唿哨，十幾條鞭子一齊揮舞，鞭梢割裂空氣，發出尖銳的厲嘯，甚是駭人。

龍薰衣有點擔心：「白姐，應付得來嗎？」

白笑貓笑道：「好多天沒有活動筋骨了，任何人都不許跟我搶這些練劍的活靶子。」

龍薰衣只得退到一旁，正好和姜小牙站在一起。

白笑貓振腕出劍，一抖就是一片滿院滾動的劍光，每個人都覺得她的劍刺向自己，於是十幾名苗族少女全都驚叫著躲閃，最後才發現她並沒有刺向誰。

白笑貓笑道：「怕什麼？我只是在暖身而已。不過妳們跳舞跳得眞好看。」

白笑貓又抖一片劍花，這回少女們都壯著膽子不躲，但覺微風掃過，每個人頭上戴的銀冠都「叮」了一聲，顯然每個人的腦門都挨了一劍。

苗族首領一咬牙，厲聲發出號令，改採攻勢，十幾條皮鞭一起抽向敵人。

白笑貓道：「好咧，這才像點樣。」丸劍騰捲，和四面八方襲至的皮鞭戰成一團，恰似無數道閃電在空中交擊，又像千百條綵帶表演著世紀舞曲。

姜小牙、龍薰衣一旁看得眼花撩亂。

龍薰衣道：「喂，鄉巴佬，如果你和白姐眞的交起手來，誰會贏？」

姜小牙搖頭道：「我不是她對手。她師承普陀，卻又另闢蹊徑，看她使劍的訣竅就在於腕力的運用，她的手腕太靈活了，已經遠遠超過人類的極限。」

龍薰衣睨他一眼：「這麼說來，『四大名劍』之中，你是最差的一個囉？」

姜小牙決不跟任何人說起曾經讓陶醉認輸之事，一是因爲他並不認爲自己眞的贏了，只是陶醉客氣；二是因爲他一向不重視勝負或虛名，對於好事者把他封爲「四大名劍」之一，他只覺得無聊而已。

龍薰衣以爲他默認了，哼道：「你連我師兄都打不贏，怎麼會被別人尊爲劍術名家，眞是莫名其妙！這個世界嘛，不曉得怎麼搞的，亂七八糟的事兒愈來愈多了！」

姜小牙只得陪笑：「龍姑娘說得是，眞是莫名其妙、亂七八糟。」

## 夜半飛頭

屋內，太子與沈茉都站在窗前觀戰。

太子有些奇怪的問說：「沈愛卿，你怎麼都不出去？」

沈茉皺眉道：「那些苗疆女子身上帶著許多髒東西，我不屑與她們接近。」

太子道：「是了，沈愛卿雅好清潔乾淨，那些滿地亂爬的東西確實惹人嫌。」

其實房內滿地都是毒蟲的屍體，但沈茉權衡輕重，還是選擇待在屋裡比較安全。

兩人只顧說著話，沒注意他倆的腦袋旁邊已多了一顆頭，似乎正在傾聽他們的談話，時而點頭、時而皺眉。

太子終於覺得有點不對，問道：「那是你朋友嗎？」
「什麼朋友？」沈茉一轉臉，那顆頭就懸在自己眼前。
太子道：「他……好像沒身體！」
沈茉也看清楚了「來人」的眞正狀況，這一嚇，眞嚇得他魂飛天外。「鬼啊！」也不顧太子了，一跳三丈遠，奪門而出。
反倒是太子有點膽量，抽出劍來胡亂比劃。「你別過來！別過來！」
姜小牙、龍薰衣聽得屋內吵嚷，穿窗進入，一眼看見那顆飛頭，也嚇得毛髮倒豎。
龍薰衣躲在姜小牙身後，緊緊抓住他的胳膊：「那是什麼東西嘛？又是你的鬼朋友？」
那飛頭只顧朝著太子齜牙咧嘴，就想咬他的脖子吸血。
姜小牙急道：「龍姑娘，妳別抓著我的手！」
龍薰衣呸道：「誰想抓你嘛！」
龍薰衣放開手，姜小牙一劍刺去，正中飛頭兩眼中間，「叮」地一聲，那頭往後飄了幾尺遠，毫髮無傷。
姜小牙一式「連江寒雨冰心玉壺」連劍掃出，「叮叮咚咚」響了一大串，那飛頭依然沒事兒。
白笑貓在外叫道：「你們在裡面奏什麼樂？」

龍薰衣嚷嚷：「白姐，裡面好可怕！」

姜小牙正束手無策，可見司馬灰灰飄進房來。

姜小牙罵道：「你這才來，都快死人了！」

司馬灰灰笑道：「既然來到南京，不去遛達一下怎麼行？」

姜小牙一邊把那飛頭刺得團團轉，一邊問道：「這到底是個什麼東西？」

司馬灰灰道：「這是苗疆降頭術的一種，叫做『飛頭降』，就是降頭師利用符咒，自身下降，讓自己的頭顱離身飛行。起初練習時，頭顱會拖著自己的腸胃，一起飛出去，遇狗吸狗血、遇人吸人血……」

姜小牙想到一顆頭拖著自己哩哩啦啦的腸胃跑來跑去，不覺一陣噁心。

司馬灰灰續道：「這時頭顱因爲拖著腸胃而行，其飛行高度不會超過十尺，所以很容易被樹枝、草叢、衣架等物勾絆住，那就慘了！等到練成之後，就可以擺脫那些零零落落的胃腸，飛頭變得輕巧俐落，不易被發現，但每隔七七四十九天，必須吸食孕婦腹中的胎兒。萬一頭顱未能在天亮前返回軀體，降頭師便會連人帶頭化成一灘血水，永不超生。」

那飛頭能夠看見司馬灰灰的鬼魂，很是詫異這群人有鬼魂幫忙，它轉啊轉的，想要脫離戰場，但姜小牙的劍把它擊得跟個彈珠相似，在房間裡彈過來撞過去。

司馬灰灰說上了癮，繼續滔滔不絕：「兩百多年前鄭和下西洋時，就曾在占城國碰到過類似的東西，不一樣的是，那叫做『屍頭蠻』，本是一名婦女，眼無瞳，晚上睡熟後，頭就離體飛去，專食別人家小兒的糞尖，其兒被妖氣侵腹必死；如果在頭飛走的時候，把她的身體移到別處，飛頭回來找不到身體，她就完了……」

姜小牙道：「別說這麼多了，怎麼打死它？」

司馬灰灰道：「它的罩門就在斷頭之處。」

姜小牙一劍刺出，先把那頭高高挑起，再一劍刺入頭部下方連接頸項的地方，那頭顱馬上發出一聲吹哨子般的嚎叫，骨碌碌的滾落地面，擠眉弄眼的露出求饒的神情。

這時，白笑貓已將外面的苗女趕走，進房一看，也嚇得嘰嘰叫。

龍薰衣笑道：「白姐，想不到妳也會怕。」

白笑貓道：「這些亂七八糟的怪東西是誰派來的？」

太子嘆道：「聽說馬士英有苗族血統，除了他還有誰？」

沈茉這會兒裝成沒事人，施施然從外面進來：「是馬士英自做主張，還是新任皇上在幕後主使？」

太子又嘆口氣，不好再說什麼。

白笑貓道：「把那個鬼頭抓來拷問一番，便知端的。」

眾人四處找頭，那頭顱卻不見了。

龍薰衣尖叫：「咦，怪了，剛剛還在這兒的啊？」

他們不知道，原來是沙袋覺得那顆頭應該很美味，把它叼去啃了；他們當然更不知道，位於西華門的首輔宅邸內，馬士英見那降頭師的軀體久無動靜，趨前看時，正好被斷頸處有如泉水噴湧而出的鮮血，濺得滿頭滿臉。

## 請太子入甕

剛吃完早飯，焦轟又帶著太監盧九德來了：「皇上傳諭太子、公主上朝覲見。」

「怎麼把公主也叫去了？」白笑貓第一個反對。「善善要跟我們在一起，不去！」陳圓圓也說：「善善現在只想當一個普通民女，再也不要入宮了。」

公主面有難色：「皇伯有命，不能不遵。」論輩分，朱由崧算是姐弟倆的堂伯父，現在又被群臣推戴為帝，抗旨的後果自然嚴重。

沈茉、焦轟則替太子擔心。「莫中了奸人奸計！」太子倒很坦然：「該來的還是要來的。」和公主一起上了轎，臨走前低聲向姜小牙說道：「姜小哥兒，我只能依靠你了。」

這是什麼意思？難道他已有不祥的預感？他又為何特別囑託姜小牙，他不是一直都看重那位「沈愛卿」嗎？

姜小牙一直沒把他當成太子看待，只是覺得這個少年還不錯，算是個朋友，如今見他前程凶險，心頭不免沉重：「如果發生了什麼事，我一定盡力而為。」

太子深深的望著他，笑了：「只要有你這句話，我就心安了。」

的確，姜小牙為了吳襄之恩，不惜萬里赴難，幾歷絕境，置生死於度外。任何人只要能夠得到他一句保證，還有什麼不心安的？

姜小牙等人望著兩頂轎子出了興善寺，腦中都浮起了同樣的疑問：「這輩子還能再相見嗎？」

## 審太子

抬著公主的轎子一直進了南京的紫禁城，抬著太子的那頂轎子則來到「大明門」外。太子掀簾下轎，首輔馬士英早已率領著許多官員在那兒等待。

「太子請坐。」

太子東向踞坐，掃視百官，有人色厲內荏的瞪著他，有人好奇的打量他，卻有幾個人一逕低著頭、閃躲著他的眼光。

南京朝廷初立不久，從北京逃來、曾在東宮任職的官員與太監並不多；那少數幾個認識太子的人都知道現在的皇帝不想讓位、不想承認太子是眞的，所以他們既不願違背良心硬說太子是假，也不願拂逆皇上的心意而招來殺身之禍，眞可謂騎虎難下、兩頭為難。

馬士英望向左側，示意兩名官員上前。這兩人一個名叫劉正宗，一個名叫李景濂，都曾做過中允，也就是太子的講官。

太子目注二人，微笑道：「劉先生、李先生，好啊。」
劉、李兩人汗出如漿，一句話都說不出來。
馬士英厲聲道：「爲何作此姿態？上前細細認清！」
就算百般不情願，兩人也只得走到太子面前。劉正宗陪笑道：「請問太子，昔日講所何處？」
太子道：「文華殿。」
「做何書？」
「詩句。」
「寫幾行？」
「十行。」
問的都是極其普通之事。
馬士英不耐道：「盡問這些管什麼用？」
劉正宗道：「馬大學士有所不知，咱們幫太子上課的時候，連頭都不敢抬，太子長得什麼樣兒，其實從來沒看清楚過，所以您要我們指認，實在認不眞切。」
一番滑不溜丟的說詞，把馬士英氣了個目瞪口呆。
太子笑道：「他們要你倆說我是假的，你倆就照說吧，我不會怪你們。」
劉、李二人一起跪倒。「太子開恩，微臣不敢！」

馬士英怒道：「退去！」

劉、李二人如蒙大赦，趕緊躲到人叢裡去了。

「左副都御史楊維垣出列！」馬士英又叫出另一名濃眉大目的官兒。「說說你打聽的結果？」

楊維垣道：「卑職聽說駙馬都尉王昺有一個姪孫名叫王之明，和太子長得很像，說不定此人就是王之明……」

太子截斷他的話頭：「王昺駙馬娶的是穆宗六女延慶公主，如果我沒記錯，他祖籍高陽，諸位聽聽，我可有高陽口音？」

百官爲之語塞。

太子搖頭嘆息：「我逃難南奔，又不是來與皇伯爭皇位，你們何必如此？」

又一名官員叫做李沾的，出其不意衝到太子身側，大喝了聲：「王之明！」顯然想用心理戰術。

太子不爲所動，望著他冷笑道：「你爲什麼不叫我『明之王』？」

這話一語雙關，聽得百官都是一楞。

馬士英斥道：「放肆！誰是明之王？」

太子道：「誰又是王之明？」

楊維垣道：「東宮厚質凝重，此人機變百出，顯係假冒！」

太子道：「我根本不認識你，你也從來沒見過我，你所有的話都是道聽途說，做得了準嗎？你說我是王之明，我問你，你見過王之明本人嗎？甚或，這世上眞有王之明這個人嗎？」

一席話逼得楊維垣灰頭土臉，啞口無言。

鬧得馬士英沒法：「看樣子，不動大刑你就不招！」喝令差役取來拶指刑具，套在太子的雙手十指之上。「你老實說，到底是不是王之明？」

太子嘆道：「我南來，從不曾說我是太子，那日在茶社，有舊臣認出了我，才鬧出這件事。你們不認我便罷了，何必一定要我改易姓名？」

馬士英喝道：「還狡辯？拶！」

兩邊繩索一拉，十根各長七寸的圓木一緊，拶得太子十指宛若火烙針扎。太子何嘗受過這等酷刑，發出一聲絕叫，便暈厥過去。

在場官員不管識或不識太子，都看不下去了，交頭接耳、竊竊私語。

馬士英眼見群情浮動，再蠻幹也是無益，便道：「千假萬假，總是一假，是我一人承任，不必再審！」吩咐將太子關入中城兵馬獄，待面奏聖上之後，再行定奪。

## 還想中興？

太子被關的消息很快就傳遍了南京的大街小巷，百姓們對這新朝廷的評價更低了，又出現了許多打油詩。

焦轟急急忙忙的跑到興善寺報信，兜頭就被白笑貓臭罵一頓：「你一直誣賴鄉巴佬如何如何，我看你才最可惡，不管誰當皇帝，你反正就當定了走狗！」

「我當然希望太子能當皇上！」焦轟憂心忡忡。「我早就警告過太子，但是……唉！不入虎穴焉得虎子！」

白笑貓等人都聽得一怔。「這什麼話？」

焦轟忙改口：「我的意思是，皇上可能會改變心意……」

「你放屁！」

龍薰衣和陳圓圓都只擔心公主的下落，焦轟道：「公主是最有說服力的證人，皇上與馬士英決不會讓她做出任何證詞，所以她可能被幽禁了。」

白笑貓哼道：「公主的證詞有什麼用？他們既然能誣賴太子是假，當然更能誣賴公主是假，因為見過公主的人就更少了。所以如果硬要公主做證，反而是害了她。」

陳圓圓擔憂道：「萬一她半夜驚醒，沒人安慰，怎麼辦？」

龍薰衣也急得跳腳：「公主見不到雪兒，會很難過的呀！」

當初說是要公主入宮覲見，當然不能帶貓隨行。

姜小牙道：「公主不能做證，我們總可以吧？」

白笑貓道：「有誰會聽我們的話？如今之計，只有一條路可走，殺進宮去，把那些狗娘養的統統殺光！」

龍薰衣拍手道：「好耶！」

焦轟還沒說話，沈茉就先搶道：「不可不可，宮中防衛森嚴，我們只憑血氣之勇，成不了大事。」

白笑貓冷笑一聲：「就只你怕事！」

龍薰衣道：「那我們就攻進中城兵馬獄，把太子救出來！」

焦轟道：「這也不行！太子若成了越獄逃犯，那就等於承認自己是個假太子，可不成了天下公敵？」

眾人不得不沉默下來。

焦轟又道：「再說，大明江山只剩下一半，我們若是硬幹，把這個朝廷也搞垮了，中興還有希望嗎？」

白笑貓哼道：「我管什麼大明江山？」

焦轟這才想起她是李自成那一邊的，便即換上一種說法：「可這麼一來，不就便宜了那些辮子軍？」

此時大順在清軍與吳三桂的聯手攻擊之下，節節敗退，侷促於陝西一隅，逐鹿中原已然無望，白笑貓即使想幫他們的忙也幫不上。

龍薰衣道：「那些辮子頭怪難看的，我們還是別讓他們撿便宜。」

白笑貓忍氣道：「那要怎處？」

焦轟想了想，說：「公主嫰婲未來的夫君周顯熟悉朝政時局，如果能找到他，也許他能想出一些辦法。」

白笑貓、龍薰衣都嚷道：「我們來南京，最主要的就是要幫公主找他。他在哪裡？」

焦轟一聳肩膀：「我不知。」

又被白笑貓罵了個臭頭：「你這不是廢話嗎？」

陳圓圓忽道：「公主在的時候，我不好明言，我大概猜得到這周顯在何處。」

## 風花雪月夜

有這麼一種人，平常庸庸碌碌，但在國破家亡的時候，酒喝得特別多，詩寫得特別好。

周顯橫躺在兩名歌妓的懷裡，一杯酒、一句詩，文思泉湧，不亦樂乎，連一堆人走入房間也沒看見。

白笑貓一把抓住他衣領，將他拎起：「你就是駙馬？」

周顯兀自迷糊：「妳是新來的姑娘？好美！」

白笑貓費了好大勁兒，才忍住沒刷他巴掌。

龍薰衣罵道：「你怎麼這樣嘛？公主看見你這德性，還會想嫁給你嗎？」

一聽到「公主」，周顯的酒意全被嚇跑了：「她來了嗎？」

姜小牙忍不住噴笑出聲。

龍薰衣瞪著他：「你笑什麼嘛？男人都是一個樣！只有我師兄，你們看，他根本就不會走進這種地方。」猛然想起陳圓圓就是出身於「這種地方」，連忙閉嘴。

焦轟道：「沈小哥兒的心裡只有小師妹，當然不會到這種地方來囉。」

龍薰衣轉身又瞪他一眼，臉上閃亮起嬌媚的光芒。

姜小牙一旁看著她滿心幸福的模樣，心中不免黯然。

但聞整條街上絃歌不輟，嗅不著一絲憂患的氣息，酒樓內更是高朋滿座，雅室間間客滿。帶他們進房的老鴇貼在陳圓圓的耳朵上說了幾句悄悄話，陳圓圓登即喜上眉梢，跟著老鴇出房去了。

白笑貓把周顯按回桌邊，將太子的事兒說了一遍：「你快給我想個辦法。」

周顯又喝了口酒，伸手取筆，被白笑貓一把抓住手腕：「還想寫詩？」

周顯痛得哇哇叫：「我是要寫信！」

白笑貓放開手，周顯狐疑的望著她：「哪有姑娘這麼大力氣？這麼粗的手？」

白笑貓把成天練劍因而滿是老繭的手掌攤在他眼前：「你再廢話一句，這手掌就要刮上你的臉！」

「我寫我寫，我現在就寫！」低頭振筆疾書，倒眞是文不加點，倚馬千言。

龍薰衣可又不耐了：「猛寫猛寫的，寫給誰嘛？」

周顯道：「四鎮總兵之中，我熟識黃得功、劉良佐，此外寧南侯左良玉、總督袁繼咸、湖廣巡撫何騰蛟，我也都有數面之緣，待我修書一封，與他們說個備細，讓他們上疏朝廷，看那馬士英要如何應付？」

焦轟笑道：「到底是駙馬爺管用。」

這時，聽見陳圓圓的歌聲從隔壁傳入。姜小牙等人聽她唱歌已聽過好幾次，可從來沒有一次像這回這麼珠圓玉潤，充滿了感情。

「難道她也找到心上人了？」

白笑貓把那老鴇找來一問：「隔壁是誰？」

老鴇笑著說：「正巧遇上，人稱『四公子』之一的冒辟疆呢！」

龍薰衣撇嘴道：「原來也是個成天泡在這裡的廢物。」

焦轟嘆道：「唉，爲什麼美姑娘都愛讀書相公呢？」

一語觸動姜小牙的心事，他又開始猛搔頭，生平第一次後悔自己讀書不多。

在回興善寺的路上，白笑貓、龍薰衣拉著陳圓圓走在最後面，不停詢問與情郎重逢的滋味如何？

不料，陳圓圓竟無想像中的興奮，只淡淡一笑：「風花雪月談了一堆，言不及義。」

「嗯？怎麼有些失望？」

「確實……」陳圓圓重重一嘆。「好像跟他談不上話了。」

白笑貓想了想，道：「妳成天跟我們在一起，看的是國家大事，聽的是江湖鬥毆，大約是妳的氣質改變了吧？」

陳圓圓一怔。這些日子，她幾經生死歷險，和這些南方斯文公子的遭遇相差太遠，難怪兩邊兜不攏來了。

龍薰衣笑道：「近朱者赤，近『名俠』者武，我看妳也去當個武俠算了。」

## 胖皇帝的苦衷

朱由崧雖然不如他三百六十斤的父親，但那身肥肉也眞夠看的，尤其哭起來的時候還會顫巍巍的抖動。

此刻他面對馬士英，一把鼻涕、一把眼淚的讀著封疆大臣與各鎭總兵呈上來的奏疏。「現在好了，大家都說太子是眞的，黃得功說『東宮未必假冒』、劉良佐說此案辦得『未協輿論，毋貽天下後世口實』、左良玉說『請保全東宮，以安臣民之心』、何騰蛟說『馬士英何以獨知其僞？』、袁繼咸說『太子非外間兒童所能假襲』！」將那疊厚厚的奏疏統摔到馬士英面前。「他們都說要詳查，我看我乾脆讓位算了！」

馬士英冷笑道：「皇位得來不易，奈何輕言放棄？這些人領兵在外，並不知實情，頒詔安撫一下便得了。」

朱由崧仍然哭個不停：「朕早就說了，中興什麼？憑南京的這群昏官，憑那幾個比強盜還要糟糕的總兵？你硬把我推上皇帝寶座，根本就是把我推去送死！」

馬士英霍然起身，指著皇帝大罵：「當初我獨排眾議，扶持你登上皇位，我不管你是阿斗也好，是李後主也好，反正你坐上去了，就下不來！你想下來，也是一刀，你自己看著辦！」轉身就走。

朱由崧慌了，大嚷：「馬愛卿、馬愛卿！有話好說！你快告訴我該怎麼辦？」

馬士英陰笑著回身，溫言道：「皇上甭緊張，太子身邊頗有幾個能人異士，待老夫將他們一一剪除之後，太子便無能爲。」

「既是奇人，如何剪除？」

「我已在他們之中安排了內應。」馬士英笑得更陰。「有些人啊，只要誘之以官爵，就跟條狗一樣的靠過來了。」

## 綢緞與鮮血

白笑貓和龍薰衣決不會忘記來南京的另一個重大任務——逛街購物。

這日，三名女子結伴出遊，姜小牙和沈茉自然要當跟班。

沈茉也挺愛逛街，既有耐性，還能出意見，白笑貓雖不喜歡他，但有時也不免折服於他獨到的眼光；至於姜小牙，根本是個廢物，走在貨品琳琅滿目的大街上盡打呵欠，恰似企鵝跑進了水果園，沒一件東西看得懂。

龍薰衣好不容易挑中了一家綢緞莊，大伙兒往裡走，姜小牙落在最後頭，還沒跨進店門，就被店家轟了出來。「你買得起嗎你？」

白笑貓正要翻臉，姜小牙反而勸住：「沒關係，我就在外面等。」

南方比北方更注重外表，姜小牙這種鄉巴佬注定了要碰壁。

姜小牙蹲在店門旁邊，正想摳摳爛皮腳，忽見兩批人分從街頭街尾悄悄圍了過來。街頭是「一劍震八荒」葛無能率著領八極門人與頭痛頭陀，街尾則是神虛子、楊宗業和銀槍會眾。

「眞要命，他們怎麼也來了？」

姜小牙不願和他們動手，本想上房而去，但又想到白笑貓當初傷了不少八極劍派與銀槍會的子弟，恐怕她會吃虧，忙衝入店內。

店家又來攔：「叫你滾到外面，怎麼又進來？」

姜小牙沒空跟他囉嗦，順手一推，那店家便騰空飛起，把貨架撞翻了好幾排，紅黃藍綠的綢緞堆了他滿身。

龍薰衣正在看一匹上好的雲水織錦緞，被這麼一攪，布也破了，她扭頭大罵姜小牙：「你幹嘛……」

話沒說完，就見勤王大會的人眾一湧而入。

白笑貓笑道：「好耶，從北京殺到南京，殺了一大轉兒！」丸劍彈出，一名銀槍會眾當即咽喉洞穿。

姜小牙跌足道：「別再傷了人！」

白笑貓不理他，丸劍捲掠，綾羅綢緞與鮮血混出了一片鮮豔的色彩。

龍薰衣衝到神虛子面前，嚷道：「師叔，你聽我說，都是誤會……」

神虛子喝斥：「妳是通天宮的人，怎麼跟他們混在一起？」

「等下再說這些，先叫他們住手嘛！」

做為盟主，神虛子卻毫無約束力，喊了幾句，店內愈發混亂。

姜小牙想拉走白笑貓，但她廝殺正酣，根本近不得身，自己反而被八極門徒纏上了。

姜小牙不想戀戰，且戰且退，從後門闖了出去。

後面是一條窄巷，八極門徒結不成劍陣，當然對姜小牙構不成威脅，姜小牙順著巷子從容退走，沒一個人敢跟過來。

窄巷東彎西拐，正在尋找通往大街之處，驀見沈茉喘吁吁的從後面追來，嚷道：「小師妹被他們殺傷了！」

姜小牙吃了一驚，忙往回走，與沈茉擦身而過時，忽然腰間一麻，人就失去了知覺。

## 心底話

一群人把整間綢緞莊打得稀巴爛之後，方才在神虛子聲嘶力竭的叫嚷下住了手。「龍師姪說，他們一路保護太子南下，姜小牙不是壞人！」

葛無能目注龍薰衣：「當初不是妳說他殺了陶醉嗎？」

龍薰衣一窒之後強嘴道：「是誤會嘛！人總會誤會的嘛！」

楊宗業道：「他跟吳三桂勾勾搭搭又怎麼說？」

群豪鬨然鼓噪。

龍薰衣嚷嚷：「不是那麼回事嘛！」

群豪仍叫囂不休：「總之是個混蛋，該殺！」

龍薰衣跳腳道：「你們老嚷著要殺他，你們自己想想，他可有殺你們一個人？他愈是對你們手下留情，你們就愈覺得沒面子，愈覺得他好欺負，愈要找他麻煩！」

眾人不禁慚愧。這難道不是事實？

龍薰衣嚷得更大聲：「你們都冤枉他！你們老是冤枉他！」嚷著嚷著，她竟哭了出來，哭得連她自己都覺得莫名其妙，後來才猛然發現，其實最最冤枉姜小牙的人就是她自己！

白笑貓心忖：「丫頭片子不知不覺的愛上鄉巴佬了。」正自暗笑，卻覺得心底酸溜溜的，不知爲何會有這種滋味？

「我眞搞不懂你們這些年輕人，一下這樣、一下又那樣，我不想再管這些事了。」神虛子爲之氣結，望向群豪。「你們走不走？」

葛無能等人互望一眼。「太子若是眞的，自然要想辦法幫他的忙；太子若是假的，也看能不能爲新朝廷效點力。」

「那好，勤王大會的盟主就讓給你們當。」神虛子轉身就走。

葛無能忙叫：「道長請留步！」

但神虛子已經吃了秤鉈鐵了心，一眨眼就走得無影無蹤。

群豪頓覺失去了目標，繼續找白笑貓廝殺嗎？果眞如同龍薰衣所說，對手愈兇狠，他們愈是忌憚，只得悻悻然離去。

白笑貓手一攔：「等等，你們是怎麼找到我們的？是誰報的信？」

葛無能望了龍薰衣一眼，沒說什麼話。

白笑貓已然明白是沈茉所爲，恨恨冷笑道：「好，回去再找他算帳！」

## 虐待狂

姜小牙醒來時，發現自己被關在一間石室裡，四肢都被鐵鍊栓住，動彈不得。

沈茉坐在對面的一張凳子上，笑嘻嘻的望著他。

姜小牙道：「你這是在幹什麼？」

沈茉悠悠道：「奉了馬大學士之命，逮捕你這逆賊！」

「逆賊？我又逆了什麼？」

「你逆了我！懂嗎？你逆了我！」

「不料你竟是這樣的卑鄙小人，通天宮教導弟子難道都不注重品德？」

一句話刺中沈茉痛處，他狂吼道：「你以爲你的劍法高強，就可以目空一切？大家都把你當成什麼『四大名劍』之一，哼，好跩喔！現在看看你自己，連隻螞蟻都不如！」他雙眼通紅，陷入了瘋狂狀態。「你還想騙走我的小師妹，也不瞧瞧你這副邋遢模樣，還想騙走我的小師妹？」

姜小牙失笑道：「沒有人能騙走龍姑娘，不過你現在這嘴臉肯定會把她嚇跑。」

沈茉悚然一驚，臉上泛起一抹慚愧之色，但也只是一閃而過。他定了定神，起身拔劍，慢慢踱到姜小牙面前：「你知道我要怎麼對付你嗎？」

姜小牙經歷過不少生死關頭，但這一次，他完全不知道要如何應付。

沈茉把劍架在他的右肩上：「我本想一劍殺了你，但仔細想想，這樣可就太便宜你了，慢慢折磨你的滋味應該更美好一些。」

姜小牙道：「我一直很給你面子，還不夠嗎？」

這話更讓沈茉難堪，他又神經質的嘶吼開來：「我要你給我面子？你是什麼東西？」

沈茉一咬牙，手上使勁，一劍削下，斬掉了姜小牙整條右臂。

姜小牙絕叫一聲，暈死過去。

沈茉放聲大笑：「看你還能被人稱做什麼『四大名劍』不？」

## 謊言

沈茉悠悠哉哉的回到興善寺，已將近傍晚。他不但裝成沒事人兒，還帶了支髮簪子回來送給龍薰衣。

白笑貓衝過去先就給了他一巴掌：「你這吃裡扒外的傢伙，爲什麼把我們的行蹤透露出去？」

沈茉摀著臉龐，好似十分無辜：「神虛子師叔問起，我怎能不回答？」

「姜小牙呢？」

「他啊……」沈茉故作遲疑之狀。「他說，這裡已經沒他的事，他走了。」

白笑貓又給了他一巴掌：「你亂講！」

「我本來不想說實話的，」沈茉抹去嘴角鮮血，臉上浮起陰險的微笑。「他說他討厭妳亂殺人，不想再看見妳了！」

## 思念

白笑貓消沉了好幾天，一個人鎖在房間裡不出來，更不跟任何人說話。

龍薰衣也好不到哪裡去，她本來有好多話要對姜小牙說，雖然還沒確定自己要說什麼，她只知道姜小牙一回來，她就要抓住他一直說、一直說，說出自己的歉疚，說出自己的無知，說出自己的……唉，不管什麼！

但左等右等，姜小牙竟不回來了。

她晚上睡不著覺，抱著棉被，望著窗外的月亮，一股茫無邊際的失落感塞在她的胸腔裡；她的心可又像是一間空蕩蕩的大房間，只有一顆大鐵球在裡面轟隆隆的滾來滾去。她狠下心，不去想那個鄉巴佬，但是那張可惡又可愛的臉，一直懸在她眼前，她閉起眼睛會看見那張臉，張開眼睛又在月亮裡看見那張臉。

「你在哪裡嘛？」龍薰衣把臉壓在枕頭上，哭啞了嗓子。

陳圓圓每天都出去，誰也不知道她忙些什麼。

一天，她敲開白笑貓的房門：「我已經拜託駙馬爺周顯和冒公子幫我探聽姜小哥兒的下落，我想他一定還在南京城內。」

「找他幹什麼？」白笑貓冷淡的說。「他愛去哪兒去哪兒，我管他去死？」

陳圓圓道：「沈公子說的不一定是事實。我覺得姜小哥兒不會討厭妳，更不會不想看見妳。」

白笑貓低著頭，窒了半天，才沙啞的問了一句：「妳眞覺得如此？」

陳圓圓道：「一個人的眼神是假不了的，他看著妳的眼神從來就是那麼的溫柔，即使在教訓妳的時候也一樣。」

白笑貓旋即撲在陳圓圓懷裡，哭了出來：「我……好想他！眞的好想他！」

## 等待

六歲的姜小牙飛奔在湖邊，他叫著：「媽媽！媽媽！」遠處，父母含笑向他招手。

姜小牙跑著跑著，突地摔了一跤。他不哭，他從小就不哭，但當他爬起來的時候，父母卻不見了。

「媽媽？爹爹？」

姜小牙哭著驚醒過來，手臂傷處仍在隱隱作痛。

他還只是個大孩子，這個世界有太多他不懂的事情，他不懂人世間爲什麼有這麼多的殺戮，他不懂自己的父母爲什麼會活活餓死，他不懂自己並沒做錯事，爲什麼會被關在這裡？他有好多好多的委屈，卻沒人可以訴說。

沈茉每隔幾天就會找藉口離開興善寺，前來折磨他，一共來了兩次。第一次用烙鐵把他燙熟了一半；第二次，挑斷了他雙腳腳筋。

「我可以這樣玩上大半年，眞是太過癮了！」沈茉扳起姜小牙的臉，這麼對他說。

沈茉在等，在等姜小牙像狗一樣的求饒，但這樣還不夠，他還要再等，等到姜小牙連求饒的意志都沒有了的時候，才把他像狗一樣的徹底解決掉。

龍薰衣快瘋了，她知道如果自己再不離開這裡，一定會發瘋。

以往無憂無慮、歡歡喜喜的日子都到哪裡去了呢？以往每天都有令自己開心的事兒，如今都變得死氣沉沉。

她細想那些日子、那些事兒，才發現裡面都有姜小牙。

原來，只有姜小牙才能讓她開心，甚至連他在摳他那雙爛皮腳的時候，都能讓她開心！

她去找沈茉，要跟他商量。

想忘掉姜小牙，她只能去找沈茉。

不知不覺就初秋了，沈茉站在寺外的菊花叢裡，像一株臨風的玉樹。

龍薰衣最愛看他那身雪白的長袍，更愛看他站在梅花樹下，讓朵朵落花灑在他的長袍上。

龍薰衣發現自己已經好久好久沒有這樣凝視著他了，她差點忘記了這個青梅竹馬、曾經暗中決定非他不嫁的師兄。

沈茉也看見了龍薰衣，更看見了她心中的苦惱，他得意的在肚子裡暗笑：「小師妹，這幾天妳好像不太高興？」

「我有什麼不高興？我好得很。」龍薰衣盡量讓自己笑得很自然。「我只是討厭住在這個廟裡。」

「那我們搬出去住。」

「不只是搬出去，我要離開南京。」

沈茉微怔：「妳不是喜歡在這裡買東西嗎？」

「我討厭我討厭我討厭這裡嘛！」龍薰衣跺著腳說。「太子、公主，都不干我們的事，我們也幫不了他們的忙，我們還留在這裡幹什麼嘛？」

「小師妹，妳冷靜一下。」沈茉溫柔的勸慰著。「我知道妳想他……」

龍薰衣嚷道：「我想誰？我想哪個大頭鬼？」

沈茉更體諒了：「我不怪妳，如果我是女的，我也會愛上他的。如果妳要我幫妳找他……」

「我沒有我沒有我沒有嘛！」彷彿想要證明自己眞的不想姜小牙，龍薰衣撒著嬌，倒進了沈茉懷裡。「師兄，我們從小就在一起……」

沈茉的呼吸變得急促，他輕輕摟住龍薰衣腰肢的手也開始上下遊走。

龍薰衣一邊制止他的手，一邊說：「師兄，我們回通天宮去……」

沈茉繼續到處撫摸，嘴唇貼在她耳邊呢喃：「小師妹，嫁給我……今天就嫁給我……」

龍薰衣只覺渾身灼熱，換在從前，她可能不會抗拒，但是現在她直想逃避這種舉動：「師兄，不要這樣……」

沈茱的動作更爲猛烈，一用勁，兩人倒在地下，他喘息著說：「我現在就要……現在就要……」

陡然升起的厭惡感，讓龍薰衣死命推開他：「不要在這裡，我們回通天宮去。」

沈茱大爲掃興，面色驟然一冷，坐直了身體：「我不行，我在這裡還有事。」

龍薰衣不解的問：「你還有什麼事？」

只聽一個人道：「他啊，現在是大紅人了，他不會離開南京的。」從樹蔭深處走出的是「紅夷大砲」焦轟。

沈茱匆忙站起，怒道：「焦師兄，你躲在這裡鬼鬼祟祟的做什麼？」

焦轟冷笑道：「你前幾天去吏部報到了？」

沈茱臉色鐵青，一時之間竟答不上話。

龍薰衣本自慌亂的整理衣衫，聞言詫問：「去吏部？報什麼到？」

焦轟哼道：「妳還不曉得？他現在是新任兵部侍郎了。」

龍薰衣怔住了：「怎麼會……？新朝廷爲什麼會……？」

沈茱皺眉道：「焦師兄，你是在嫉妒我官做得比你大？」

龍薰衣無暇細思，只覺得這裡面定有陰謀：「他們爲什麼會給你官做？你替他們做了什麼事？」

沈茉額頭上的汗珠冒了出來：「小師妹妳聽我說，這樣我才可以幫助太子！」

焦轟火爆怒罵：「幫助個屁！你根本是背叛太子！」

沈茉怒道：「你不要含血噴人！」

焦轟道：「背叛太子的人，我決不寬恕！而且太子臨行前把重責大任都交給了姜小牙，所以跟姜小牙作對的人，就是跟我作對！」

龍薰衣一聽，更急了：「焦師兄，這話什麼意思？」

「兵部尚書剛剛派我跟一些人去『沈侍郎』的新辦公室裡打掃，竟發現了一柄劍。」

焦轟狠盯沈茉。「我問你，姜小牙的皤虹寶劍爲什麼會在你那裡？」

沈茉說不出話，龍薰衣更是驚得呆掉了。

焦轟續道：「我轉去刑部大牢一打聽，他們說你前幾天關進去了一個犯人，硬是不讓獄卒知道他的姓名。你說，此人是不是姜小牙？」

「你……」沈茉狠狠瞪了焦轟一眼，掉頭就想走，不料他身子剛剛轉過來，就見白笑貓渾身殺氣的站在他身後。「你想走到哪裡去？」

沈茉的反應算是迅捷，瞬即後躍，想從另一邊逃走，焦轟已搶先一步攔住他的退路。

沈茉一拳擊出：「憑你也配……」話沒說完，被焦轟平拳一封，人就倒飛了出去。

焦轟笑道：「你的劍法也許還不錯，論到拳勁嘛，哼哼，比個娃兒好不了多少，」

白笑貓趕上兩步，手掌一揚，丸劍鋼珠已在手中。

龍薰衣奔過去拉住她：「白姐，不要！」

白笑貓道：「這個人包藏禍心，妳還想維護他？」

畢竟是從小一起長大的同門師兄，龍薰衣再怎麼樣也不能讓他死在自己眼前：「師兄，你抓姜小牙幹什麼？」

沈茉哭喪著臉：「小師妹，我都是爲了妳……我不能眼睜睜的看著他把妳搶走……」

龍薰衣又羞又怒，轉身不再看他。

白笑貓一腳踏住沈茉胸膛：「你有沒有把他怎麼樣？」

「沒有沒有！我讓他吃得好、住得好，他沒有怎麼樣……」

白笑貓點了他的穴道，把他拎到一間房間裡，反鎖上房門：「等我回來再跟你理論！」

## 救援

沈茉已是朝廷命官，把犯人囚禁在刑部大牢自然不啓人疑竇，錯就錯在他捨不得姜小牙的寶劍，終於讓他露了餡兒。

焦轟帶著白笑貓、龍薰衣來到大牢，他是兵馬司副指揮，職司捕盜，出入大牢本就是家常便飯。

他們正慶幸這次營救行動輕鬆愉快，但當他們推開牢門進入，看見那具已經不太有人體形狀的軀殼時，有一剎那，他們的腦袋都空了，企圖從那堆東西上面找出他們所熟悉的姜小牙。

「小牙……」白笑貓發著抖，輕輕的解開他一手兩腳上的鐵鍊，把他平放地面。「小牙……」

焦轟略定下心神之後，道：「先把他弄回去再說。」極小心的把姜小牙揹在背上。

「回去……我剁了他……我剁他雙手雙腳……」白笑貓仍然語不成文，一回身，卻見龍薰衣雙手掩面，蹲在地下，不住啜泣、顫抖。

「ㄚ頭幹嘛，走啊。」

龍薰衣仍不起身，哭得更加大聲。

「ㄚ頭，幹什麼妳？要哭回去再哭。」

龍薰衣終於慢慢抬起頭，臉上帶著做錯事的小孩祈求父母寬恕的神情：「白姐……剛才我們出來的時候，我又溜回去把師兄……把那個狗賊放走了！」

**忙碌**

他們搬出興善寺，住進焦轟位於北門橋的住宅。

白笑貓用盡各種方法替姜小牙療傷。她買來最好的藥材，調製燙傷與割裂傷的藥膏，她請來南京城內最好的波斯大夫替姜小牙接上腳筋，再用自己的內力替他調理筋脈氣血……。

她每天忙得像個瘋婆子。

龍薰衣從那天開始就像變了個人，她再也不嘰嘰喳喳的談天說笑，再也不打扮得光鮮亮麗，她挑水買菜、洗衣燒飯、打掃內外、幫大家縫補衣衫……。

她每天忙得像個老媽子。

白笑貓只要得著一點空閒，就拉著焦轟出門去找沈茉，但沈茉竟像蒸發了似的，全無消息。

其實，沈茉一直躲在馬士英的都督公署裡，連頭都不敢向外探一探。馬士英自從降頭師事件後，便知那群人惹不得，不敢再有什麼行動。

## 復健

冬天來臨時，姜小牙的皮肉傷已好得差不多了，但他仍舊整天躺在床上，望著天花板，不動作、也不言語，只有雪兒、沙袋擠上床來跟他一起睡覺的時候，他才稍稍露出笑容。

白笑貓催促他起床活動，他使盡吃奶的力氣只勉強移動幾寸，便又頹然躺下了。

白笑貓道：「你不忍著點，以後就別想走路了。」

「不走就不走。能走也是廢人，不能走也是廢人，有差嗎？」姜小牙總是這麼說完了就翻過身去不理她。

終於有一天，白笑貓氣得大罵：「你比公主更慘嗎？她是被她親爹砍的！」

「妳到底要我怎麼樣？」姜小牙的火氣也不小。

「公主都能活得好好的，爲什麼你就活不下去？」

姜小牙的臉搭拉了下來：「我沒有活不下去，我只想退出江湖，離開這裡，離開你們這些人……」

「要離開，也得能走！你先給我站起來，每天走一萬步！」

姜小牙賭氣站起，一步一寸的移動，嘴裡一邊嘀嘀咕咕的罵人。

白笑貓陪著他慢慢走，又道：「我見過你使拳，你的左手又快又有勁兒，還是能夠使劍。」

「使劍要有步法。」姜小牙沒好氣。「妳沒看我走路像蝸牛？」

「我用了多少內力在你身上，你的腳會好的。」白笑貓鼓勵著說。「你早上練腳，下午練手，晚上就隨便你去怨天尤人。」

姜小牙仍然埋怨：「怪了，我這輩子使不使劍，與妳何干？」

「你忘記了殺死陶醉的兇手？還有太子的囑託、你給他的承諾？我看你將來免不了還要動刀動槍！」

姜小牙默然。

白笑貓深知用這些理由套住他，比慫恿他去找沈茉報仇來得更有用；況且她已把沈茉列入自己必殺的名單當中，根本不需要姜小牙動手。

「你有使劍的天賦，能做到別人做不到的事。」白笑貓說得眞誠。「而且你的性格，會成爲後世劍客的典範。」

## 旋轉雨點

第一天，姜小牙從清晨走到傍晚，只走了兩百九十五步，汗流得像剛從泥巴漿裡爬出來。

白笑貓又取來皤虹寶劍。

姜小牙喘氣道：「這要怎麼練？」

白笑貓道：「我每次看你的劍法，總覺得你手腕運用得太少。現在你身法不靈活，如果用手腕的靈活來補足，就算不能攻敵，最起碼能夠自保。」

白笑貓自己的劍法特點就在於手腕，她耐心教導姜小牙增強腕力與靈活度的方法。

姜小牙的左手雖快，但從沒使過劍，一開始自是吃盡苦頭，又幾度想要放棄。

「你不要再去想，你從前是個多麼高明的劍客。」白笑貓捏住他的下顎咆哮。「你現在是個零，是個孩童！一切從頭開始，懂嗎？」

姜小牙苦著一張臉：「妳兇起來眞難看。」

他其實不是個零，他左手的快、狠、準，曾令陶醉折服，只是沒有握過劍，運用之間覺得挺彆扭，還會發抖。

一日，他坐在床沿練劍，白笑貓在旁看了半日，原先見到他的劍勢顫巍巍的似乎不穩，但細加觀察，發現在那不穩當中有一種完全捉摸不到的軌跡。

白笑貓道：「你這『雨劍』的雨滴，好似每一顆都在抖動、旋轉，這叫對手要如何招架？」

姜小牙想起那日在舟中太子無心的話：「姜小哥兒，他們都說你的劍法如雨，可惜雨若無風，便都是直直落下，如果每一滴雨都能夠旋轉，那可就天下無敵啦！」

姜小牙暗自苦笑：「現在我這樣子，還能天下無敵嗎？」

## 除夕夜

姜小牙每日在院中練習走路，經常會看見龍薰衣蹲在水井旁邊洗衣服，蓬頭散髮的，完全沒了那個愛打扮、養尊處優的姑娘的影子。

自從救出姜小牙之後，她便不曾跟姜小牙正眼相對，總是閃躲著他，尤其當她看見姜小牙痛苦的邁著步子，眼淚便往肚裡吞。

有時姜小牙會藉故搭訕：「龍姑娘，多謝妳幫我縫那件衣裳。」「龍姑娘，妳昨天炒的筍子很好吃。」

姜小牙一發話，她就像見了鬼似的低頭疾走。

其實並沒有那麼多家事可做，但她把所有的事情都攬在身上，桌子擦了再擦，姜小牙的一件破衣服可以補上十幾二十次，她一定要讓自己忙得喘不過氣、給姜小牙當一輩子的婢女，才能忘卻壓在心頭上的歉疚。

大年夜，她和陳圓圓燒了一頓豐盛的年夜飯，菜上完了，她人又不見了。

焦轟這夜要輪值，桌邊只有姜小牙、白笑貓和陳圓圓三個人，面對滿桌子的菜，大家的胃口都不是挺好。

白笑貓突然淡淡的說：「人家喜歡你，你怎麼不去跟她一起過除夕？」

姜小牙的臉，紅漲得像碗裡的蹄膀：「她會喜歡我這副德性？」他的臉上、身上留下了許多刀疤烙痕，並非可令女子心儀的相貌。

「人家天天補你的破衣服、洗你的臭鞋子，她會在乎你的外表？」

姜小牙兀自賴坐半天，方才找了個藉口離去。

白笑貓不吃飯了，掏出瓜子兒「咔滋咔滋」的啃。

陳圓圓望著白笑貓，良久之後才幽幽一嘆：「世上沒有妳這種女人！」

## 纏人的方法

龍薰衣獨自坐在廚房裡的一盞孤燈下，捧著個大碗吃著。

姜小牙見到這淒涼的景況，心中一酸，可又不知說什麼，在她面前晃過來又晃過去。

龍薰衣把身子一背，不去看他。

姜小牙終於低著頭說：「龍姑娘，我……從來沒有怪過妳……」

龍薰衣的眼淚大顆大顆的掉下來，心裡想：「我寧願你怪我！」

姜小牙又不知該說什麼了，不停的踱來踱去。

龍薰衣悄悄抹去淚水，假裝不耐道：「你還賴在這裡幹什麼？」

姜小牙猛可想起了一件事：「我一直沒告訴妳，陶大哥遇害那天，他叫我去吉祥客棧幹什麼。」

龍薰衣不想問，但還是問了出來：「他叫你幹什麼？」

「他要我想辦法……纏住妳。」姜小牙搔著頭笑。「我一直不曉得要怎麼做，但是我現在倒想出了一個辦法。」

龍薰衣還是不想問，但仍然忍不住：「什麼辦法？」

「只要我不會走路，妳就不會離開我，對不對？」

龍薰衣丟了碗，跳起身來嚷嚷：「姜小牙，你敢不給我一步一步乖乖的走，我就永遠不理你了啦！」

## 你喜歡哪一個？

隨著姜小牙的步伐愈來愈快，清兵南下的步伐也愈來愈快。

自從山海大戰之後，清軍主要的敵人仍是李自成，從河北、山西、河南，一直打到了陝西。

大順軍節節敗退，最後連陝西老巢都待不住，只得南下湖北，這就壓迫到駐防武昌的「寧南侯」左良玉。

左良玉號稱大將，手握八十萬重兵，其實根本是隻紙老虎，這些日子既不抗清，亦不勦闖，枯坐武漢混吃等死。他年輕時還算勇猛，但驕恣難馴，如今年歲已高，遭逢硬戰避之唯恐不及，只會挑軟的吃。他一聽說李自成要來了，慌忙一把火燒了武昌，於三月底倉皇順流東向，兵鋒直指南京，藉口「清君側」——要替朝廷除掉馬士英這個大奸賊，究其實，仍是他慣用的避戰、逃難的伎倆而已。

另一方面，清軍因見李自成已構不成威脅，當然加緊南侵的部署。

南京朝廷頓時兩面受敵，加急快報不斷送入宮中，福王仍醉生夢死，成天嚷著要選淑女；太子呢，仍關在牢裡無人聞問。

一日，焦轟急急忙忙的回來，叫道：「聽說沈茉那惡賊被派到揚州去了。」

姜小牙聽到沈茉這名字，居然毫無反應；白笑貓轉身就進了房，收拾了幾件隨身衣物，重又出來，也不打話，直接往門外走。

龍薰衣急道：「白姐，妳去哪兒？」

白笑貓道：「你們做你們的事，我十天必回。」

沒人攔得住她，一眨眼就失去了蹤影。

焦轟急道：「沈茉那小子詭計多端，莫著了他的道兒！」

姜小牙嘴上不說，心裡比誰都掛念，他整晚坐在院子裡發楞，連龍薰衣走到他身邊都沒發現。

「她再快，今天也回不來，你還是睡一下吧。」

「我睡不著。」

龍薰衣陪姜小牙坐著，仰頭向天，忽地噗嗤一笑。

「妳笑什麼？」

「你還記得那次我們坐在紫禁城的堆繡山上，你急著要去找吳老爺，白姐卻說她要等著看月亮？」

姜小牙也笑了：「那段日子真好，幾乎每天都有大事發生，每天都很危險，但是每天都很快樂。」

「是嗎？每天都有人冤枉你、誣賴你，你還是很快樂？」

「嗯……因爲每天都能夠看見妳。」

「貧嘴！如果沒有白姐一直幫著你，你還快樂得了嗎？」

姜小牙的心又沉下去了：「白姐她……唉，總是這麼衝動！」

龍薰衣促狹的說：「你一天沒見著她，心裡就難受？」

姜小牙在這一天內發現了一些事，白笑貓不知不覺中已變成了他生活的重心、靈魂的港灣，沒有了她，他就如同水上飄流的落葉，無處停泊。

「她比我更喜歡你。」龍薰衣幽幽的說。「你也更喜歡她，對不對？」

這問題，姜小牙回答不出來。

第一天過去，第二天過去……姜小牙每晚都坐在院子裡等，直等到第八天，白笑貓沒回來，竟傳來了揚州被清兵攻陷的消息。

## 雨中之劍

焦轟弄了九匹快馬，三個人替換著騎，疾馳半日，便已到揚州城郊。怪的是，別處不下雨，揚州附近卻是大雨傾盆，天晦地暝，但城內火光燭天，隱約傳來呼喝哭號。

三人催馬前行，來到東門之外，正好撞著一隊清兵用繩索牽著一串婦女，驅牛趕羊似的走出城來，一邊放聲談笑。

龍薰衣氣極了，正要上前，忽見兩個明軍武將由後趕至，一個高大粗壯，手持一條竹節鋼鞭；另一個短小精悍，捻著一桿長槍，兩人追上清兵隊伍，一陣砍殺。高大的那個所使的鋼鞭異常沉重，看樣子最少有二十四斤以上，每揮一鞭都能擊殺兩、三名清兵，短小的那個槍法亦甚嫻熟，槍槍不落空。清兵若沒騎在馬背上，便顯不出本領，轉眼就被殺得七零八落。

焦轟嘆道：「我軍之中仍有這等人物，若能再多幾個，何愁中興無望？」

龍薰衣早已忍耐不住，振劍加入戰團，焦轟緊跟在後，姜小牙走得慢，還沒走到近前，那隊清兵就已被殺散。

龍薰衣斬斷繩索，放開被擄掠的婦女：「妳們快逃命去！」

焦轟向那兩名武將問道：「城裡怎麼樣了？」

高大的那個切齒道：「辮子軍屠城已經第三天了，見男人就殺，見女人就搶，小孩子都被丟在泥漿裡，讓馬去踩！」

矮小的那個道：「史督帥自刎未死，但後來還是被清兵抓去殺了！」他所說的史督帥便是東閣大學士兼兵部尚書史可法。

焦轟道：「兩位壯士高姓大名？」

矮小的那個道：「我叫陳王廷，這位是我們營裡的總爺——武狀元黃賡。」

正說間，一隊清兵弓箭手聞訊趕來。姜小牙知道清兵弓箭的厲害，忙顛跳著趨前，叫道：「快站到我後面！」

黃賡、陳王廷見他衣衫襤褸，走路一瘸一拐的，只剩一條左臂，居然口出狂言，想要保護大家，都暗自尋思：「這傢伙是不是個瘋子？」

焦轟忙把他倆扯到姜小牙背後：「辮子軍就是弓箭了得！」

黃賡是武狀元，素以力大聞名，但被焦轟隨手一扯，竟然跟個布偶相似，要他站在哪裡他就站在哪裡。他心中駭異，暗忖：「這幾個人究竟是何來路？」

清兵帶隊的牛彔額眞一聲號令，無數羽箭攙雜在無數雨點裡激射而至，又快又狠又準。

姜小牙踏前一步，就像這些天練習的一樣，在原先的「雨劍」路數當中加入了腕力的運用，點點劍花旋轉顫抖，一陣密如連珠的脆響過後，每一支來箭的箭尖上都被點了一下，然後就斜射入地下的泥漿裡。

眾人全都看傻了眼。「這是什麼劍術？」

連姜小牙自己都嚇了一跳，沒想到新練成的劍法威力這麼強大。

清軍的牛彔額眞忙再下令放箭。

這時正好一陣風從右側吹來，姜小牙藉力使力，把劍一領一圈，往外一帶，一股漩渦也似的引力和著風勢，把所有的箭都引向了左方，整整齊齊的插在一棟農舍的土牆上。

清兵又傻住了。

姜小牙喝道：「再有敢射第三箭的，休怪我不客氣！」

清兵發一聲喊，轉瞬逃得無影無蹤。

黃賡發楞未已，陳王廷則叫了聲：「妙啊！」從姜小牙的這一「引」當中似有所悟。

焦轟道：「你們可知那南京派來的沈侍郎在哪裡？」

黃賡道：「沈侍郎？那個不管用的小白臉？他來了之後就住在督帥公署裡，城破之後，就誰都不曉得誰了。」

「前幾天可有看到一名女劍客？」

「女劍客？」黃、陳二人都一聳肩。

姜小牙猛然發問：「清軍領兵的是誰？」

「是什麼……『正白旗』的什麼多鐸。」

龍薰衣大嘆一聲：「小牙，當初你一念之仁，換來的是今天滿城血腥！」

姜小牙低垂下頭，悶著聲音說：「我知道了。」

## 大開殺戒

大雨下個不停，城內的青石板街道上糊滿了馬蹄帶入的泥漿與屍體流出的血漿。

到處都是老百姓的屍體，砍爛的、踩爛的、泡爛的……

這裡不是人間，而是煉獄。

姜小牙眼中看見許多鬼魂，鬼魂都在哭泣，小孩尋找父母，妻子尋找丈夫……姜小牙心中充滿了憤怒，從所未有的殺氣塞滿了他的胸腔。

他一步一拐的走在最前面，龍薰衣、焦轟走在他左右側，黃賡、陳王廷斷後。天空中電光割裂而下，這五個人就像是五尊復仇之神。

長街盡頭腳步驟響，剛才退去的弓箭手引來了大隊步兵，堵住去路。

姜小牙冷聲道：「不讓路者，必殺！」

清兵當然不會退，各舉兵刃衝殺過來。

此刻的姜小牙已不是那個處處讓人一步的憨厚鄉巴佬了，他一劍掃出，當先的四名清兵咽喉皆斷，再一劍斬下，把另一名手持盾牌的清兵連人帶盾從中剖為兩爿。

姜小牙一向珍惜師父給他的蟠虹寶劍，從不輕易和別人的兵器硬碰硬，但是現在他什麼都不管了，他一頭撞入敵軍陣中，寶劍在晦暗的天色裡放射出七彩璀燦的光芒，見刀斷刀，遇斧折斧，迎盾破盾，摧折的兵器在空中騰跳，人體宛如破碎的玩偶四散飛舞。

龍薰衣等其餘四人根本連動手的機會都沒有，一百五十六名清兵已被姜小牙殺絕。逆風席捲，腥羶之氣好似漿糊一般黏在人的鼻孔裡，姜小牙彎身嘔吐，眼淚鼻涕都一起嘔了出來。

焦轟等人都算是久歷戰陣，可從未見過這等怵目驚心的場面。

龍薰衣也禁受不了，但還是忍住胃臟翻騰，奔到姜小牙身邊：「小牙，你還好吧？」

又聽得馬蹄暴響，一隊清軍騎兵蜂湧而來。

焦轟暗喊一聲「糟」，輕薄短窄的三尺之劍如何應付鐵甲驃騎？「姜小哥兒，快退！」

「別慌，站在我背後。」姜小牙止住嘔吐，劍尖朝下，眼睛也望著地面。

黃、陳二人心中都想：「完了完了，這不被踏扁才怪！」

最前頭的三匹馬衝到姜小牙面前兩丈之處，姜小牙左手倏起，劍尖挑起六團泥漿，正好糊在那三匹馬的雙眼上。

馬兒陡然受驚，當中的一匹人立起來，把馬上騎士掀翻在地；右側的那匹四足緊急煞停，馬背上的清兵便如同砲彈，拋射出老遠；左側的那匹則昏頭昏腦的衝進街旁民宅，讓牠的主人一頭撞在門楣上，頭盔都扁掉了。

前面的馬一出問題，後面的馬就亂了步調，後面的亂擠前面的，前面的回頭亂撞後面的，在不甚寬的街道上扭結成一團。

龍薰衣騰身而起，從馬頭上飛踩過去，踩一顆馬頭就刺落一個騎士；焦轟也虎跳起身，一拳打碎了一名清兵的腦袋，順手就搶過了他的刀，再一踩馬背，跳在空中，舞刀如輪，亂砍清兵頭顱。

黃、陳二人見他一個大塊頭，身手如此靈活，都佩服得五體投地。

姜小牙無法縱跳，又被倒了一地的馬匹攔住去路，只得站在外圍觀戰，驟然間，一個念頭閃過腦海，使他整個身體都僵硬起來。

龍薰衣、焦轟兩人沒費多少手腳就解決了這隊騎兵。

龍薰衣道：「須防著援兵到來，我們還是挑小巷子走。」

焦轟正想詢問黃、陳二人，忽覺一股拳風從旁邊襲至，忙伸手一格，卻見出拳之人竟是姜小牙。

焦轟乾笑道：「姜小哥兒，這個節骨眼上還開玩笑？」

「焦兄好本領。」姜小牙這一拳只是試探，旋即收手，冷冰冰的瞪著他。「你為什麼要害死陶大哥？」

**兇手是你？**

龍薰衣嚷嚷：「小牙，你瘋啦？」

姜小牙道：「我還記得第一次遇見他，隨手一記綿拳就讓他吃了個大癟，當時我心中就覺得奇怪，怎麼通天宮的俗家大弟子、皇宮大內的侍衛副總管，竟如此不濟？」

那日龍薰衣也在旁邊，只是也沒想這麼多。

「現在看來，他根本是隱藏自己的實力，故意裝得像個草包。」姜小牙目光不離焦轟。「他為什麼要這樣做？無非是想讓大家都不提防他，他卻在暗中使壞。」

焦轟低頭不語，眼光閃爍，似在做著某種困難的決定。

龍薰衣想起後來在興善寺，沈茉想要逃跑，被焦轟一拳就打飛了，可見他平常確實是扮豬吃老虎，但這，並不構成罪名：「這不表示他害死陶大哥啊！」

姜小牙道：「那夜，陶大哥叫我去吉祥客棧纏住妳，我不放心他的傷勢，不想走，但他跟我說：『我好得很，而且等下焦轟會來。』我一直忽略了這句話：『焦轟會來！』結果是，焦轟來了之後，陶大哥就死了！兇手不是他是誰？」

龍薰衣沉聲道：「焦師兄，那晚你去陶大哥家了嗎？」

焦轟老實點頭：「當然去了。」

龍薰衣只覺得喉中鯁住了一塊什麼東西：「陶大哥果眞是你殺的嗎？」

焦轟窒了半晌，臉上露出詭異的笑容：「你們永遠都不會知道陶總管是被誰殺的！」

就在這時，又一大隊清軍騎兵趕來了。

黃賡忙道：「我聽不懂你們在爭什麼，要吵等下再吵，現在還是先避一避。」

黃賡領頭帶著大家退入一條小巷。姜小牙一直緊盯焦轟，焦轟乖乖的跟著大家一起走，但臨入小巷前，霍地一個轉身衝了出去，衝向清兵馬隊。

姜小牙追不上他，龍薰衣也已來不及，遠遠只看見焦轟揮刀闖入清軍馬隊，馬隊亂了一陣，又迅速圍攏，把焦轟的身影吞沒在一片刀光槍影之中。

龍薰衣還是忍不住哭了出來：「他寧死也不肯說出這個祕密，爲什麼？」

## 太極拳的由來

幾個人在小巷中潛行一陣，陳王廷緊跟著姜小牙，邊自說道：「小哥兒，看你使劍，眞讓我獲益良多。」

姜小牙看見前面大街上有清兵聚集，便回望黃、陳兩人一眼：「大局已無可挽回，兩位還是趕快離開這裡吧。」

兩人也知留此無益，點點頭，一抱拳道：「就此別過。」

黃賡後來繼續在安徽、浙江、福建等地率兵抗清。

陳王廷回到老家懷慶府陳家溝，潛心練拳，汲取各家所長，開創出日後舉世聞名的「太極拳」。

## 神之左手

雨已停了，屋簷上掛著珍珠串似的水珠。

多鐸今天的心情還不錯，有一名部屬弄到了一頭大肥豬，他便和旗下的五名固山章京在揚州督帥公署的大院裡升起了一團火，各人脫下自己的頭盔當鍋子，涮起新鮮的豬肉。

正吃得高興，「劍魔」鐵鑄從門外走入。

多鐸道：「快來啊，這肉挺好。」

鐵鑄臭著一張臉，緊盯自己的頂頭上司：「貝勒，已經三天了，何時下令封刀？」

多鐸道：「哎，急什麼？讓兄弟們再多樂和幾天。」

「屠殺老百姓叫做樂和？」鐵鑄毫不掩飾心中不滿。「這是卑鄙！喪盡天良！」

滿人交談多半直來直往，不講究含蓄禮讓或明喻暗諷，多鐸倒也不以爲忤，一邊涮著頭盔裡的肉，一邊答道：「這是我們和南軍交戰的第一役，一定要給他們一個下馬威！漢人常說什麼殺雞……殺雞儆猴，我們現在就要殺這隻雞，讓後面的城鎮都不敢反抗。」

忽聞一個森冷的聲音發自院外：「我現在也要殺你這隻雞，讓後世的劊子手都得到教訓！」

隨著話聲，姜小牙慢慢走了進來。

多鐸嚇了一大跳，指著姜小牙叫道：「就是他！快殺了他！」

鐵鑄看見姜小牙此刻的模樣，不禁發怔；一名喚做扈魯東的固山章京首先跳起，一刀劈向姜小牙。

鐵鑄忙喊：「不可！」但已經晚了，一溜光線一閃，扈魯東的腦袋就飛了過來，正好打翻多鐸放在火上的頭盔，熱湯濺了多鐸一身。

姜小牙左手斜持著劍，一步一拐的走向多鐸，鐵鑄橫身攔住。

姜小牙眼睛望著地面：「你讓開。」

「你受傷了？」鐵鑄凝視姜小牙，有一股自然生成的傲氣。「我今天不跟你動手，等你傷好了再來。」

「我再說一次，你讓開！」

鐵鑄猛然覺得不對，姜小牙的身上透出一種東西，一種他說不出是什麼的東西。他打從心裡知道，現在的這個姜小牙已經不是從前對決過三次的那個姜小牙了，現在的這個姜小牙雖然沒了右手、行動不便，但不知怎地，他渾身透出一股無敵的氣勢，一股無人能夠摧毀的魔力。

鐵鑄翻手拔出遼東巨劍，沉聲向其餘四名固山章京道：「你們快保護貝勒離開。」那幾人身形方動，龍薰衣就衝入大院，四名固山章京趕忙敵住她，讓多鐸從後門開溜。

姜小牙不理會那邊的爭鬥，眼睛仍望著地面：「你準備好了沒有？」

「請出手。」

鐵鑄話才說完，就覺得眼前閃起一片鮮豔的光點，然後他就仰天倒了下去。

## 神之本體

親眼看見姜小牙一招解決鐵鑄的只有龍薰衣。

說她親眼看見也不太對，因爲她幾乎什麼都沒看見。

說那是一道彩虹，世上絕對沒有顫抖旋轉的彩虹；說那是一陣雨，世上豈有這麼燦爛的雨？那是一團無所不在，又無形無體的物質，那是神的手諭、天地合奏曲。

龍薰衣殺了三個固山章京，窮追出去，但還是讓多鐸跑了，她生氣的走回來，看見鐵鑄躺在地下，身上並無傷口。「他死了嗎？」

「沒有。」

姜小牙蹲下身子，捏著鐵鑄的人中：「大概是他覺得無法招架，一口氣閉住了。」

在姜小牙的救護下，鐵鑄悠悠醒轉，他不發一語，撿起自己的劍就朝脖子上抹。

姜小牙已猜透了他的心思，劍一平，架住了他的劍：「何必？」

「你只用一劍就打敗了我，我還活著幹什麼？」鐵鑄既慚又怒。「難道你還想再羞辱我？」

姜小牙嘆了口氣：「以後你找機會把我羞辱回來，不就結了？」

龍薰衣哼道：「一個大男人動不動就尋死覓活的，眞是可笑！」

鐵鑄一口氣塞在胸口裡，半晌說不出話。

「我不殺你，因爲你還像個人。」姜小牙顯然聽見先前他和多鐸的對談。「以後多勸勸你的滿州主子，得饒人處且饒人。」

鐵鑄沉吟片刻：「我不去清國，也不再在江湖上打混了。」用盡全力把巨劍砍砸在公署院中的石板地上，竟爾斷成兩截。

「退出江湖也好。」姜小牙一笑。「此間事了，我也要回桂林去了。」

姜小牙、龍薰衣正想轉身離開，鐵鑄忽道：「找到你們的朋友了嗎？」
姜小牙、龍薰衣都是一驚。「你見到白姐了？」
「五天前，我奉派到揚州外圍偵查，在一處樹林裡遇上了她，她好像正在追逐什麼……」
姜小牙心想：「她一定找到沈茉了。」
鐵鑄續道：「我跟她本無過節，但她硬把我攔下，說什麼她這幾天都沒有活動筋骨，悶得慌，一定要跟我動手……」
龍薰衣暗犯嘀咕：「白姐當真像隻貓，就愛到處惹是生非。」
鐵鑄道：「我跟她大戰許久，她的劍真難對付，比你……比從前的你難纏多了。」
「我能有今日，全拜她所賜。」
「我們一直鬥到將近傍晚，她的體力終於放盡，方才罷手。我看她累得連路都走不動了，想請她到我營裡坐坐，她卻說那些辮子頭太醜了，不肯去……」
姜小牙急問：「她可有跟你說，她住在揚州哪裡？」
鐵鑄道：「這就要問你們的另外一個朋友了。」
「另外一個朋友？」
「就是愛穿白衣的那個。」
姜小牙、龍薰衣心中同時升起不祥的念頭。「你也有看見他？」

「我走出樹林的時候，回頭一望，看見他從樹林的另一邊過來，朝白笑貓走過去……」

姜小牙如遭雷擊，頭一昏，坐倒在地。

鐵鑄嚇一跳：「你怎麼了？」

龍薰衣顫抖著再問：「他對白姐下毒手了嗎？」

鐵鑄更奇怪了：「他不是一直都跟你們在一起？我看見他扶著白笑貓回揚州城去了。」

龍薰衣掩面大哭，鬧得鐵鑄摸不著頭腦。

姜小牙強自鎭定心神，站起身子：「我看他會重施故技，把白姐關在牢裡。」

## 送君一劍

白笑貓只剩下了一口氣。

她是在城陷前兩天被沈茉抓住的，所以沈茉並沒有多少時間折磨她，但沈茉顯然不想重蹈覆轍，在清兵攻入城中的那一天，特別趕到揚州大牢裡，在她胸口戳了一刀。

她還能撐到現在，是因爲她知道有個人一定會來。

當姜小牙的身影出現在她眼前時，她滿足的笑了：「你幫我把那沈茉剁成十八段。」

龍薰衣痛哭：「都是我害的！如果我沒有放走那惡賊……」

「丫頭片子，不要這麼想，那傢伙怎麼害得了我？是我自己的個性害死了我自己。」

白笑貓接著笑說：「這個鄉巴佬就交給妳了，妳可不能撒手不管。」從懷中掏出鋼丸劍。

「土包子，這劍送你。」

沈茉因爲上次拿了姜小牙的皤虹寶劍，致使自己的奸謀露洩，所以這次他不敢再拿白笑貓的劍。

姜小牙接過鋼丸，白笑貓又道：「雖說是送給你，其實是送給她的，因爲這是女人用的劍，你一定要教會丫頭片子怎麼用。」

龍薰衣泣不成聲。

白笑貓又說：「小牙，你知道我一直最想做什麼嗎？」

姜小牙忍淚搖頭。

「我啊，很想咬你這個土包子一口。」

姜小牙把臉頰湊到她嘴邊。

白笑貓悄聲道：「我走了，你要好好的過活，更加好好的疼愛她，知道嗎？」

交代完最後一句話，她就嚥下了最後一口氣。

## 香塚葬芳魂

姜小牙、龍薰衣把白笑貓帶到她最想去，但一直沒去成的杭州。

他們在西湖的南屏山山麓造了一座小墳。

姜小牙葬下了她，卻埋葬不了自己的記憶，他坐在墳前，像塊石頭，心中有個部分已經隨她而去，永遠無法填補。

他覺得好累。一切的努力都沒什麼意義，更糟糕的是，所有的意義都像是個天大的笑話，但他終於站起身子：「走吧，我還有幾件事情要做。」

龍薰衣知道他仍沒忘記太子的囑託，並要繼續追查害死陶醉的兇手。

至於沈茉，龍薰衣暗裡咬牙。「這個人是我的！」

彩霞滿天，夕陽豔若她以往愛用的胭脂，此刻一如她心頭之血。

## 闖王的位置

九宮山上的暴雨剛停，李自成就發現自己陷入了鄉勇的包圍。

「娘皮，連這些鄉下人都要來欺負我？」

退出北京之後，「大順」軍被清軍殺得落花流水，一路退回西安，仍止不住敗勢，只得再一路南逃到湖北。

這天，李自成只帶了十幾個隨從，上山勘查地形，好死不死的碰著了民兵鄉團。

一陣胡亂廝殺，隨從都散了，李自成孤身來到一座小山嶺，地下泥濘不堪，馬也瘸了，只得步行，又餓又累，口裡叨叨罵著：「這個鳥山頭也想困死我？」

迎面來了個老農夫，肩上揹著柄鐵鏟。

「老丈，可有吃食，賞我一口。」

老農夫盯著他，不說話。

「我的朝廷裡有許多美缺，隨便給你一個，都教你一輩子受用不盡。」

老農夫仍不說話。

李自成是脫逃術的高手，不知經歷過多少次絕境，都能以各種奇怪的方式突圍，然而面對這個不說話的老農夫，他無計可施。

「娘皮，是個白癡，理他做什？」

翹鼻子翹眼睛的跟老農擦身而過，緊接著就覺得後腦一痛。

比軍刀還要好用的鐵鏟，在完全沒有料到的瞬間，一下子就完結了他的一生。

新的世界正在形成，每一個人都有新的位置，而李自成的位置，就在這荒山野嶺之上，泥漿爛土之中。

## 太子出獄

姜小牙、龍薰衣回到南京已是五月十一日上午。

才進城門就見一群監生模樣的人鬧鬨鬨的聚在大街上鼓噪。

原來就在這半個月時間裡，局勢急轉直下。

左良玉的東下大軍雖被黃得功拒退，清軍則在五月二日攻至長江北岸的瓜州，負責鎮守鎮江的總兵鄭鴻逵、鄭彩未戰先遁，清軍於初九日兵不血刃就渡過了長江天險。

五月十日這天下午，福王還喚入梨園子弟在大內演戲，演的是「群英會」，不外乎希望能打一場如同赤壁之戰那樣扭轉乾坤的大勝仗。

福王和太監們相對痛飲，一直喝到半夜，敗報這才傳至，慌得福王手忙腳亂，帶著太后與幾十個太監連夜出城，不知跑到哪裡去了。

文武百官直到翌日上午才知道皇上跑了，自是亂成一團；消息傳到民間，滿城老百姓的茫然無措就更不用說了，卻有一群監生想起了關在大牢裡的太子，便聚在街頭起鬨，要把太子救出來，繼續領導軍民抗敵。

龍薰衣弄清楚狀況之後，順勢登高一呼：「既然皇上跑了，我們擁立太子便名正言順，算不得違法犯紀。大家隨我來！」

眾人見一名美貌姑娘都如此大膽，豈肯落於她之後，俱皆高喊著奔向中城兵馬獄。

提牢主事早聞得風聲，率領一隊獄卒把守住大門。姜小牙喝聲：「讓開！」一劍揮出，十幾桿長槍全斷。

獄卒們已經得知皇上潛逃的消息，本就離心離德，又見姜小牙如此神威，乾脆把主事推到一邊，大開獄門，把所有的人犯都放了。

太子從容不迫的步出監獄，立刻就受到群眾的歡呼。

太子站定腳步，遊目四顧，終於找到了雜在人群裡的姜小牙，登時露出笑容：「姜小哥兒，我就知道你一定不負所託。」

姜小牙不無歉意：「我們來得太晚了。」

「一點都不晚。」太子左手牽住姜小牙，高舉右臂大呼：「大明中興，此其時也！」

群眾亢奮極了。「大明中興！大明中興！」

老百姓愈聚愈多，簇擁著太子往皇宮進發，沿街不斷歡呼：「太子即位！大明中興！」

來到午門外時，群眾已滿坑滿谷，忽然聽見有人高嚷：「別擠別擠！有小孩掉到護城河裡去了！」

此時正值雨季，河水高漲，太子眼見一名小孩在河中載浮載沉，很是危險，放開牽住姜小牙的手，縱身跳入河內，將那小孩拎出水面，游往岸邊。

群眾都瘋了，熱烈喝采：「太子萬歲！新皇上萬歲！」

姜小牙站在御橋上望著這一幕，又覺得渾身僵硬起來。

## 又見疑雲

在走回焦轟住處的路上，龍薰衣高興的敘說她進宮去找到孍娖公主的情形：「公主雖被軟禁，但過得還不錯，她見到我，尖著嗓子一直叫，叫得我耳朵都快聾啦！她又問了我一大堆問題，但很多事情沒法說，以後再慢慢告訴她。她又一直嚷著要雪兒，還想看看沙袋呢！」

姜小牙一直沉默不語，龍薰衣不禁奇怪：「太子那邊怎麼樣？」

姜小牙苦笑道：「大家把他擁上了武英殿，一時找不到冠冕龍袍，便把箱子裡的戲服搬出來給他穿上，然後大家跪在地下山呼萬歲，後來還是太監喚入侍衛親兵，才把大家都請出宮去。」

「唉，簡直是瞎攪嘛。太子入繼大統，總該有正式的登基儀式才對嘛！」

姜小牙仍然悶著頭不說話。

「你到底怎麼啦？」

「去年我們從北京出來，在溪邊被鐵鑄追趕，太子掉入溪中，是被我救起的，那時他裝做不會游泳，可今天，我看他游得挺好，也許是因為人一多，他興奮過了頭，沒想到就在我面前露了餡兒。」

龍薰衣有點發呆：「這又表示什麼？」

「他跟焦轟一樣，隱瞞著一些事。」姜小牙沉思著。「焦轟死也不肯說害死陶大哥的主使者是誰，試問，焦轟效忠於誰？」

「他一直說他誓死效忠太子。」

「這就對了。」

龍薰衣依舊改不了瞎嚷嚷的毛病：「太子派人害死陶大哥？為什麼？」

「這只有他自己知道。我當然希望不是他。」姜小牙心中五味雜陳，全沒料到事態竟然如此發展。「過幾天，藉著抱雪兒入宮給公主的機會，我再試探他一下。」

## 無聊的會議

太子忙了兩天，頒下一些詔令，完全不追究那些當初審問、拷打他的官員，但只下令逮捕馬士英，讓朝野額手稱慶。

五月十三日下午，李自成在九宮山被鄉團擊斃的消息傳來，太子立即召集大臣開會商議。

眾官欺他年幼，又還未正式登基，都有點大剌剌的，想找機會教訓他一番。

太子挺立眾人面前，朗聲道：「流賊已經滅了，如今天下二分，中興尚有可為。」

群臣都圓睜著眼睛不答言，一副「你要我們怎麼樣？」的神情。

太子從眾人面前緩緩走過，眼神炯炯，一一逼視。「據我所知，我們的兵馬不比清國少，再說，大家前幾天也看見了，民氣可用！」

群臣被他那隱蘊威嚴的眼神一盯，心頭都怦然大震，趕緊低垂下頭，互相推搡了一會兒，才由「忻城伯」趙之龍負責回答：「南京附近大概有……這個，嗯……二十三萬兵馬。」

這趙之龍既未帶過兵、打過仗，也沒立過什麼功勞，只是因爲在南京的王侯勳舊之中資歷最老，而現在史可法殉節，馬士英成了階下囚，所以兵權就交到了他的手中。

「南下清兵不過三、四萬人，我們以六敵一，占盡優勢，差的只是齊心齊力。」太子說著，朝眾人一拱手。「希望各位勳舊耆老、文武先生能夠各盡心力。」

群臣見他分析時局世故老到，說起話來又圓融通達，都知他無法輕易打發，便開始支支吾吾、囁囁嚅嚅，有的說「我們的兵沒訓練，不經打」，有的說「清軍簡直是天兵天將」，有的說「打仗要錢，現在朝廷就是沒錢」。

一群人嘰嘰喳喳的說了半日，一直說到日頭下山，無非是些推托之詞，終於攪得太子毛躁難當，「嗆」地一聲抽出掛在柱子上的劍，一劍砍下，把張厚實的檀木几案劈成了兩爿。

「再有藉詞卸責者，有如此案！」

嚇得群臣都像烏龜一般縮起了脖子，連氣都不敢吭了。

**難搞難搞太難搞！**

大伙兒步出午門，已是半夜。

「難搞難搞太難搞！」眾人唉聲嘆氣。「他今年才只十七歲，就如此霸氣，將來長大了還得了？」

「他還沒有正式登基呢，如果眞的當上了皇帝，我們這日子還能混嗎？」
「是嘛，難搞難搞太難搞！」
「他是眞太子、假太子都還沒弄清楚，我們眞的要迎立他爲帝嗎？」
「嘖嘖嘖，難搞難搞太難搞！」
趙之龍道：「聽說福王正在黃得功營裡，萬一他又回來了怎麼辦？」
「是啊是啊，難搞難搞太難搞！」
趙之龍望了望四周，壓低聲音：「再說，清兵打過來，我們只有投降一途，現在何必節外生枝？福王不是我們立的，罪不到我們頭上，但我們現在再迎立新帝，大清國追究起來可是要殺頭的！」
「唉唉唉，難搞難搞太難搞！」
俱各走散了。

## 沈茉還想使壞

胸中有著無數盤算的太子在大殿中一直踱步到清晨。
陡然，一條人影偷偷摸摸的從殿門外走入，直趨太子背後。
太子頭都沒回：「沈愛卿，你來了？」
來人正是沈茉，他諂笑著上前跪倒：「草民拜見皇上。」

「你我何需這一套？快快平身。」

太子對他的態度依然親近。

沈茉見他並不知道自己曾經投靠馬士英、害了姜小牙和白笑貓，膽子便大了：「皇上整夜不寐，爲了何事操煩？」

太子嘆口氣道：「打從出獄到現在，我還沒闔過眼，剛才跟一些大臣開會，差點沒把我氣死！」拉著沈茉併肩坐下。「我在獄中的時候，無時無刻不在思索復興大明的計劃，若能付諸實現，必能常保萬年江山，可如今找不到人來執行，你說氣不氣人？」

「我願爲皇上肝腦塗地！」沈茉一挺胸膛，豪氣干雲。

太子慨嘆：「沈愛卿如此效忠於我，我眞是太感激了。」

「皇上有什麼事，只管吩咐！」

「那個趙之龍，心懷叵測，務必要奪下他的兵權。」

「這個容易，交給我來辦！」沈茉做了個刺殺的手勢。

太子似笑非笑的望著他：「用這種手段，好嗎？」

「非常時刻，當用非常手段！」

就在這時，太監盧九德恭恭謹謹的進來稟報：「太子爺，您的舊相識姜小哥兒和龍姑娘在宮外求見。」

「快請。」

沈茉聽見姜小牙來了，登即面如土色。

太子望了他一眼：「如有不便，你就先到後面躲一躲。」

沈茉見太子好似已經知道他與姜小牙等人之間的仇怨，心中不由忐忑，但一時之間想不了那麼多，便暫且隱身於殿後。

過了一會兒，姜小牙、龍薰衣抱著雪兒進來。太子笑道：「唉呀呀，好雪兒，別來無恙？」

龍薰衣道：「要摸快摸，要抱快抱，我還要送到後面去給公主呢。」

盧九德一旁哈腰：「這種小事兒，交給奴才辦就行啦。」

龍薰衣哼道：「現在可有奴才的樣子了。」

盧九德乾笑連連：「姑娘說笑了，我就一直都是奴才嘛。」

太子親熱的拉住姜小牙的手：「你救我出獄那日，怎麼一轉眼你就不見了？」

這兩天姜小牙一直在思索如何試探太子的方法，卻沒能想出來，現在看他這麼誠懇熱切，反而覺得懷疑他是一件不應該的事情。

## 求取富貴的方法

躲在殿後的沈茉偷眼望見姜小牙已可行動自如，心中頗爲懼怕，本想一走了之，可又捨不得，暗忖：「太子入繼大統乃是指日可待之事，他已對我如此信任，當然少不了加官晉爵；就算國事不濟，我也可以挾持他歸降大清，那我的功勞可就更大了！」又想：「那姜小牙雖然已可走動，但仍笨拙得很，功力應該恢復不了多少，就算動起手來，我也不會輸他，怕什麼？」眞所謂富貴險中求，他便硬起頭皮，靜觀事態發展。

太子抱著雪兒玩了一會兒，忽道：「對了，姜小哥兒，一直忘了問你，你的右手怎麼了？」

沈茉暗喊一聲「糟」，正想溜之大吉，一名太監慌張奔上大殿，嚷著：「皇上，清軍已經兵臨城下了！」

即使經過不少大風大浪，太子仍變了臉色：「怎麼會這麼快？」

姜小牙道：「太子稍安毋躁，我們先去看看。」與龍薰衣急忙出宮。

沈茉呼出一口大氣，抹著額上冷汗，只聽太子在大殿上叫道：「沈愛卿，他們走了，你可以出來了。」

## 報馬鬼又有消息

南京城池的構造與北京不同，城牆依山傍水，蜿蜒曲折，有若蟠龍，南憑秦淮河，北控玄武湖，東傍鍾山，西據石頭，山、水與城牆融爲一體，景觀絕佳，又易守難攻。

姜小牙、龍薰衣登上「朝陽門」門樓，果見清兵前鋒已至城下，但只是在觀察敵情而已。

兩人沿城巡視一番，碰到八極劍派與銀槍會眾人都在幫著守城。

龍薰衣招呼著：「葛大叔、楊大叔。」

葛無能和楊宗業這些日子以來多少聽得一些有關姜小牙的事蹟，不再敵視他。

頭痛頭陀湊過來道：「小子，你的右手怎麼沒啦？」

龍薰衣道：「他單用一隻左手照樣能打得你落花流水，你信不信？」

頭痛頭陀一掄禪杖，嚷嚷：「我們現在就試試！」

葛無能斥道：「胡鬧！」

頭痛頭陀一縮肩膀，躲到一邊去了。

葛無能道：「和去年李自成兵圍北京不一樣的是，南京附近多有勤王之師，不像北京孤城一座。而且守城的都是精兵，而不是內操太監。」

楊宗業道：「如果軍民齊心協力，守住南京不是問題，然後再徐圖恢復。」

「就看朝中文武大臣能不能同舟共濟了。」葛無能望向另一邊，「忻城伯」趙之龍正和幾位將領聚在一起竊竊私語。「那傢伙有些鬼祟，別玩什麼花樣才好。」

姜小牙道：「太子雄才大略，應該已經胸有成竹才對。」

卻聽司馬灰灰的聲音在耳邊道：「雄才大略個屁！你看看這個鬼是誰？」

姜小牙一扭頭，司馬灰灰身邊站著另一條鬼魂，竟是太子朱慈烺！

## 不成大器的鬼魂

「你就是專門替鬼打抱不平的姜小牙？本宮死得好慘哪！你幫我報仇，我給你大官做！」太子的鬼魂言行舉止稚氣未脫，就是個十六歲少年該有的樣子，相比之下，那個雄才大略的太子就未免太成熟了。

姜小牙驚道：「宮中的太子是假的？」

司馬灰灰道：「那假太子應該就是殺死太子的兇手，也或許是兇手派出的傀儡。」

姜小牙忙問太子：「殺你的兇手到底是誰？」

「我根本沒見著他的長相，只看見他手指一彈，我腦袋上就破了一個洞！」

姜小牙拉著龍薰衣走下城牆，一邊把鬼魂之言重敘了一遍。

龍薰衣一拍額頭：「一開始就覺得太子超乎自己的年齡，但又以爲是他歷盡滄桑，才變得這麼成熟穩重。」又問：「殺太子的那人用的可是氣劍之術？」

姜小牙點點頭：「去年，在來南京的船上，我曾和白姐說起有三個神祕高手躲在暗處……」

「三個神祕高手？」

「綁架太子的、救葛無能的、在樹林裡嚇走鐵鑄的，這三人的武功都高得出奇。現在看來，這三人恐怕是同一個！」

姜小牙嘴裡說著，腳下並不往皇宮走。

「你要去哪裡？」

姜小牙的語聲有些乾澀：「先回去帶一件東西。」

## 還想做官的理由

沈茉從殿後走出，一邊轉著念頭，一邊說道：「皇上，姜小牙這個人靠不住，他跟李自成、吳三桂都有勾搭，以後還是別喚他進宮了。」

太子嘆了口氣：「他一直在找殺害陶醉的兇手，唉，可憐，怎麼抓得到呢？」

沈茉但只冷笑。

太子道：「沈愛卿，繼續我們剛才沒完的談話，你既然要爲我出力，我總該封你一個什麼大官做做才行啊。」

沈茉連忙跪下：「謝皇上隆恩！」

太子又嘆一口氣：「不過說也奇怪，歷朝歷代快要亡國的時候，卻還是有人搶著要做官，這是爲什麼呢？」

沈茉一怔，拿不準他是不是在罵人？

太子道：「後來我想通了，歷來改朝換代的模式都差不多，前朝的大官雖然換了主子，還是能夠當大官。所以嘛，能夠在快亡國的朝廷搞到個大官，就是做爲投降下一個朝廷的資本！沈愛卿，你說對不對？」
沈茉不知如何搭腔。
太子又道：「還有一種人，乾脆抓著末代皇帝去投降，這功勞就更大了。」
沈茉被他一語道破心事，尷尬不已，繼而兇氣橫生，暗想：「如果他要跟我翻臉，我現在就擒住他，讓他知道我折磨人的手段！」
又聽太子道：「不過，這種人也得想清楚，光是會投降可不行，總還要有一些眞材實學。否則，只會投降的草包，反而會被對方瞧不起，來個千刀萬剮，死得更慘！」
沈茉乾笑道：「沒錯沒錯。」
太子道：「沈愛卿，你想當這種人嗎？」
沈茉一驚：「我當然不是這種人！」
太子像讚許小孩子似的拍著手掌：「聰明聰明！」突又把臉一沉。「你的劍法雖然不錯，但在清國人眼裡，大概還是個草包！」
沈茉被損得一楞，忍氣道：「那，清國會看上什麼樣的人？」
太子道：「嗯，大概像『四大名劍』那樣的人吧。」
沈茉忍不住仰天狂笑：「皇上未免太小看我了！四大名劍有什麼了不起？我毀了『劍鬼』，殺了『劍仙』，『劍聖』陶醉早已死了，剩下的那個『劍魔』鐵鑄遲早也會死在我手下！」

「喔，是嗎？」

太子慢慢踱到殿後角落，拉下掛在那兒的一層紗幕，後面斜躺著渾身五花大綁、口裡還塞了塊破布的馬士英。

沈茉一驚，不知他這安排是爲了什麼？

太子取出馬士英嘴裡的破布，笑道：「馬大學士，你好啊。」

「皇……皇上！」

「現在我不是王之明，而是明之王了？」

「您是明之王！您是明之王！」

「無恥！」

馬士英看見沈茉也在場，忙叫：「沈侍郎，你快幫我說幾句話！」

沈茉厲聲道：「狗奸賊！誰是沈侍郎？」

馬士英罵道：「沈茉，你這卑鄙小人……」

太子搖搖手，截斷他的話頭：「馬士英，你千不該萬不該，就是不該下令拶我的手指。」

馬士英嘶聲道：「皇上聖明，那都是福王的主意！」

「你可知道我的指頭多麼寶貴？」太子把雙掌舉在眼前，青樓女子般疼惜的看著自己的十隻手指。「還好我的指頭精鋼鐵鑄，再怎麼拶也拶不壞。」

「是嘛是嘛！皇上乃天之驕子，當然是金剛不壞之身！」

太子把雙手伸到馬士英面前：「馬大學士，你相不相信我用一根手指頭就能殺了你？」

馬士英當然不信，嘴裡卻連聲回答：「相信相信，我相信！」

太子用左手食指輕輕一劃，綁在馬士英身上的粗大麻繩就像刀割般的斷了。

馬士英嚇得汗毛倒豎，顧不得身體疼痛僵硬，翻身跪地，磕頭如搗蒜；沈茉也驚得瞠目結舌，心想：「他怎麼有這一身好本領？」

太子柔聲道：「綑久了，你先站起來活動一下手腳。」

馬士英哭喪著臉，乖乖站起。

太子拍拍他的肩膀，道：「這樣吧，我先讓你逃，數到五之後，再用一根手指殺你。」

馬士英暗裡嘀咕：「這豈不是天花亂墜？」

太子道：「君無戲言，如果殺不了你，你就一直跑到南京城外去吧。」轉頭向沈茉道：「沈愛卿，讓你來數。」

沈茉自是猶豫。

太子把臉一沉：「快數！」

沈茉道：「一……」

太子轉向馬士英喝道：「還不跑？」

馬士英可管不了那麼多了，拔腿就往殿外跑。
沈茉道：「二！」
太子道：「沈愛卿，你應該聽說過世上有一種聚氣成劍之術？」
沈茉一邊點頭，一邊道：「三……」
太子道：「你還記不記得，那日在溪邊，鐵鑄一劍就嚇得你趴在地下？」
沈茉額上冷汗涔涔而下：「四……」
太子道：「結果有個東西從草叢裡射出來，鐵鑄用劍一擋，錚然作響，你可知道那並不是什麼暗器？」
沈茉道：「五！」
這時，馬士英已跑到大殿外五丈之遙。
太子道：「你看看，是不是這種東西？」
太子屈起右手中指，對準馬士英的後腦一彈，一縷勁風激射而出，從馬士英後腦射入，前額穿出。
馬士英連叫都沒來得及叫一聲，頓即倒地斃命。
沈茉駭得雙膝發軟，趴在地下：「前輩世外高人，小子有眼無珠！」
太子笑道：「你說我是世外高人？哈哈，倒也貼切。」
沈茉見他頗爲和藹，膽子又稍微壯了點：「敢問前輩高姓大名？」

太子悠悠道：「我啊，我就是曾經被你批評得一文不值的那個人。你那時倒沒用世外高人來形容我，而是說我久未行走江湖，寶劍也生了鏽。」

沈茉驚恐的瞪大眼睛：「你……你是……」

倏地一團黑影從殿外衝進來，汪汪亂叫著撲到太子身上，卻是大狗沙袋。

太子笑道：「喲，你怎麼來了？」

姜小牙、龍薰衣隨後走入。「其實沙袋早就知道你是誰了，可惜我們都聽不懂牠的話。」

太子大笑著扯掉人皮面具，露出本來面目——「劍聖」陶醉！

**皇帝為什麼不是我？**

陶醉憐愛的扭扯著沙袋的大頭：「你跟我這麼親熱幹啥？好幾次都害我差點露了餡兒。」

姜小牙嘆道：「我還當焦轟是效忠太子，原來他是效忠於你。」

「我叫他故意仇視你，讓大家以爲我眞的死了，要不然沒人看見我的屍體，哪會不起疑？」

龍薰衣道：「你這麼做，就是爲了要當皇帝？」

陶醉傲然道：「多年來做爲近侍之臣，我每天眼見崇禎與太子的德性，眞是愈看愈氣悶。崇禎脾氣暴躁，喜怒無常，根本沒辦法統御群臣；太子已經十六歲了，卻連個大字都寫不好，將來怎麼治國？所以我經常在想，如果是我來當皇帝，萬里江山豈會變成如今這般慘澹模樣？」

「你已經計劃很久了？」

「倒也沒有。那日我在十里長街碰到姜老弟的時候，還是個忠心耿耿的東宮侍衛總管。」

「那你爲什麼故意輸給我？」姜小牙剛才在殿外已看見陶醉用氣劍殺死馬士英，當然知道他的功力遠遠勝過自己。

「切磋武技，適可而止，何必爭得你死我活？」陶醉的個性竟和姜小牙差不多，難怪兩人會互相欣賞。「我是在鐵鑄進宮威逼崇禎的時候，突然靈光一閃，想到了這樣的計劃，嗯，有何不可？這時朝廷已亂，我早已知道崇禎有送太子出京的打算……」

「所以你假裝受傷，進而裝死，再抽身去殺死太子，假冒成他。」

「這就要感謝你了，姜小牙，因爲你是個爲朋友兩肋插刀的人，我知道可以利用你來保護我這個『太子』，所以我偷偷的跟隨你們出京，故意躲在你們露宿之處的樹林裡。」陶醉又扯了扯沙袋的大腦袋。「這傢伙馬上就嗅著了我的味道，跑過來找我。沒想到半路殺出來個鐵鑄，沈茉這小子又無能，拉著我亂跑，差點逼得我露出眞正的身分，還好我躲在草叢裡用氣劍鎮住鐵鑄的時候，他竟嚇得趴在地下發抖，沒看見！」

一旁的沈茉回憶起那時自己亂誇海口，在船上教導「太子」劍法時的種種情景，簡直羞愧得無地自容。

「來到南京之後，在茶社巧遇焦轟也是安排好的？」

「當然。我也已經算到福王朝廷一定不肯認我這個太子。」

龍薰衣道：「所以你在入獄之前特別囑託小牙，知道以他的個性，必定會營救你出獄，你就可以名正言順的登上帝位。」

「北京城破之時，葛無能是你救的嗎？」

「我一向敬重八極劍派，怎能眼睜睜的看著他無謂犧牲。」

姜小牙心忖：「這個人到底是『聖』還是『魔』？」

陶醉笑道：「姜老弟，你一直要替你的『陶大哥』報仇，但現在無仇可報了；若說你要幫太子報仇，可那太子又不是你朋友……」

姜小牙只得苦笑。被自己當成朋友的那個太子，可不就是眼前的這個假太子？

龍薰衣老大不爽的嚷嚷：「陶醉！都是因爲你，馬士英才跟我們作對，小牙才便成了這樣！」

「與他無干。」姜小牙盯著跪在一旁的沈茉，新仇舊恨齊上心頭，但要他就這麼殺人，他還是殺不下手。

龍薰衣走到沈茉面前，沈茉立馬懷著一絲希望，涎臉諂笑：「小師妹……」

「不要叫我小師妹！」

「小師妹，我們從小一起長大……」

龍薰衣從衣內取出一顆鋼丸：「惡賊，你還認識這個嗎？」

沈茉快哭了：「妳眞捨得殺我？妳眞的要跟那個臭小子在一起？」

龍薰衣抖開軟劍：「把你的劍拔出來，我要用白姐的劍殺你。」

沈茉暗自不屑：「憑這丫頭的劍法就想贏我，做夢！那柄劍更是難用，她拿在手上只是好看罷了。」仰頭望向陶醉，一臉可憐兮兮的表情。「皇上，如果她贏不了我，能否饒我一條狗命？」

陶醉哼道：「那是當然。」

「好。」沈茉一字出口，腰中劍也已出手。

他只有這一條生路，當然得好好把握，所以一出手就用上了「火形」劍法中最厲害的殺著「侵掠如火」，一劍刺向龍薰衣前胸。

另一道更快的劍光劃過空間，沈茉喉頭洞穿，噴血如泉。

在這幾天裡，姜小牙早將使用此劍的訣竅教給了龍薰衣，此時的她已不是從前那個只看重表面的美姑娘，她的資質本就很好，潛心修練，竟有大成。

陶醉微笑道：「龍妹子，這一劍結束了妳的少女時代，現在妳有資格被稱爲武林名俠了。」

龍薰衣棄劍於地，抱頭痛哭。

## 投降的滋味

多鐸率領主力部隊來到南京城下的時候，天上又下起了大雨。

葛無能等人看見門樓那兒起了些騷動，原來是趙之龍命令兩名官員由繩索縋出城去，就是當初會審太子也在場的劉正宗與李景濂。

葛無能等人被士兵擋在外圍，只能大聲問道：「他倆出去做什？」

趙之龍道：「揚州乃是前車之鑑，如果不迎清軍，又不能守城，徒傷百姓而已。只有豎了降旗，方可保全南京全城。」

葛無能等群豪厲聲呼喊：「爲何不能守城？我們還有這麼多兵馬，勝負尚在未定之天！」

「皇上已經跑了，我們還守什麼？」

「新皇剛剛登基……」

「那個王之明、明之王，誰知他是眞是假？」

不顧眾人的請求，趙之龍再也不理會他們。

雨愈下愈大，劉、李二人在城外的泥地裡匍匐前進，行跪拜之禮，爬近清軍陣營時，已弄得渾身泥漿，狼狽不堪。

清兵將士個個面露不屑之色，有的冷嘲熱諷，有的頻頻搖頭，有的踢他倆的屁股作耍。

許多守城兵卒實在看不下去，扔了武器，詈罵著下城離開。

頭痛頭陀氣得亂撕頭髮，大叫：「兀那兩條狗，把你們爹娘的臉都丟光了！快給我爬回來，爬回來！」

眼見兩人繼續向前爬，頭痛頭陀怒罵無效：「我殺了你們！」衝動的就往城下跳。他的輕功不怎麼樣，這一跳，反將自己摔得粉身碎骨。

清兵反而肅然起敬。

趙之龍生怕清軍誤會，忙喊：「那不是我們的人！」

葛無能悲憤塡膺，喝道：「眾弟子聽令，結陣八極！」

八極門徒一起抽出劍來，結成八角劍陣，向趙之龍衝過去。

趙之龍嚷嚷：「快殺了那群反賊！」

八極門人齊聲怒喝：「你才是反賊！」

劍陣輪轉，士卒們的兵刃齊斷。

趙之龍忙躲入城樓，下令放箭。

楊宗業長嘆一聲，上前攔住葛無能：「葛兄，我們已無能爲，自相殘殺徒留笑柄，死在這些窩囊廢的面前，更不值得。」

葛無能不由氣沮，指著城樓上的趙之龍罵道：「八極劍派誓殺你這無恥之賊！」手一揮，率眾離去。

城外，劉、李二人已爬至清軍大營前，多鐸背著雙手悠悠走出。劉正宗跪拜道：「南朝文武大臣率馬步兵二十三萬請降！」多鐸志得意滿，下令：「暫退四十里，至紫金山下紮營，明日再進城受降！」清軍一箭未發，南京朝廷的二十三萬大軍就變成了一堆垃圾。

## 不如一醉

趙之龍率眾投降的消息傳回宮中，陶醉正取來美酒和姜小牙對飲。「唉，時不我予！時不我予！」陶醉仰頭乾杯，又嘆：「士大夫無恥，是爲國恥！文武百官這麼沒有氣節，這皇帝當了也沒什麼意思。」

「確實沒意思。」姜小牙勸道。「大哥不如跟我一起回桂林，那裡還有『天抓』霍鷹、紅娘子等好朋友……」

陶醉不等他說完，截下話頭：「聽說你的劍法大有進展，何不教我幾招？」姜小牙約略提及白笑貓的相助，與那日在船上陶醉提醒的「旋轉雨珠」。「不過如此而已，沒有什麼稀奇。」

「光用說的怎知妙處何在？來來來，咱們再來玩一玩。」

姜小牙想要推辭，但陶醉已站起身子，他便不得不與他相對而立。

兩人對峙了一會兒，姜小牙心中愈來愈驚駭，從陶醉身上發出來的氣流，是他根本連想都不曾想像過的。

那日在南薰殿內，陶醉被鐵鑄的強大內力逼得狼狽不堪，其實都是在裝假，若論眞正的實力，別說鐵鑄，連「風雨雙劍」都比不上他。

正思忖未已，忽覺一股暖流由地面捲來，繞著他的腳踝滾滾直上，他知道陶醉正用眞氣替自己的雙腿療傷。

陶醉又十指連彈，發出無數道溫煦的氣劍，擊在姜小牙周身穴道之上。

姜小牙曾經跟「風劍」燕雲煙學過「燕行一炁」，已有根基，陶醉的內力灌入，立時匯聚於一處，體內的眞氣充沛有若熔爐，蒸騰滾沸，無時停歇。

姜小牙訝問：「陶大哥，你傳給我的可是氣劍之術？」

陶醉傲然道：「會『氣劍』的人，從古至今不超過五個，比我更厲害的，可說一個都沒有！」

姜小牙不得不同意：「『風劍』燕大俠的氣劍比你差得遠。」

「不過，你的劍招更是從古至今絕無僅有。兩者加在一起，天下有誰能敵？」陶醉凝目聚精。「有了內力，氣劍之術就好學了，口訣很簡單。」

幾句話教完，姜小牙已了然於胸。

陶醉見他模樣，便知他已領悟，笑道：「你學得眞快，來，試試。」

姜小牙鼓催眞氣，但覺丹田宛若水壩大開，滾滾內力流進全身千百條渠道，再一運勁，便集中湧入十根手指。

姜小牙屈起右手食指一彈，一縷犀利無比的劍風直射殿上大柱。

哪知陶醉霍然把身子一橫，擋在大柱之前，姜小牙的氣劍當即穿胸而過。

姜小牙驚駭欲絕：「你這是在幹什麼？」

陶醉淒涼一笑：「要死，死在你手上最甘心。」然後就倒在了地下。

沙袋發出哀鳴，飛撲過去，不停的舐著他含笑的臉。

也許牠也知道，這一次，牠的主人永遠不會回來了。

## 人散曲未終

江水嗚咽，訴說著改朝換代的故事。

姜小牙、龍薰衣、陳圓圓等人站在江邊，周顯正攙著公主朱媺娖登上一條小船。

他們得到周府的來信，說是大清朝廷明令優待明朝宗室，所以要他們即刻返回北京。

公主不想回去，但清軍已於五月十五日由洪武門進入南京，這裡已不再安全。

公主抱著雪兒站在船頭，幾度回望姜小牙等人，淚流滿面。

第二艘小船靠了岸，這艘是要載走陳圓圓的。

龍薰衣道：「冒辟疆公子不留妳嗎？」

「他跟我的好友董小宛過得很好，我不去打擾他們了。」

「要不要跟我們一起走？」

「我自有去處，不用替我擔心。」

陳圓圓灑脫的登船離去，誰都看不出她往後的打算。

龍薰衣嘆道：「大家都走了，好無聊。」摸著沙袋的頭，望向身旁的姜小牙。「你還有事情要辦嗎？」

姜小牙苦笑：「我本來只想保護吳老爺，誰知道竟會捲入這麼多糾紛。」

龍薰衣睨眼看他：「你可得想想，以後還有誰需要你的保護？」

司馬灰灰猛地在旁插嘴：「我需要。」

龍薰衣跳腳不迭：「你這個鬼，快點滾回你的老家去嘛！」

夕陽追逐大江，遠方傳來陳圓圓的歌聲，唱著永遠都唱不完的憂傷。

——全文完——

不論古今中外，都是報仇的故事多，報恩的故事少。

這是人類的天性？不敢說，反正《聊齋志異》裡懂得報恩的都是魚、蛇、狐、鳥之類的動物。

一心想要報恩的「劍鬼」姜小牙彷彿源自於《鬼啊！師父》，其實當初我並沒有寫作續集的念頭，後來因爲心中產生了一個龐大無比的「妄念」——《武俠二十五史》，從墨子的少年時期一直寫到滿清滅亡，在這兩千三百多年的時空跨度上，每隔三十年寫一本小說，明朝的滅亡當然是其中極爲重要的一部，正巧接上了《鬼啊！師父》的結尾。

但這「妄念」顯然虛無縹渺、大而無當，靜下心來仔細一想，八十多本小說？天哪！恐怕寫到我兩腳一蹬都還完成不了三分之一，所以後來就徹底放棄了，若非遠流出版公司的靜宜總編和昀臻主編「苦苦相逼」我寫這篇〈後記〉，我幾乎已經忘了這個緣起。

＊＊＊

受到北方遊牧民族入侵，被迫南遷還能站穩腳步的中原政權，前有東晉，後有南宋，兩者都延續了一百多年的氣運，論實力，「南明」比那兩個強得多，面對敵人卻毫無還手之力，主要的原因除了滿清運用了大量的明朝降臣之外，女眞族自「金朝」開始吸收了大量的中原文化也是關鍵之一。

皇太極最愛看《三國演義》，他計殺大明棟樑袁崇煥的靈感就來自於小說中的蔣幹盜書，可見小說家天馬行空的想像力不容小覷。

這次改朝換代的影響既深且鉅，僅只一點可概其餘——我們今天所說的「國語」或「普通話」絕對不會是章太炎所謂的「金韃虜語」了。

# 小牙你終於回來了

謝金魚

這已經是二十幾年前的事，大概是在國一的時候，我媽終於發現我的數學程度爛得超乎常人，一如所有數學很糟的國中生，我開始了人生第一次的補習生涯。那時的一中街還沒有這麼多店家，豪大雞排配嘟嘟奶茶是剛紅起來的街頭美食。我被關進一間聽說是退休名師開的數理補習班，水泥建築看起來像監獄一樣，年邁的老師很瘦、看起來有點嚴肅，每次上課前或下課後就發考卷，老師的手書印在卷子上顯得鮮亮硬挺，但從此讓我恨極了手寫字。

暑假班都是下午上到晚上，中午吃完飯走去補習，基本上沒有發問跟互動，嘎吱嘎吱的電風扇吹著國中生的汗臭味，簡直要命，唯有又冰又甜的大杯話梅綠是唯一的安慰。就在補習開始兩週之後，我注意到坐在附近的一個女孩子低頭看著她抽屜裡的書，她看得非常入神，時不時從書本跟抽屜邊界拿出一些小東西往嘴裡塞。

「還有這樣的啊！」我心想，於是在下課之後，我跑去找同學：「那個……妳剛剛在看什麼書啊？」

「古龍啊！」她說，順便從包包裡拿出其他幾本：「還有梁羽生、金庸、還珠樓主……」

所謂「嚴官府出厚賊、嚴父母出阿里不達」，大概就是這樣，在此之前，一直都是媽寶爸寶老師寶的我，終於感覺做個屁孩是一件多麼舒爽的事，從此走上了不歸路。

我的好同學不但教我上課偷看小說不會被發現的撇步，還教我去哪裡的圖書館的哪一層樓有最多大眾小說，關於小說的選擇，她也有她的一套標準，至於怎樣把小說包在課本裡才不會被發現，她也有各種技巧。

從那之後，我們就約好在上課前一起去補習班後面的圖書館集合，兩個人加起來有十本書的配額，要借互相都會感興趣的書，這樣就可以交換看。於是，一個暑假結束後，我的數學沒有絲毫進步，但看了上百本小說。

某一天，我在報紙上看到了《鬼啊！師父》，郭箏老師雖說家學淵源深厚，但寫起故事那三八兮兮的勁，簡直要把所有名門正派氣得嘔出三升黑血、倒地不起。我從來沒想過，有人可以把武俠小說寫得那麼像荒謬喜劇，當時的書並不貴，但是對零用錢不多的國中生來說，也得攢下一週的飲料錢才能買一本。《鬼啊！師父》僅僅兩百頁上下，排版超空、疑似是要湊頁數（哎呀！），但是故事完整、情節緊湊、人物鮮活，兩縷生前張狂的無主孤魂跟兩個命如螻蟻的菜雞小兵，在明末清初的陝西高原上，竟然意外地捲入時代洪流，這本是悲劇設定卻硬生生寫成了黑色喜劇。

我看過這麼多的武俠小說，卻沒有一本如《鬼啊！師父》一樣能令我念念不忘，後來我進了學院又出了學院，寫作說話時總忍不住得三八一番，估計就是中了郭箏老師的毒，至今未解。當年存錢買的《鬼啊！師父》雖然被翻到書皮破爛、書頁捲邊，我還是每年至少要拿出來再讀一次，跟吸毒也差不了多少。

在遠流出版《大話山海經》系列時，我終於與郭箏老師見上幾次，當時我問他：「我就一個問題，姜小牙後來呢？」郭箏老師一楞，才偷偷告訴我，他有準備寫續集，但想先回頭把《鬼啊！師父》中的重要角色捅個窟窿。

「是不是要我跟你拚命啊！」我心中頓時如萬千草泥馬呼嘯而過，直到我收到新版《鬼啊！師父》的稿件時，郭箏老師果然如他所言回頭修了結局，我只好含著眼淚接受這個事實，但也同時發現，原先隨李闖入北京的姜小牙提前離開了闖軍，也才開啓了新寫的《劍鬼姜小牙》的故事。

雖說手邊有許多事務，但《劍鬼姜小牙》一到手，從前閱讀《鬼啊！師父》的記憶又再次鮮活起來，睽違二十餘年，但書中的小牙只過了兩年，依然活蹦亂跳，既是當年那個機靈狡猾的小兔崽子，卻又因爲亂世歷練增添了幾分通透與溫暖，雖然總是愛上不該愛的正妹、又總是陷入三角戀中，依舊是當年的小牙啊！

故事的場景，也從灰撲撲又灰撲撲的黃土高原，來到山雨欲來的北京與繁華燦爛的南京，郭箏老師一向鍾愛的明史故事也在《劍鬼姜小牙》中徐徐展開，文武百官的儒弱自私、闖軍明軍的貪生怕死、名門正派的假仁假義……在這場明末大亂的浮世繪中，透過戲謔不羈的文筆一一道來。

不過，二十多年後再續前緣的小牙，情節又比《鬼啊！師父》周密許多，抽絲剝繭的結果，原以爲是幕後黑手大魔王的人，卻又從頭到尾貫徹自己的正直，不管怎樣，小牙終究不屬這個混濁顚倒的世界，千迴百轉後，仍得歸向世外桃源。

這結局一點都不意外，這就是姜小牙。

那個終於回來的劍鬼。

**謝金魚**　歷史作家。

劍鬼姜小牙 / 郭箏著 . -- 初版 . -- 臺北市 : 遠流 ,
2020.10
面 ; 公分 . -- ( 綠蠹魚叢書 ; YLM34)
ISBN 978-957-32-8868-8( 平裝 )
863.57 109013499

綠蠹魚叢書 YLM34

# 劍鬼姜小牙

作 者／郭 箏
總編輯／黃靜宜
主 編／蔡昀臻
封面繪圖／葉長青
美術編輯／丘銳致
行銷企劃／叢昌瑜

發行人／王榮文
出版發行／遠流出版事業股份有限公司
地址：台北市 100 南昌路二段 81 號 6 樓
電話：（02）2392-6899
傳真：（02）2392-6658
郵政劃撥：0189456-1
著作權顧問／蕭雄淋律師
輸出印刷／中原造像股份有限公司
2020 年 10 月 1 日 初版一刷
定價 320 元


ISBN 978-957-32-8868-8
遠流博識網 http://www.ylib.com
E-mail: ylib@ylib.com